BIKINI

DU MÊME AUTEUR :

Dans la série « Alex Cross » :
Le Masque de l'araignée, Lattès, 1993.
Et tombent les filles, Lattès, 1995.
Jack et Jill, Lattès, 1997.
Au chat et à la souris, Lattès, 1999.
Le Jeu du furet, Lattès, 2001.
Rouges sont les roses, Lattès, 2002.
Noires sont les violettes, Lattès, 2004.
Quatre souris vertes, Lattès, 2005.
Grand méchant loup, Lattès, 2006.
Sur le pont du loup, Lattès, 2007.

Dans la série « Women Murder Club » :
Premier à mourir, Lattès, 2003.
Deuxième chance, Lattès, 2004.
Terreur au troisième degré (avec Maxine Paetro), Lattès, 2005.
Quatre fers au feu (avec Maxine Paetro), Lattès, 2006.
Le Cinquième Ange de la mort (avec Maxine Paetro), Lattès, 2007.
La Sixième Cible (avec Maxine Paetro), Lattès, 2008.

La Diabolique, Lattès, 1998.
Souffle le vent, Lattès, 2000.
Beach House, Lattès, 2003.
Des nouvelles de Mary, Lattès, 2008.

www.editions-jclattes.fr

James Patterson
Maxine Paetro

BIKINI

Roman

Traduit de l'anglais (États-Unis)
par Philippe Hupp

JC Lattès
17, rue Jacob 75006 Paris

Collection « Suspense et Cie »
dirigée par Sibylle Zavriew

Titre de l'édition originale
Swimsuit
publiée par Little, Brown and Company, New York, N.Y.

ISBN : 978-2-7096-3102-0

À mes plus proches supporters,
Suzie et John, Brendan et Jack.

Prologue

LES FAITS, RIEN QUE LES FAITS

Je sais des choses que je préférerais ignorer.

Le vrai tueur psychopathe n'a rien à voir avec un tueur classique. Ce n'est pas un type qui braque une boutique d'alcool, panique et vide son chargeur sur le malheureux vendeur, ce n'est pas quelqu'un qui débarque chez son courtier en bourse pour lui mettre une balle dans le crâne, ce n'est pas un mari qui étrangle sa femme parce qu'il croit savoir qu'elle le trompe.

Les psychopathes ne sont motivés ni par l'amour, ni par la peur, ni par la colère, ni par la haine. Ces sentiments leur sont inconnus.

Ils ne ressentent absolument rien. Croyez-moi, je suis bien placé pour le savoir.

John Wayne Gacy, Ted Bundy, Jeffrey Dahmer, Dennis Rader alias BTK, et autres pervers célèbres commettaient leurs crimes avec détachement, car ils n'étaient motivés que par le plaisir sexuel et l'excitation du meurtre. Si vous croyez entrevoir une lueur de remords dans les yeux de Ted Bundy alors que celui-ci vient d'avouer avoir tué trente jeunes femmes, elle n'est que le fruit de votre imagination.

Ce qui distingue, en effet, le psychopathe des autres tueurs, c'est qu'il se fiche totalement de la vie de ses victimes. Et de leur mort.

Mais le psychopathe peut faire semblant d'y attacher de l'importance. Il simule les émotions humaines pour se déplacer parmi nous à sa guise et attirer sa proie. De plus en plus près. Et une fois qu'il a tué, il prépare son prochain meurtre et fait en sorte qu'il soit plus excitant encore. Il ne se fixe aucune limite, n'a aucun tabou, ne s'interdit rien.

Je me suis laissé dire que cet appétit dévorant « nuit à la concentration » du psychopathe, et le conduit donc à commettre des fautes.

Oui, ça lui arrive.

Vous vous souvenez peut-être de cette affaire d'enlèvement, au printemps 2007. Kim McDaniels, mannequin pour maillots de bain, avait disparu sur une plage de Hawaii. Il n'y avait pas eu de demande de rançon. La police locale, lente à réagir et trop sûre d'elle, ne disposait d'aucun indice, d'aucun témoignage, d'aucune information susceptibles de l'aider à identifier le ou les ravisseurs de cette belle et talentueuse jeune femme.

À l'époque, j'étais un ex-flic devenu auteur de polars. Hélas, ma carrière littéraire battait de l'aile. Mon dernier livre avait été soldé peu après sa sortie en librairie. Pour survivre, j'aurais pu essayer de m'orienter vers le roman de gare, mais j'avais choisi une voie encore moins glorieuse.

Je couvrais les affaires criminelles pour le *Los Angeles Times*. Pour me consoler, je me disais que c'était ainsi, après tout, que l'écrivain Michael Connelly avait fait ses débuts, avant de connaître notoriété et succès.

J'étais à mon bureau ce soir-là, un vendredi, vingt-quatre heures après la disparition de Kim. Je travaillais sur une banale et tragique affaire de fusillade, un règlement de comptes entre gangs, quand mon rédacteur en chef, Daniel Aronstein, s'est penché sur mon bocal, m'a dit « attrape » et m'a lancé un billet d'avion pour Maui.

J'allais sur mes quarante ans, les scènes de crime commençaient à me fatiguer et je me disais toujours que j'étais idéalement placé pour trouver une idée de bouquin susceptible de donner à ma vie un nouvel élan. C'était un mensonge. J'y croyais parce que j'avais besoin d'ancrer mes frêles espoirs d'un avenir meilleur.

Curieusement, quand la grande idée m'a sollicité, je n'ai rien vu venir.

Le petit voyage à Hawaii que me proposait Aronstein allait me revigorer, et j'en avais bien besoin. Je flairais le plan cinq étoiles inutile et dispendieux, j'imaginais les bars sur le front de mer et les filles à moitié nues, je me voyais jouer des coudes au milieu des confrères, et tout cela aux frais de la princesse.

J'ai pris le billet d'avion et je suis parti faire ce qui devait être le reportage de ma carrière.

En l'espace de quelques jours, l'enlèvement de Kim McDaniels était devenu un événement mondial, un sujet brûlant dont on ignorait la date de péremption. La presse de toute la planète était déjà sur l'affaire quand j'ai rejoint le troupeau des journalistes massés autour du cordon de police, devant le Wailea Princess.

Au début, je me suis dit, comme mes confrères, que Kim avait dû boire un peu trop et se laisser embarquer par des individus peu recommandables qui avaient fini par la violer. Ils l'avaient tuée pour qu'elle ne parle pas et s'étaient débarrassés du corps. Je pensais que cette « inquiétante disparition d'un mannequin » ferait encore la une des journaux pendant une semaine, voire un mois, jusqu'à ce qu'une quelconque star subitement touchée par la grâce divine ou une alerte lancée par les services antiterroristes vienne la détrôner.

Mais j'avais toujours des illusions à entretenir et des notes de frais à justifier. Alors, j'ai effectivement joué des coudes et j'ai fini par me retrouver au cœur d'une affaire d'une indicible noirceur, une abominable et fascinante affaire de meurtres en série.

De fait, et sans l'avoir voulu, j'ai été amené à jouer un rôle dans cette histoire, après avoir été choisi par un tueur profondément psychopathe, et amoureux de ses fantasmes.

L'ouvrage que vous tenez entre vos mains est l'histoire vraie d'un homme aussi habile qu'insaisissable qui se faisait appeler Henri Benoit. Un monstre parmi les monstres, diraient la plupart d'entre nous. Comme me l'a avoué Benoit, « même dans ses rêves les plus fous, Jack l'Éventreur n'aurait jamais imaginé commettre de tels meurtres ».

Voici des mois que je me suis isolé dans un endroit perdu pour écrire l'histoire de cet Henri Benoit. Ici, les coupures de courant sont fréquentes ; j'ai donc appris à me servir d'une machine à écrire mécanique.

Il faut dire que je pouvais me passer de Google, car ce qui ne figure pas dans mes enregistrements, dans mes notes ou les coupures de presse que j'ai réunies reste à jamais gravé dans ma mémoire.

Bikini retrace le parcours sanglant d'un tueur en série à nul autre pareil, un assassin avec lequel l'horreur atteint de nouveaux sommets. On me pardonnera une certaine licence littéraire, puisqu'il m'a fallu imaginer ce qui se passait dans la tête d'Henri et de ses victimes. Que cela ne vous dissuade pas, toutefois, de lire cet ouvrage.

Car tout ce qu'Henri m'a confié de vive voix a été démontré par les faits.

Les faits révèlent la vérité.

Et cette vérité vous stupéfiera comme elle m'a stupéfait.

Benjamin L. Hawkins,
mai 2009.

I

SOUS LES PROJECTEURS

1.

Kim McDaniels était pieds nus, vêtue d'une minirobe à rayures bleu et blanc Juicy Couture, quand un coup sur la hanche la réveilla. Un coup violent. Elle ouvrit les yeux dans le noir. Des interrogations effleurèrent son esprit embrumé.

Où se trouvait-elle ? Que se passait-il ?

Elle était sous une couverture. Elle parvint, tant bien que mal, à dégager la tête. Elle comprit deux choses. Elle avait les mains et les pieds attachés. Et elle était enfermée dans un espace minuscule.

Un autre coup la fit tressaillir. Cette fois, elle cria :

— Hé !

Son cri ne servit à rien, étouffé par les parois et les vibrations d'un moteur. Elle comprit alors qu'elle se trouvait à l'intérieur d'un coffre de voiture. Cela n'avait aucun sens ! Réveille-toi ! se dit-elle.

Et pourtant, elle ne dormait pas. Elle sentait bel et bien les cahots du véhicule. Elle tortilla des poignets pour tenter de se libérer, mais les nœuds de la corde en Nylon étaient trop serrés. Elle roula sur le dos puis, des deux pieds, frappa l'abattant du coffre. *Vlam !* La tôle ne bougea pas d'un centimètre.

Elle recommença. Une, deux, trois fois. Elle sentait la douleur fuser de la plante de ses pieds jusqu'à ses hanches, mais elle était toujours prisonnière et, maintenant, elle avait mal. La panique l'envahit.

Elle était coincée, prise au piège. Elle ignorait ce qui s'était passé, elle ignorait pourquoi, mais elle n'était ni morte, ni même blessée. Elle allait donc bien trouver un moyen de sortir de là.

Avec ses mains liées, Kim explora à tâtons le compartiment, en quête d'une boîte à outils, d'un cric, d'un pied-de-biche, mais elle ne trouva rien. Elle haletait dans l'obscurité, et l'air commençait à manquer.

Que faisait-elle là ?

Kim essaya d'exhumer ses souvenirs les plus récents, mais son esprit fonctionnait au ralenti, comme si on avait également jeté une couverture sur son cerveau. Elle parvint juste à soupçonner qu'on l'avait droguée. Quelqu'un avait mis quelque chose dans son verre. Qui ? Quand ?

— Au secours ! Je veux sortir !

Elle donna de nouveaux coups de pied, se cogna la tête contre un angle métallique. Ses yeux s'embuèrent. La colère se mêlait à présent à la terreur.

À travers ses larmes, Kim distingua, juste au-dessus d'elle, une tige d'une douzaine de centimètres de long, qui luisait dans l'obscurité. Ce devait être la manette d'ouverture intérieure du coffre. *Merci, mon Dieu...*

2.

Kim leva ses mains liées, qui tremblaient, agrippa la barre et tira. La tige bougea, trop facilement, sans ouvrir le coffre.

Kim répéta frénétiquement l'opération, tout en sachant bien que le système d'ouverture de secours avait été neutralisé, que le câble avait été sectionné. Et à cet instant, elle sentit la voiture quitter le bitume et rouler sur un sol meuble. Du sable, se dit-elle.

Direction l'océan ?

Allait-elle mourir noyée dans ce coffre ?

Une nouvelle fois, elle hurla, et son cri de terreur se mua en prière. *Mon Dieu, faites que je sorte de là vivante et je vous promets...* Et quand son cri s'estompa, elle entendit de la musique, derrière elle. Une chanteuse, un morceau style blues, qu'elle ne connaissait pas.

Qui était au volant de la voiture ? Qui lui avait fait ça ? Pour quelle raison ?

Ses idées s'éclaircissaient, et elle se repassa le film des dernières heures. La mémoire lui revenait, peu à peu. Elle s'était levée à 3 heures. Maquillée à 4 heures. Et sur la plage à 5 heures. Il y avait elle, Julia, Darla, Monique et l'autre fille, superbe mais tellement bizarre, Ayla. Gils, le photographe, buvait du café avec l'équipe, et des types traînaient autour du plateau, des plagistes et des joggeurs matinaux qui reluquaient les filles en bikini, éberlués de pouvoir assister, par hasard, à un shooting de *Sporting Life Swimsuit*.

Kim se revit posant avec Julia. Et Gils qui disait : « Souris un peu moins, Julia. Super. Génial, Kim, génial, c'est ça. Regarde-moi. C'est parfait. »

Elle se souvint des coups de fil, juste après, pendant le petit déjeuner et toute la journée.

Dix appels, dix, jusqu'à ce qu'elle se décide à éteindre son portable.

Douglas l'avait appelée, l'avait bipée, l'avait harcelée, à la rendre folle. C'était Doug !

Elle songea ensuite à ce début de soirée, après le dîner. Elle était au bar de l'hôtel avec le directeur artistique, Del Swann, qui était chargé de superviser le shooting et de la chaperonner après. Puis Del était parti aux toilettes et Gils et lui, tous les deux aussi homos qu'on peut l'être, avaient disparu.

Et elle se rappela que Julia bavardait avec un type, au bar, et qu'elle avait essayé d'attirer son attention, mais que Julia ne la regardait pas, alors elle était partie se promener sur la plage… Et c'était tout ce dont elle se souvenait.

Elle était allée sur la plage, son portable accroché à la ceinture, éteint. Doug avait dû péter les plombs. Il avait toujours été du genre fou furieux. Il s'était mis à la harceler. Peut-être qu'il avait payé quelqu'un pour lui glisser quelque chose dans son verre.

Elle comprenait tout, maintenant. Ses cellules grises fonctionnaient parfaitement.

Elle cria : « Douglas ? Dougie ? »

Et là, comme si Dieu en personne avait entendu son appel, un téléphone portable sonna à l'intérieur du coffre.

3.

Kim retint son souffle et tendit l'oreille.

Un téléphone sonnait, mais ce n'était pas sa mélodie à elle. Une sorte de ronflement sourd, au lieu des quatre accords de *Beverly Hills* de Weezer, mais de toute façon, il y avait des chances pour qu'au bout de trois sonneries la messagerie se déclenche automatiquement.

Non, pas ça !

Il était où, ce fichu téléphone ?

Elle se débattit avec la couverture. La corde lui brûlait les poignets. Elle explora à tâtons le fond du coffre, sentit la bosse sous un pan de moquette, près du bord, mais la repoussa sans le vouloir, avec ses mains attachées... *Oh, non !*

La deuxième sonnerie s'acheva, la troisième commença. Le cœur de Kim s'affolait. Elle réussit enfin à attraper le téléphone, un vieux modèle volumineux, le serra entre ses doigts tremblants, les poignets en sueur.

Le numéro de l'appelant s'affichait, mais pas son nom. Ce numéro ne lui disait rien.

Mais l'essentiel n'était pas là. N'importe qui ferait l'affaire.

Elle appuya sur la touche verte, colla l'appareil contre son oreille, fit d'une voix éraillée : « Allô ? Allô ? Qui est à l'appareil ? »

Mais en guise de réponse, Kim n'entendit qu'une chanson, de Whitney Houston cette fois, *I'll al-ways love you-ou-ou*, provenant de la sono de la voiture, plus fort, plus nettement.

Il l'appelait du siège avant ! Elle cria pour couvrir la voix de Whitney.

— Dougie ? Dougie, c'est quoi, cette histoire ? Réponds-moi !

Mais il ne répondit pas, et Kim, recroquevillée dans ce coffre, ficelée comme un poulet, tremblait de tout son corps en transpirant abondamment. La voix de Whitney Houston semblait la narguer.

— Doug ! Qu'est-ce que tu fais ?

Et là, elle comprit. Il voulait lui montrer ce que c'était que d'être ignoré, il voulait lui donner une leçon, mais il ne gagnerait pas. Ils étaient sur une île, après tout. Ils ne pouvaient pas aller bien loin...

Kim canalisa donc sa colère pour alimenter le cerveau qui lui avait permis de préparer la fac de médecine à Columbia et imaginer un subterfuge. Il fallait qu'elle laisse croire à Doug qu'elle était sincèrement désolée, qu'elle lui explique en douceur qu'elle n'y était pour rien. Elle répéta sa tirade.

« Tu sais, Doug, je n'ai pas le droit de prendre des appels. Mon contrat m'interdit formellement de dire à qui que ce soit où a lieu le shooting. Je risque de me faire virer. Tu comprends, n'est-ce pas ? »

Elle s'arrangerait pour que, même s'ils avaient rompu, même s'il était complètement fou de faire une chose pareille, même s'il méritait d'aller en prison pour ça, il puisse se dire qu'elle était toujours sa chérie.

Mais dès qu'elle en aurait l'occasion – c'était toute l'idée –, elle lui flanquerait un grand coup dans les couilles ou dans les rotules. Elle avait fait assez de judo pour le mettre hors de combat, malgré son envergure. Puis elle s'enfuirait en courant. Et là, les flics se jetteraient sur Doug et l'embarqueraient !

— Dougie ? cria-t-elle au téléphone. Réponds-moi, s'il te plaît ! S'il te plaît ! C'est pas drôle !

Le niveau sonore diminua brusquement.

Elle retint de nouveau son souffle, dans le noir, et tendit l'oreille. Le sang lui martelait les tempes. Cette fois-ci, elle entendit une voix, une voix d'homme, chaleureuse, presque tendre.

— Tu sais, Kim, moi, je trouve ça drôle. Et même, comment dire ? Merveilleusement romantique.

Une voix que Kim ne reconnut pas.

Car ce n'était pas celle de Doug.

4.

Kim sentit de nouveau la terreur l'envahir. C'était comme un feu, mais un feu glacial. Elle allait s'évanouir. Elle parvint à se reprendre, serra les genoux aussi fort qu'elle le pouvait, se mordit la main, se força à rester consciente. Elle repensa à la voix.

« ... je trouve ça drôle. Et même, comment dire ? Merveilleusement romantique. »

Cette voix lui était totalement inconnue.

Tout ce qu'elle avait en tête quelques instants plus tôt, le visage de Doug, le faible qu'il avait pour elle, l'année passée à apprendre comment l'amadouer quand il piquait des colères, tout cela avait disparu.

Une réalité nouvelle venait d'apparaître.

Un parfait inconnu l'avait ligotée et jetée dans le coffre de sa voiture. Elle avait été enlevée. Pourquoi ? Ses parents n'étaient pas riches ! Qu'allait-il lui faire ? Comment fuir ? Elle y parviendrait, mais comment ?

Kim écouta en silence avant de demander :

— Qui est-ce ?

— Navré d'être aussi cavalier, Kim, fit la voix chaude et calme. Je me présenterai dans une ou deux minutes. Cela ne sera pas long. Et ne t'inquiète pas. Tout se passera bien.

Fin de l'appel.

Kim crut défaillir, comme si son cerveau venait d'être, lui aussi, débranché. Puis, petit à petit, elle retrouva sa capacité de réflexion. Les propos rassurants de l'inconnu lui donnaient des raisons d'espérer, et elle s'y accrocha. Il se comportait de manière attentionnée. « Tout se passera bien », avait-il dit.

La voiture vira brusquement à gauche et Kim roula contre le flanc du coffre. Elle essaya de se caler avec les pieds. Et se rendit compte qu'elle tenait toujours le téléphone.

Le nez collé au clavier, elle distinguait à peine les chiffres luminescents, mais parvint à composer le 911, le numéro des urgences.

Quatre sonneries, puis une standardiste décrocha.

— Le 911. Je vous écoute.

— Je m'appelle Kim McDaniels. J'ai été...

— ... je vous entends mal. Pouvez-vous épeler votre nom.

La voiture s'arrêta, et Kim roula vers l'avant. La portière du conducteur claqua. Une clé tourna dans la serrure du coffre.

Kim serra le téléphone, craignant que la voix de la standardiste ne la trahisse, mais redoutant plus encore de raccrocher et de couper ainsi la liaison GPS entre elle et la police, sa meilleure chance de trouver de l'aide.

L'appel pouvait être localisé. C'était bien ça ?

— J'ai été enlevée, chuchota-t-elle.

La clé fit deux quarts de tour, mais la serrure résistait, et Kim profita de ces quelques secondes pour réévaluer son plan. Il était toujours valable. En admettant que son ravisseur veuille la contraindre à des relations sexuelles, elle pourrait survivre à l'épreuve, évidemment, mais il fallait qu'elle joue finement, qu'elle se le mette dans la poche et qu'elle enregistre tout pour être en mesure de fournir le plus de précisions possibles à la police.

L'abattant du coffre s'ouvrit et la lune éclaboussa ses pieds.

Instantanément, Kim renonça à tenter de séduire son agresseur. Elle détendit violemment les jambes pour le frapper au niveau des cuisses, mais il eut le temps de reculer, évitant ainsi ses pieds, et sans lui laisser le loisir d'entrevoir son visage, jeta la couverture sur elle et lui arracha le téléphone.

Puis elle sentit une aiguille lui piquer la jambe.

Sa tête bascula, la lumière s'estompa. Kim eut tout juste le temps d'entendre la voix de l'inconnu.

— Inutile de te défendre, Kim. Il ne s'agit pas de toi et moi, c'est beaucoup plus important que cela, crois-moi. Mais je comprends très bien que tu ne me fasses pas confiance…

5.

Kim reprit conscience.

Elle était allongée sur le dos, sur un lit, dans une pièce aux murs jaunes, éclairée d'une lumière douce. Elle avait les bras liés au-dessus de la tête. Ses jambes, qui lui paraissaient très loin, étaient attachées au cadre métallique. Un drap de satin blanc la recouvrait du menton au bassin et se lovait entre ses jambes. Elle était nue, semblait-il.

Elle tira en vain sur la corde qui retenait ses bras en arrière et entrevit, terrifiée, ce qui risquait de lui arriver ensuite. Rien à voir avec le rassurant « tout se passera bien » que lui avait promis son ravisseur. Puis elle entendit s'échapper de sa gorge des grognements et des miaulements qu'elle n'avait encore jamais faits.

Incapable de se libérer, elle releva la tête et essaya de regarder autour d'elle. Le décor, étrange, évoquait un plateau de tournage.

À la droite du lit, il y avait deux fenêtres closes, ornées de rideaux de tulle. Et sous les fenêtres, une table avec d'innombrables bougies de toutes tailles et de toutes les couleurs, ainsi que des fleurs hawaiiennes.

Des oiseaux-de-paradis et des gingembres, fleurs très masculines à ses yeux, pour ne pas dire sexuelles, se dressaient dans un vase posé près du lit.

Puis elle vit les caméras. Deux, de type professionnel, montées sur trépied, de part et d'autre du lit.

Elle remarqua ensuite les projecteurs, et le micro perché juste au-dessus de sa tête.

Et c'est à cet instant, seulement, qu'elle entendit le fracas du ressac, si puissant qu'on aurait dit que les vagues s'écrasaient contre les murs. Et elle, elle était là, au milieu, épinglée comme un papillon.

Elle inspira profondément et hurla :

— AU SECOUUUUURS !

Quand elle eut fini, elle entendit une voix derrière elle.

— Hé, hé, Kim. Personne ne peut t'entendre.

Elle tourna la tête vers la gauche, tordit le cou autant qu'elle le put, et vit un homme assis dans un fauteuil. Il portait un casque audio, qu'il fit glisser pour le poser sur ses omoplates.

Elle découvrait enfin son ravisseur.

Elle ne le connaissait pas.

Les cheveux mi-longs, blond sale, il devait approcher la quarantaine. Ses traits réguliers, qui n'avaient rien de particulier, lui faisaient un visage qu'on aurait presque pu qualifier de beau. Musclé, il portait des vêtements ajustés, visiblement coûteux, et une montre en or que Kim avait déjà vue dans *Vanity Fair*, une Patek Philippe. Il lui rappelait l'acteur des derniers James Bond, Daniel Craig.

Il remit son casque sur ses oreilles et écouta, les yeux fermés, en ignorant sa victime.

— Hé, vous, là ! cria Kim. Je vous parle !

— Tu devrais écouter ça, répondit-il.

Il lui donna le nom du morceau, précisant qu'il connaissait le musicien et que c'était la première maquette qui sortait du studio.

Il se leva et lui colla l'un des écouteurs contre l'oreille.

— C'est génial, non ?

Le plan d'évasion de Kim s'évapora. Elle avait laissé passer sa seule chance de le séduire, ou du moins d'essayer. Il fera tout ce qu'il a envie de faire, songea-t-elle. Mais elle pouvait encore le supplier de lui laisser la vie. Lui expliquer que ce serait plus drôle si elle y mettait du sien. Malheureusement, elle n'avait pas les idées très claires depuis qu'il lui avait fait cette injection ; elle était dans le cirage, trop faible pour bouger.

Elle le regarda dans les yeux, des yeux gris clair, et quand il la regarda à son tour, elle eut l'impression qu'il éprouvait une certaine affection pour elle. Peut-être pouvait-elle en tirer parti.

— Écoutez-moi, lui dit-elle. Il y a des gens qui s'inquiètent pour moi. Des gens importants. La société Life, vous connaissez ? J'ai un couvre-feu à respecter, comme tous les mannequins. La police est déjà en train de me rechercher.

— Je serais vous, Kim, lui répondit-il, je ne me ferais pas de soucis de ce côté-là. J'ai pris énormément de précautions.

Il s'assit sur le lit, à côté d'elle, posa la main sur sa joue d'un air admiratif. Puis il enfila les gants en latex. Des gants bleus. Il décrocha une sorte de masque qui pendait au mur et le mit sur son visage, ce qui eut pour effet de déformer ses traits. Maintenant, il faisait vraiment peur.

— Qu'est-ce que vous faites ? Qu'est-ce que vous faites ?

Les cris de Kim ricochèrent sur les murs de la petite pièce.

— C'était super, Kim, dit l'homme. Tu pourrais le refaire ? Tu es prête ?

Il fit le tour des caméras, vérifia le champ à travers le viseur, les mit en marche. Les projecteurs inondèrent le lit de lumière.

Kim suivit des yeux les gants bleus. En une fraction de seconde, le drap de satin disparut. Il faisait frais dans la pièce, mais des gouttelettes de transpiration se mirent immédiatement à perler sur sa peau.

Elle savait qu'il allait la violer.

— Vous n'avez pas à faire ça, l'implora-t-elle.

— Oh, si.

Elle se mit à geindre, puis à pleurer. Elle détourna les yeux, regarda les fenêtres closes, entendit la boucle de ceinture de l'inconnu heurter le sol. Elle sanglotait sans retenue, à présent. Elle sentit le latex lui palper les seins, elle sentit sa bouche lui ouvrir l'entrejambe. Il essaya de la pénétrer, sans ménagement. Elle contracta ses muscles pour tenter de l'en empêcher.

Son souffle lui caressa le visage lorsqu'il lui murmura à l'oreille :

— Laisse-toi faire, Kim, laisse-toi faire. Je suis désolé, mais je fais ça parce qu'il y a beaucoup d'argent en jeu. Les gens qui te regardent sont de grands admirateurs. Essaie de comprendre.

— Je veux vous voir crever.

Elle lui mordit le poignet jusqu'au sang. Aussitôt, il la gifla violemment, deux fois, et ce fut comme si ses larmes lui brûlaient la peau.

Elle aurait voulu s'évanouir, mais elle était toujours consciente, et lui, sur elle, qui ahanait et qu'elle sentait beaucoup trop. Alors elle s'efforça de ne penser qu'au bruit des vagues et à ce qu'elle lui ferait quand elle se serait enfuie.

6.

Kim se réveilla dans une baignoire d'eau chaude, adossée contre la faïence, poignets liés, sous la mousse.

Assis à côté d'elle sur un tabouret, l'inconnu aux cheveux blonds était en train de la laver avec une éponge naturelle, tranquillement, comme s'il l'avait toujours fait.

Kim sentit son estomac se soulever. Elle vomit de la bile, et l'inconnu, d'un geste puissant, la fit se lever en lâchant un « ouh, là... » et elle remarqua, de nouveau, qu'il était très fort, et cette fois-ci elle perçut une pointe d'accent. Russe, peut-être. Ou bien tchèque, ou allemand. Puis il retira la bonde de la baignoire et fit couler la douche.

Sous le jet, Kim se mit à vaciller. Il la força à rester debout et la tint pendant qu'elle criait, se débattait, essayait même de lui donner des coups de pied. Elle finit par perdre l'équilibre et il la rattrapa de nouveau en riant.

— Tu es un sacré numéro, dis donc, lui dit-il.

Puis il l'enveloppa de serviettes-éponges blanches bien moelleuses et l'essuya doucement, comme un bébé. Il la fit s'asseoir sur l'abattant des toilettes et lui tendit un verre.

— Bois ! Ça t'aidera. Je t'assure.

Kim fit non de la tête.

— Qui êtes-vous ? Pourquoi me faites-vous ça ?

— Tu as envie de te souvenir de cette soirée, Kim ?

— Vous vous foutez de moi, sale pervers !

— Cette boisson t'aidera à oublier. Et je veux que tu dormes quand je te ramènerai chez toi.

— Quand me ramènerez-vous chez moi ?

— C'est presque fini, répondit-il laconiquement.

Kim leva les mains et vit que ce n'était plus la même corde qui lui liait les poignets. Celle-ci était bleu foncé, on aurait dit de la soie, et les nœuds, extrêmement complexes, avaient quelque chose d'esthétique. Elle prit le verre et le vida.

Ensuite, l'homme lui demanda de baisser la tête. Elle s'exécuta et il lui sécha les cheveux à la serviette. Après quoi il les brossa, en s'amusant à faire des boucles avec ses doigts, puis sortit de l'armoire de toilette des flacons et des pinceaux.

D'une main experte, il lui maquilla les pommettes, les lèvres et les yeux, lui appliqua un peu de fond de teint près de l'œil gauche, où elle avait la peau un peu sèche, mouilla le pinceau du bout de la langue, unifia l'application.

— Je suis très doué pour ça, ne t'inquiète pas.

Quand il eut fini, il la souleva dans ses bras, toujours drapée dans sa serviette, et l'emmena dans la chambre.

Il déposa Kim sur le lit. Tête ballante, elle comprit qu'il voulait l'habiller, mais ne l'aida pas. Tant bien que mal, il lui passa le bas d'un bikini, puis le haut.

Le maillot ressemblait beaucoup au Vittadini que Kim portait à la fin du shooting. Rouge, avec des reflets argent. Elle avait dû marmonner le nom de la marque, car le blond lui répondit :

— Ça, c'est encore mieux. Je l'ai acheté moi-même, quand j'étais à Saint-Tropez. Rien que pour toi.

— Vous ne me connaissez pas.

Les mots dégoulinaient littéralement du coin de sa bouche.

— Tout le monde te connaît, ma chérie. Kimberly McDaniels. Quel joli nom, en plus.

Il écarta ses cheveux et noua le haut du bikini en s'excusant de lui avoir peut-être fait mal.

Kim voulut faire une remarque, mais elle ne savait plus ce qu'elle voulait dire. Elle était incapable de bouger, de crier. Elle avait toutes les peines du monde à garder les yeux entrouverts. Elle essaya de scruter le regard gris pâle qui la caressait.

— Magnifique, fit-il. Tu vas être superbe en gros plan.

Elle voulait lui rétorquer « Allez vous faire foutre », mais la bouillie de mots, dans sa bouche, ne produisit qu'un long soupir fatigué.

— Alleeeeee…

7.

À l'autre bout du monde, dans le cocon de sa bibliothèque, un homme du nom de Horst se renfonça dans son fauteuil de cuir, les yeux braqués sur l'écran géant haute définition, à côté de la cheminée.

— Les mains bleues, j'aime bien, dit-il à son ami, Jan, qui faisait tourner son digestif dans un verre à fond plat.

Il prit la télécommande pour monter le son.

— Oui, c'est un petit plus intéressant, concéda Jan. Avec son maillot de bain et son bronzage, elle fait typiquement américaine. Tu es bien sûr d'avoir sauvegardé la vidéo ?

— Tu parles. Maintenant, regarde... Tu vas voir comment il la réduit au silence.

Kim, sur le ventre, avaient les mains liées dans le dos et attachées à ses jambes repliées. Outre son bikini, elle portait des chaussures de cuir noir, vernies, avec des talons aiguilles et des semelles rouges lisses. Des créations signées Christian Louboutin, le top du top. L'espace d'un instant, Horst se fit même la réflexion qu'elles ressemblaient plus à des jouets qu'à des chaussures.

Kim était en train de supplier l'homme que son public connaissait sous le nom d'Henri. Elle sanglotait doucement.

— Je vous en prie, s'il vous plaît, détachez-moi ! Je jouerai mon rôle. Ce sera encore mieux pour vous, et je n'en parlerai à personne.

Horst se mit à rire.

— C'est la vérité. Elle n'en parlera à personne.

Jan posa son verre.

— Horst, s'il te plaît, reviens en arrière.

Il y avait, dans sa voix, un soupçon d'impatience et d'irritation.

À l'écran, Kim se remit à sangloter.

— Je n'en parlerai à personne, jamais.

— C'est bien, Kim. Ce sera notre petit secret, hein ?

Si Henri avait les traits déformés par son masque, si sa voix était filtrée à l'aide d'un logiciel spécial, sa prestation n'en restait pas moins impressionnante. Il avait l'art de tenir son public en haleine. Les deux hommes se redressèrent dans leur fauteuil pour regarder Henri caresser Kim, lui frotter le dos et lui murmurer des paroles apaisantes. Peu à peu, elle cessa de gémir.

Puis, alors que la jeune femme semblait sur le point de s'assoupir, il la chevaucha et empoigna sa longue chevelure d'or, encore humide.

Il lui souleva la tête d'un geste brutal qui lui arracha un cri. Peut-être avait-elle aperçu le couteau à lame dentelée dans sa main droite.

— Kim, lui dit-il, tu te réveilleras bientôt. Et si tu te souviens de tout cela, ce ne sera pour toi qu'un mauvais rêve.

La jeune beauté se montra étonnamment calme quand Henri pratiqua la première incision, en profondeur, sur toute la largeur de la nuque. Puis, quand elle ressentit enfin la douleur et émergea violemment de sa torpeur, elle ouvrit de grands yeux et un glapissement s'échappa de ses lèvres brillantes. Son corps se tordit lorsque Henri sectionna les muscles en quelques allers-retours, puis le cri se réduisit à un écho quand, en trois grands coups de lame, il trancha complètement la tête du mannequin.

Le sang artériel gicla sur les murs jaune paille, aspergea les draps de satin, ruissela le long des bras et des reins de l'homme nu agenouillé sur sa victime.

Le visage barré d'un grand sourire bien visible malgré son masque de plastique, Henri prit son trophée par les cheveux, et la tête de Kim se balança doucement devant la caméra, encore frappée d'une expression de pur désespoir qui contrastait avec la beauté de ses traits.

La voix numérisée du tueur avait quelque chose d'à la fois mécanique et irréel, mais Horst la trouvait parfaitement à son goût.

— J'espère que tout le monde est content, déclara Henri.

L'objectif s'attarda un long moment sur le visage de Kim puis, à la grande déception des spectateurs, l'écran vira au noir.

II

VOL DE NUIT

8.

Sur un promontoire de roche volcanique, un homme contemplait les eaux noires du Pacifique. Le jour se levait, et une cohorte de nuages roses déferlait déjà sur la côte est de Maui.

Il s'appelait Henri Benoit. Du moins était-ce le pseudonyme qu'il utilisait actuellement. Il avait entre trente et quarante ans, des cheveux blonds mi-longs, des yeux gris clair. Pieds nus, dans le sable, il dépassait le mètre quatre-vingt-dix.

Sa chemise de lin blanc flottait sur son pantalon de coton gris. Les mouettes rasaient les vagues en piaillant.

Pour Henri, ces cris d'oiseaux auraient pu être les premières notes d'une nouvelle journée de rêve au paradis, mais tout était déjà fichu.

Il tourna le dos à l'océan, empocha son PDA et, poussé par le vent qui gonflait sa chemise comme un spinnaker, remonta vers son bungalow privé, pieds nus dans la pelouse.

Il fit claquer la porte à jalousie, traversa la véranda et le parquet de bois clair pour aller se servir une tasse de café Kona Java dans la cuisine, puis retourna sur la véranda pour s'affaler dans la chaise longue, à côté du jacuzzi, et prendre le temps de réfléchir.

Le Hana Beach figurait parmi ses hôtels préférés, en tête de liste : prestigieux, confortable, pas de télévision ni même de téléphone. Perchées sur la côte de Maui, discrètement nichées dans un écrin de forêt pluviale vaste de plus d'un millier d'hectares, ses villas étaient des havres de tranquillité, réservés à une clientèle aussi riche qu'exigeante.

Ici, on pouvait se détendre totalement, retrouver sa vraie personnalité, renouer avec son humanité essentielle.

Le coup de téléphone d'Europe de l'Est avait anéanti ses efforts de relaxation. L'échange avait été bref et quasiment à sens unique. Horst avait annoncé la bonne et la mauvaise nouvelle d'un ton qui avait piqué au vif son orgueil d'agent indépendant.

Horst lui avait dit que sa prestation avait été bien accueillie, mais que plusieurs points posaient problème.

Avait-il choisi la bonne victime ? Pourquoi la mort de Kim McDaniels était-elle passée inaperçue ? Où était la presse ? En avaient-ils réellement eu pour leur argent ?

— J'ai fait un travail magnifique, avait sèchement rétorqué Henri. Ne me dites pas le contraire.

— On ne s'énerve pas, Henri. Nous sommes tous amis, n'est-ce pas ?

Certes. Amis au sein d'une entreprise commerciale dont tous les fonds étaient dans les mains de certains. Et Horst qui venait lui dire que ses copains n'étaient pas tout à fait satisfaits. Ils en voulaient plus. Plus de rebondissements, plus d'action, plus d'applaudissements à la fin du film.

— Faites travailler votre imagination, Henri. Surprenez-nous.

Ils étaient disposés à payer davantage, bien entendu, pour ces prestations supplémentaires.

Au bout d'un moment, la perspective de gagner plus d'argent finit par adoucir son humeur, sans pour autant atténuer le mépris que pouvait lui inspirer le Voyeur.

Ils en voulaient encore plus ?

Il leur donnerait satisfaction.

Au bout de la deuxième tasse de café, il avait déjà échafaudé un nouveau plan. Il sortit un téléphone de sa poche et commença à passer des coups de fil.

9.

Il neigeait un peu, cette nuit-là, à Cascade Township, une banlieue très boisée de Grand Rapid, Michigan, et le silence régnait dans la sobre mais confortable maison de brique des McDaniels.

Les deux garçons dormaient profondément, sous leur couette. Dans la chambre parentale, à l'autre bout du couloir, Levon et Barbara se tournaient le dos, mais leurs pieds se touchaient sur l'invisible ligne de démarcation de leur lit de grande marque. Ensemble depuis vingt-cinq ans, ils donnaient l'impression de former un couple parfaitement uni, même dans leur sommeil.

La table de chevet de Barbara disparaissait sous les magazines et les livres de poche à moitié lus, les chemises renfermant tests et notes, et d'innombrables suppléments vitaminés montant la garde autour d'une bouteille de thé vert. *Ne fais pas attention, Levon, et sois gentil de ne toucher à rien. Je sais exactement où chaque chose se trouve.*

En voyant la table de chevet de Levon, on comprenait immédiatement que monsieur, lui, sollicitait davantage l'hémisphère gauche de son cerveau. Une pile bien droite de rapports annuels, un exemplaire annoté de *Against All Reason*, le thriller de John Trenhaile, un carnet, un stylo, et une armée d'appareils électroniques – téléphones, ordinateur portable, radio-réveil station météo – tous parfaitement alignés à dix centimètres du bord de la table et branchés sur une prise multiple derrière la lampe.

La neige avait enveloppé la maison d'un nimbe de silence. Brusquement, une sonnerie de téléphone tira Levon de son sommeil. Le cœur battant, en proie à une soudaine panique, il se demanda ce qui se passait.

Nouvelle sonnerie. Cette fois, Levon attrapa le téléphone fixe.

Il regarda le radio-réveil. 3 h 14. Qui pouvait l'appeler à une heure pareille ? Et là, il comprit. C'était Kim. Il y avait cinq heures de décalage avec la côte ouest, elle avait dû s'emmêler les pinceaux.

— Kim ? Ma chérie ?

— Kim a disparu, répondit une voix d'homme.

Levon sentit un poing se serrer dans sa poitrine. Il avait du mal à respirer. Était-il victime d'une crise cardiaque ?

— Pardon ? Qu'avez-vous dit ?

Barb s'assit dans le lit, alluma la lumière.

— Levon ? Qu'y a-t-il ?

Il leva la main. *Une seconde.*

— Qui est à l'appareil ? demanda-t-il en se frottant le torse pour calmer la douleur.

— Je n'ai qu'une minute, alors écoutez-moi bien. J'appelle de Hawaii. Kim a disparu. Elle est tombée entre de mauvaises mains.

Glacé d'effroi, de la tête aux pieds, Levon se cramponna au combiné. Les derniers mots de l'inconnu résonnaient encore. « Kim est tombée entre de mauvaises mains. »

Cela n'avait aucun sens.

— Je ne comprends pas ce que vous dites. Elle est blessée ?

Pas de réponse.

— Allô ?

— Vous m'écoutez, monsieur McDaniels ?

— Oui. Qui est à l'appareil, s'il vous plaît ?

— Je ne vous le dirai qu'une fois.

Levon tira sur le col de son T-shirt, ne sachant que penser. Cet homme mentait-il, ou disait-il la vérité ? Il connaissait son nom, son numéro de téléphone, il savait que Kim était à Hawaii. D'où tenait-il cela ?

Barb était en train de lui demander : « Que se passe-t-il, Levon ? C'est à propos de Kim ? »

— Kim n'est pas venue au shooting hier matin, révéla l'inconnu. Le magazine ne tient pas à ce que ça se sache. Tout le monde croise les doigts, en espérant qu'elle reviendra.

— La police a été prévenue ? Quelqu'un a appelé la police ?

— Je vais raccrocher, maintenant. Si j'étais vous, je prendrais le premier avion pour Maui. Vous et Barbara.

— Attendez ! Attendez, s'il vous plaît. Comment savez-vous qu'elle a disparu ?

— Parce c'est moi qui l'ai enlevée, monsieur. Je l'ai vue. Elle m'a plu. Je l'ai prise. Bonne journée.

10.

— Que voulez-vous ? Dites-moi ce que vous voulez !

Il y eut un déclic, suivi de la tonalité. Levon appuya sur une touche pour consulter le journal des appels, mais le numéro du mystérieux interlocuteur était masqué.

Barb était en train de lui tirer le bras.

— Levon ! Dis-moi ce qui s'est passé !

Barbara aimait raconter qu'elle était l'incendiaire de la famille, et lui le pompier. Des rôles dans lesquels ils s'étaient installés, au fil des ans. Levon répéta donc à sa femme ce que lui avait dit l'inconnu, en s'efforçant de dissimuler sa peur, en s'en tenant aux faits.

Le visage de Barbara refléta aussitôt la terreur qui commençait à l'embraser. Il eut l'impression qu'elle lui parlait de très loin.

— Tu l'as cru ? Il a dit où elle était ? Il a dit ce qui s'est passé ? Mon Dieu, mais c'est quoi, cette histoire ?

— Il a juste dit qu'elle avait disparu…

— Elle ne va jamais nulle part sans son portable…

Barb avait du mal à respirer. Son asthme se rappelait à son bon souvenir. Levon bondit du lit, balaya la table de chevet de sa femme d'une main tremblante, en faisant tomber pilules et revues, récupéra l'inhalateur au milieu du bric-à-brac, le tendit à Barbara et la regarda aspirer une longue goulée.

Elle pleurait.

Il ouvrit les bras et elle vint se blottir contre lui en sanglotant.

— S'il te plaît… appelle-la.

Levon attrapa le téléphone sur la couverture, composa le numéro de sa fille, laissa les sonneries s'égrener interminablement, une, deux, puis trois, en regardant l'heure, en faisant ses calculs. Il était un peu plus de 22 heures à Hawaii.

Et il entendit la voix de Kim. Il hurla.

— Kim !

De soulagement, Barb prit son visage entre ses mains, mais Levon comprit qu'il avait fait erreur.

— Ce n'est qu'un message, dit-il en écoutant l'enregistrement. « Laissez votre nom et votre numéro, je vous rappellerai. Bye, byeeee. »

— Kim, c'est ton père. Tu vas bien ? On aimerait avoir de tes nouvelles. Oublie le décalage horaire. Appelle-nous, d'accord ? Ici, tout le monde va bien. On t'embrasse très fort, ma chérie.

Barb sanglotait. « Oh, mon Dieu, oh, mon Dieu », gémissait-elle en étreignant la couette, qu'elle pressait contre son visage.

— On ne sait rien, Barb, lui dit-il. C'est peut-être un taré qui veut faire une mauvaise blague.

— Oh, mon Dieu, Levon. Essaie son hôtel.

Assis au bord du lit, les yeux fixés sur la moquette tuftée entre ses pieds, Levon appela les renseignements. Il griffonna le numéro, raccrocha, puis appela le Wailea Princess à Maui.

Une standardiste décrocha. Il demanda Kim McDaniels, entendit le téléphone sonner cinq fois dans une chambre, à dix mille kilomètres de lui, puis un répondeur prit le relais : « Si vous souhaitez laisser un message à la personne qui occupe la chambre 314, merci de parler après le signal sonore. Pour revenir au standard, appuyez sur la touche 0. »

Levon avait de nouveau mal à la poitrine, et il respirait avec difficulté.

« Kim, appelle papa et maman. C'est important. »

Il fit le 0, et finit par retrouver la voix chantante de la standardiste, à l'autre bout de la planète.

Il demanda à la jeune femme d'appeler la chambre de Carol Sweeney, la bookeuse de l'agence de mannequins, qui avait accompagné Kim à Hawaii et était censée la chaperonner.

Pas de réponse non plus. Levon laissa un message :

« Carol, c'est Levon McDaniels, le père de Kim. Merci de me rappeler dès que possible. Quelle que soit l'heure. Nous ne dormons pas. Je vous laisse mon numéro de portable... »

Puis il appuya encore une fois sur la touche 0.

— Nous avons besoin d'aide. Pourriez-vous me passer la direction de l'hôtel ? Il s'agit d'une urgence.

11.

Levon McDaniels était un homme tout en muscles, à la mâchoire bien carrée. Un mètre quatre-vingt-dix pour soixante-quinze kilos. Un type droit, décidé, prévenant, bon leader, mais là, assis au bord du lit, en caleçon rouge, avec son pauvre téléphone sans fil qui ne lui permettait pas de joindre Kim, il se sentait impuissant, au bord de la nausée.

En attendant que la sécurité de l'hôtel envoie quelqu'un à la chambre de Kim et informe la direction, Levon gambergeait. Dans sa tête se bousculaient des images de sa fille, blessée, ou captive d'un détraqué qui manigançait Dieu savait quoi.

Quelques minutes à peine s'étaient écoulées, mais Levon s'imaginait déjà traversant le Pacifique d'un coup d'aile, fonçant jusqu'à la chambre de Kim par l'escalier de l'hôtel, défonçant la porte. Et il la découvrait paisiblement endormie. Elle avait oublié de raccrocher le téléphone...

— Monsieur McDaniels, je suis en ligne avec la sécurité. Le lit de votre fille n'a pas été défait et, apparemment, personne n'a touché à ses affaires. Souhaitez-vous que nous prévenions la police ?

— Oui. Tout de suite. Je vous remercie. Pourriez-vous me donner votre nom et me l'épeler ?

Levon réserva une chambre, puis appela United Airlines et enfonça la touche 0 jusqu'à ce que quelqu'un daigne lui parler.

À côté de lui, la gorge serrée, Barbara respirait bruyamment en défaisant machinalement sa natte grisonnante. Barb ne dissimulait rien de sa souffrance. Elle en était incapable. Elle affichait toujours ses émotions ; avec elle, on savait à quoi s'en tenir.

— Plus j'y pense, balbutia-t-elle entre deux sanglots violents, plus je me dis que ce type ment. S'il l'avait enlevée... il aurait réclamé de l'argent, et il ne l'a pas fait, Levon. Alors... pourquoi nous avoir appelés ?

— Je n'en sais rien, Barb. Moi non plus, je n'y comprends rien.

— Quelle heure est-il, là-bas ?

— 22 h 30.

— Ça fait donc dix-huit heures, à peu près, qu'elle est absente ? poursuivit Barbara qui tentait de reconstituer le scénario le plus optimiste en s'essuyant les yeux dans son T-shirt. Elle est sûrement tombée sur un beau gosse et elle est partie faire un tour avec lui. Ils ont crevé. Dans un coin où ça ne capte pas, quelque chose comme ça. Elle doit être malade d'avoir manqué son shooting. Tu sais comment elle est. Elle doit être en rade quelque part et elle s'en veut à mort.

Levon s'était abstenu de révéler à sa femme les détails les plus terrifiants du coup de fil, il ne lui avait pas dit que Kim, selon le correspondant anonyme, était tombée « entre de mauvaises mains ». À quoi bon l'affoler davantage ?

— Il faut que nous gardions la tête froide, se borna-t-il à dire.

— Absolument, acquiesça Barbara. Bon, on va aller là-bas, Levon, mais Kim va piquer une crise parce que tu as demandé à l'hôtel d'appeler la police. Et quand elle est en colère...

Levon sourit.

— Prends ta douche, lui suggéra sa femme. Je prendrai la mienne après.

Il ressortit de la salle de bains cinq minutes plus tard, rasé. Autour de sa calvitie naissante, ses cheveux châtains étaient droits comme des piquets. Tout en s'habillant, il essaya de se représenter le Wailea Princess, ne vit que des images figées de couples en lune de miel longeant la plage au coucher du soleil. Se dit qu'il ne reverrait peut-être jamais Kim. Une lame de terreur le cisailla.

Mon Dieu, je vous en supplie, faites qu'il ne lui soit rien arrivé.

Barb se doucha rapidement, enfila un pull bleu, un pantalon sport gris, des chaussures à talons plats. Elle avait encore les yeux écarquillés, l'air sous le choc, mais le cap de l'hystérie franchi, son redoutable cerveau fonctionnait parfaitement.

— Je n'ai pris que des sous-vêtements et des brosses à dents, Levon. Le reste, on l'achètera sur place.

Il était 3 h 45 à Cascade Township. Moins d'une heure s'était écoulée depuis le coup de téléphone qui avait précipité les McDaniels dans un gouffre insondable et terrifiant.

— Appelle Cissy, fit Barb. Je vais réveiller les gosses.

12.

Barbara soupira en silence, puis fit lentement tourner le variateur pour éclairer progressivement la chambre des enfants. Greg émit un grognement et tira sur sa tête la couverture Spiderman, mais Johnny s'assit immédiatement. Son visage d'ado de quatorze ans était en éveil : il pressentait de l'inattendu, du nouveau. Peut-être même quelque chose d'excitant.

Barb secoua doucement l'épaule de Greg.

— Mon lapin, réveille-toi.

— Mamaaaaan, noooon.

Barb retira la couverture de son fils cadet et expliqua aux deux enfants une version de l'histoire à laquelle elle croyait partiellement. Papa et elle allaient rendre visite à Kim, à Hawaii.

Les garçons, aussitôt très attentifs, assaillirent leur mère de questions jusqu'à l'arrivée de Levon. Greg remarqua immédiatement que son père avait les traits tendus.

— Papa, qu'est-ce qui se passe ?

Barb le prit dans ses bras, lui dit que tout allait bien, que tante Cissy et oncle Dave les attendaient, qu'ils pourraient se rendormir dans un quart d'heure. Ils pouvaient rester en pyjama, mais ils devaient mettre des chaussures et un manteau.

Johnny les supplia de le laisser aller à Hawaii avec eux, en se lançant dans une plaidoirie où il était notamment question de scooter des mers et de plongée avec palmes et tuba, mais Barb, retenant ses larmes, lui répondit « pas cette fois » et s'empressa de rassembler chaussettes, chaussures, brosses à dents et Gameboy.

— Tu dis pas tout, maman. Il fait encore nuit !

— On parlera de ça une autre fois, Johnny. Tout va bien. Il faut juste que... qu'on soit à l'heure à l'aéroport.

Dix minutes plus tard, cinq rues plus loin, Christine et David attendaient sur le pas de la porte de leur maison. Le froid polaire venu du lac Michigan était en train de déposer un duvet blanc sur leur pelouse.

Dès que la voiture s'engagea dans l'allée, Levon vit Cissy dévaler les marches du perron et courir à leur rencontre. Elle avait deux ans de moins que Barb, le même visage en cœur et un peu de Kim aussi, aux yeux de Levon.

Cissy ouvrit les bras pour accueillir les enfants, puis étreignit Barb et Levon.

— J'ai fait transférer nos appels sur votre ligne, Cis, lui dit Barb. Au cas où quelqu'un appellerait.

Barb ne voulait pas donner trop de détails devant les petits, mais Levon se demanda si sa belle-sœur avait compris.

— Passe-moi un coup de fil quand vous serez en correspondance, fit Cis.

Dave tendit une enveloppe à Levon.

— Tiens, voilà un peu de liquide, dans les mille dollars. Non, non, prends-les. Tu risques d'en avoir besoin quand tu débarqueras. Pour le taxi ou je ne sais quoi. Prends-les, Levon.

Après les embrassades, les « bon vol » et « on pense à vous » résonnèrent dans le silence du petit matin. Quand Cissy et David fermèrent la porte derrière eux, Levon demanda à sa femme de boucler sa ceinture.

La Suburban ressortit de l'allée en marche arrière, puis s'engagea sur Burkett Road et prit la direction de l'aéroport Gerald R. Ford. Une fois sur la voie rapide, Levon monta à 140.

— Ralentis, Levon.

— D'accord.

Mais il gardait le pied au plancher, fonçant vers la galaxie de neige qui, mystérieusement, l'aidait à ne pas basculer dans l'abîme de la terreur.

— J'appellerai la banque quand on changera d'avion à Los Angeles, dit-il. Je demanderai à Bill Macchio de nous ouvrir un prêt hypothécaire au cas où il faudrait débloquer de l'argent.

Il voyait les larmes sillonner les joues de Barb et tomber sur ses genoux, entendait ses ongles cliqueter sur les touches du Blackberry. Elle était en train d'envoyer des textos à toute la famille, aux amis, au bureau. À Kim.

Elle appela encore une fois leur fille sur son portable quand Levon gara la voiture et tendit le téléphone pour qu'il entende la voix électronique : « La boîte vocale de... Kim McDaniels... est pleine. Votre message ne peut être enregistré. »

13.

Les McDaniels prirent un premier avion de Grand Rapids à Chicago, d'où ils réussirent à embarquer sur un vol à destination de Los Angeles – ils étaient sur liste d'attente – qui arriva juste à temps pour leur permettre de prendre l'avion de Honolulu. Une fois à Honolulu, ils traversèrent le terminal en courant, billets et pièces d'identité à la main, et parvinrent de justesse à monter à bord du petit avion à hélice d'Island Air et à s'asseoir aux deux dernières places, près des issues de secours, avant que les portes du coucou ne se referment bruyamment.

Ils n'étaient plus qu'à quarante minutes de Maui.

À quarante minutes de Kim.

Depuis leur départ de Grand Rapids, Barbara et Levon avaient dormi par intermittence et il s'était écoulé tellement de temps depuis le coup de fil que ce voyage commençait à leur paraître irréel.

Ils se mirent à imaginer Kim les traitant de tous les noms parce qu'ils avaient fait le déplacement, après quoi ils riraient de l'incident et s'amuseraient à montrer à tout le monde une photo d'elle en train de dire « ah, non, pitié, pas ça », entre ses parents, tous avec leur collier de fleurs autour du cou comme de vrais touristes en goguette à Hawaii.

Puis la peur, de nouveau, déferla.

Où était Kim ? Pourquoi n'arrivaient-ils pas à la joindre ? Pourquoi ne les avait-elle pas rappelés à la maison ou sur le portable ?

Ils survolaient les nuages.

— Je pensais au vélo, murmura Barb.

Levon hocha la tête et lui prit la main.

Ce qu'ils appelaient « le vélo » avait commencé avec un autre coup de fil épouvantable, huit ou neuf ans plus tôt. Au bout du fil, ce jour-là, ils avaient eu la police. Kim avait presque quatorze ans. Elle rentrait de l'école à bicyclette quand l'extrémité de son écharpe s'était prise dans les rayons de la roue arrière. Littéralement étranglée, Kim avait été arrachée du vélo et précipitée sur la chaussée.

Une conductrice, ayant aperçu le vélo au milieu de la route, s'était arrêtée et avait découvert Kim gisant au pied d'un arbre, la tête relevée, inconsciente. La jeune femme, qui s'appelait Anne Clohessy, avait appelé le 911, mais à l'arrivée de l'ambulance, les secouristes n'avaient pas réussi à ranimer Kim.

Son cerveau avait été privé d'oxygène, selon les médecins. Elle était dans le coma. À l'hôpital, on avait annoncé à Barb que cela risquait d'être irréversible.

Quand on avait prévenu Levon, à son bureau, Kim avait déjà été transférée par hélicoptère dans un service de traumatologie, à Chicago. Barb et lui avaient mis quatre heures, en voiture, pour rejoindre l'hôpital. Leur fille était dans une unité de soins intensifs, groggy mais consciente. Autour de son cou, la vilaine ecchymose était aussi bleue que l'écharpe qui avait failli la tuer.

Mais elle était vivante. Elle n'avait pas encore retrouvé toutes ses facultés, mais elle était sortie d'affaire et ne tarderait pas à être sur pied.

— C'était bizarre, dans ma tête, leur avait raconté Kimmy. C'était comme dans un rêve, mais en beaucoup plus vrai. J'entendais le père Marty me parler comme s'il était assis au bout du lit.

— Que te disait-il, ma chérie ? lui avait demandé Barb.

— Il me disait : je suis content que tu sois baptisée, Kim.

Levon enleva ses lunettes et s'essuya les yeux du revers de la main. Barb lui tendit un mouchoir en papier.

— Je sais, mon chéri, je sais.

C'était comme ça qu'ils voulaient retrouver Kim. Sortie d'affaire, en pleine possession de ses moyens. Levon regarda Barb avec un petit sourire en coin. Ils pensaient tous deux à l'article du *Chicago Tribune* surnommant Kim « la miraculée ». Ils l'appelaient encore comme ça, parfois.

La miraculée admise dans l'équipe de basket dès son entrée en fac. La miraculée reçue à l'examen de la classe préparatoire de médecine. La miraculée qui allait poser pour le numéro spécial maillots de bain de *Sporting Life*, alors qu'elle avait une chance sur un million d'être sélectionnée.

Était-ce vraiment une chance ? s'interrogea Levon.

14.

Barb tortilla son mouchoir en papier jusqu'à en faire un nœud.

— Je n'aurais jamais dû m'emballer comme ça quand l'agence a appelé.

— Elle voulait le faire, Barb. Ce n'est la faute de personne. Elle a toujours fait ce qu'elle voulait.

Barb sortit de son petit sac une photo de Kimmy, un « gros plan visage » 13 × 18 cm de Kim à dix-huit ans, prise pour cette fameuse agence à Chicago. Levon la contempla. Kim portait un pull noir long et ses cheveux blonds dégringolaient plus bas que ses épaules. Il y avait chez elle une beauté radieuse qui donnait aux hommes des idées.

— Après ça, fini le mannequinat, décréta Levon.

— Elle a vingt et un ans, Levon.

— Elle sera médecin. Barb, elle n'a aucune raison de continuer. Maintenant, c'est fini. Je lui ferai comprendre.

L'hôtesse annonça qu'ils allaient bientôt atterrir.

Barb releva le volet et Levon regarda filer sous son hublot un troupeau de nuages dont le dos semblait balayé par des projecteurs roses.

Quand les maisons et les routes de Maui apparurent, en miniature, il se tourna vers son épouse, sa meilleure amie, sa chérie.

— Comment te sens-tu, trésor ? Ça va ?

— Je ne me suis jamais sentie aussi bien, ironisa Barb. Et toi ?

Il sourit, la rapprocha de lui, posa la joue contre la sienne, huma le produit qu'elle se mettait dans les cheveux. Son odeur. Il l'embrassa, serra sa main.

— Accroche-toi.

L'avion entama sa descente si brutalement que Levon faillit en avoir un haut-le-cœur. Il envoya une pensée à Kim. *On vient te chercher, ma chérie. Papa et maman arrivent.*

15.

Les McDaniels émergèrent du petit avion. L'échelle vacillait sous leurs pas. Une fois sur le tarmac, après le froid de la cabine climatisée, la chaleur leur parut suffocante.

Levon contempla brièvement le paysage volcanique. Quel contraste avec le Michigan qu'ils avaient quitté en pleine nuit, avec la neige qui lui tombait dans le cou pendant qu'il disait au revoir aux enfants...

Il enleva sa veste, tâta la poche intérieure pour s'assurer que leurs billets de retour – dont celui de Kim – étaient en sécurité.

Le terminal était bondé. L'arrivée des bagages et la salle d'attente partageaient le même hall. Levon et Barb tendirent leur formulaire à un fonctionnaire en bleu, jurèrent qu'ils ne transportaient pas de fruits, puis cherchèrent la zone des taxis.

De plus en plus pressé d'arriver à l'hôtel, Levon marchait vite, sans regarder où il mettait les pieds. Il trébucha sur un chariot à bagages et manqua de faire tomber une gamine coiffée de tresses blondes. Elle serrait dans ses mains un jouet en peluche et, plantée au milieu de la foule, observait tranquillement ce qui se passait autour d'elle. Il y avait chez elle une telle assurance que Levon ne put s'empêcher de repenser à Kim, et une nouvelle vague d'angoisse le submergea. Il sentit vertiges et nausées le gagner.

Levon avança à l'aveuglette, un tourbillon de questions dans la tête. Et si Kim avait épuisé sa réserve de miracles ? Le délai qui lui avait été accordé s'était-il écoulé ? La famille tout entière avait-elle commis une énorme erreur en prenant pour argent comptant le titre imaginé par un journaliste de Chicago, laissant croire que Kim était miraculeusement protégée de tout, que rien de grave ne pouvait lui arriver ?

Une nouvelle fois, Levon pria silencieusement Dieu, lui demanda de faire en sorte que Kim soit à son hôtel, saine et sauve, qu'elle soit heureuse de voir ses parents et leur dise : « Pardon, pardon, je ne savais pas que vous vous feriez autant de soucis pour moi. »

Il avait pris Barb par l'épaule, ils sortaient du terminal pour trouver un taxi, lorsqu'ils virent un homme s'approcher d'eux, un chauffeur tenant une pancarte sur laquelle était inscrit leur nom.

Plus grand que Levon, cheveux châtains, moustache, il portait une casquette de chauffeur, un costume sombre et des boots à talons hauts qui semblaient en peau d'alligator.

— Monsieur et madame McDaniels ? leur dit-il. Je suis Marco. L'hôtel m'a demandé d'être votre chauffeur. Avez-vous les récépissés de vos bagages ?

— Nous sommes venus sans bagages.

— Ah, d'accord. La voiture est juste devant.

16.

Ils lui emboîtèrent le pas. Levon remarqua la démarche curieusement chaloupée de Marco, dans ses bottes western, ainsi que son léger accent. New York, peut-être. Ou bien le New Jersey.

Ils traversèrent le couloir des arrivées jusqu'à un refuge piéton. Levon vit un journal qui traînait sur un banc.

Il crut tout d'abord que son imagination lui jouait des tours, mais le visage qui le regardait, sous le gros titre, était bien celui de Kim.

À la une du *Maui News*, on pouvait lire en grandes lettres noires :

MYSTÉRIEUSE DISPARITION D'UN MANNEQUIN.

En pleine confusion, hébété, il mit quelques instants à comprendre que depuis qu'ils avaient quitté leur domicile, autrement dit depuis environ onze heures, Kim faisait officiellement l'objet de recherches.

Elle ne les attendait pas à l'hôtel.

Comme l'avait dit le correspondant anonyme, elle avait disparu.

Levon saisit le journal d'une main tremblante et, le cœur à vif, regarda le sourire rayonnant de Kim, le maillot de bain qu'elle portait. La photo avait dû être prise quelques jours plus tôt.

Il plia le journal dans le sens de la longueur, rejoignit Marco et Barbara près de la voiture.

— Le trajet est long, jusqu'à l'hôtel ? demanda-t-il au chauffeur.

— Environ une demi-heure, et c'est offert par le Wailea Princess, monsieur McDaniels. Je reste à votre disposition aussi longtemps que vous le souhaiterez.

— Pourquoi tant d'égards ?

— Eu égard à la situation, monsieur, murmura Marco en guise de réponse.

Il ouvrit les portières de la berline. Les McDaniels prirent place à l'arrière. Quand Barbara vit le journal, son visage se décomposa. Elle lut l'article en pleurant, tandis que la voiture se glissait dans le flot de la circulation.

Une fois sur l'autoroute, ils roulèrent à vive allure. Marco leur parlait, l'œil dans le rétroviseur, leur demandait gentiment s'ils étaient à l'aise, si la climatisation leur convenait, s'ils voulaient de la musique, et Levon, qui prévoyait déjà d'aller directement voir la police dès qu'ils auraient pris leur chambre, se faisait l'effet d'un amputé sur un champ de bataille, comme si une partie de son corps venait d'être brutalement sectionnée et qu'il risquait de ne pas survivre.

Puis la berline finit par s'engager dans ce qui ressemblait à une allée privée. Ils roulaient au pas entre deux haies de plantes grimpantes aux fleurs violettes. Ils passèrent devant une cascade artificielle, puis s'arrêtèrent devant le grand portique de l'entrée du Wailea Princess.

Levon vit, des deux côtés de la voiture, des fontaines carrelées. Des statues de guerriers polynésiens en bronze émergeaient de l'eau, brandissant d'une main une sagaie, et de l'autre une balance débordant d'orchidées.

Des bagagistes en chemise blanche et pantalon court carmin se précipitèrent vers la berline. Marco ouvrit la portière, et quand Levon fit le tour pour aider sa femme à descendre, il entendit son nom fuser de toutes parts.

Des gens couraient vers l'entrée de l'hôtel. Des journalistes armés de caméras, d'appareils photo et de micros.

Ils se ruaient vers eux.

17.

Dix minutes plus tard, dans un état second et sous le coup du décalage horaire, Barb pénétrait dans une suite qu'un autre jour, en d'autres circonstances, elle aurait trouvée « somptueuse ». Un coup d'œil à la fiche tarifaire placardée au dos de la porte lui aurait appris que cette suite était facturée trois mille dollars la nuit.

Elle entra dans le salon telle une somnambule, sans vraiment voir le tapis de soie tissé à la main avec son motif d'orchidées sur fond pêche, les meubles tapissiers, les immenses écrans plats.

Elle alla à la fenêtre, contempla le décor luxuriant d'un œil vide. Elle cherchait Kim.

Il y avait une magnifique piscine dont la forme complexe évoquait un carré chevauchant un rectangle, avec des Jacuzzis ronds du côté du petit bassin et, au milieu, en guise de fontaine, une coupe de champagne géante dont les débordements faisaient la joie des gamins.

Barb scruta les rangées de petites tentes d'un blanc immaculé, cherchant une jeune femme sirotant son cocktail dans une chaise longue, au bord de la piscine, une jeune femme du nom de Kim.

Elle vit plusieurs jeunes femmes plus minces, moins minces, plus âgées ou plus petites... Mais pas de Kim.

Au-delà de la piscine, il y avait un passage couvert et un escalier de bois permettant d'accéder à la plage constellée de palmiers. Et un océan bleu saphir séparait cette plage de la côte du Japon.

Où était Kim ?

Barb aurait voulu dire à Levon qu'elle sentait la présence de Kim, mais lorsqu'elle se retourna, Levon n'était plus là.

Elle remarqua une belle corbeille de fruits, sur une table, accompagnée d'un bristol. Elle le prit, et au même moment entendit un bruit de chasse d'eau. C'était une carte de visite, avec un mot écrit au dos.

Levon, son pauvre et cher mari, la regarda sans ciller, mais ses lunettes ne parvenaient pas à dissimuler sa douleur.

— Qu'est-ce que c'est, Barb ?

Elle lut la carte à voix haute. « Chers M. et Mme McDaniels, appelez-moi. Nous vous aiderons du mieux que nous le pourrons. »

Le mot était signé « Susan Gruber, SL » et un numéro de chambre figurait sous le nom.

— Susan Gruber, fit Levon. C'est la rédactrice en chef de *Sporting Life*. Je vais l'appeler tout de suite.

Barb reprit espoir. Susan Gruber était la responsable des séances de prises de vues. Elle savait forcément quelque chose.

Quinze, vingt minutes plus tard, il y avait affluence dans la suite des McDaniels, et plus une place assise.

18.

Dans l'un des canapés, les mains nouées sur les genoux, Barb attendait que Susan Gruber, la puissante rédactrice new-yorkaise, dents étincelantes et visage en lame de couteau, leur annonce que Kim s'était disputée avec le photographe ou qu'elle n'avait pas vraiment donné satisfaction sur le plateau et qu'on lui avait donc accordé quelques jours de congé ou autre chose, n'importe quoi, susceptible de tout expliquer. Qu'ils puissent se dire que Kim était simplement absente, qu'il ne soit plus question de disparition, d'enlèvement, de danger.

Susan Gruber portait un pantalon-tailleur bleu marine, d'innombrables bracelets en or, et lorsqu'elle vint serrer la main de Barbara, elle avait les doigts glacés.

Del Swann, le directeur artistique, peau noire et cheveux platine, bijoux à l'oreille gauche, jean savamment élimé et T-shirt noir moulant, paraissait au bord de l'attaque cérébrale, ce qui conduisait Barbara à penser qu'il en savait peut-être plus qu'il ne le disait. Ou peut-être culpabilisait-il, tout simplement, parce qu'il était le dernier à avoir vu Kim.

Il y avait deux autres hommes, dont le plus âgé, d'une quarantaine d'années, en complet gris, sortait tout droit du moule d'une grande entreprise. Barb avait déjà rencontré des types dans son genre en accompagnant Levon à des congrès ou des cocktails professionnels Merrill Lynch. Pour elle, il ne faisait guère de doute que lui et son jeune clone étaient des avocats new-yorkais expédiés à Maui en vingt-quatre heures comme un paquet Fed Ex pour protéger les intérêts du magazine.

Puis Barb regarda Carol Sweeney, énorme, dans sa robe noire aussi coûteuse qu'informe. Carol Sweeney, la bookeuse de l'agence de mannequins qui avait engagé Kim et l'avait accompagnée à Hawaii pour la chaperonner. Carol, incapable de dire un mot, comme si elle avait avalé un chien, un gros chien.

Barb ne supportait pas d'être dans la même pièce qu'elle.

Le type en costume, le plus âgé – Barb avait déjà oublié son nom –, déclara à Levon :

— Nous avons mis en place une équipe chargée de découvrir où Kim aurait pu aller.

Il ne regardait même pas Barb. Son attention, il ne l'accordait qu'à Levon. Idem pour les autres, d'ailleurs. Elle donnait l'impression d'être émotive, fragile, elle le savait. Peut-être à juste titre, d'ailleurs...

— Que pouvez-vous nous dire d'autre ? lui demanda-t-elle.

— Rien n'indique qu'il lui soit arrivé *quoi* que ce soit. La police pense qu'elle est partie visiter l'île.

Dis-leur, Levon, songea Barb, mais juste avant l'arrivée des gens du magazine, il lui avait glissé : « On enregistre les informations, on écoute, mais il faut garder à l'esprit qu'on ne les connaît pas, ces gens-là. » Sous-entendu, toutes les personnes ayant un lien avec la revue pouvaient être mêlées à la disparition de Kim.

Susan Gruber posa les coudes sur ses genoux et se pencha en avant pour s'adresser à Levon.

— Kim se trouvait dans le bar de l'hôtel avec Del. Del est allé aux toilettes, et lorsqu'il est ressorti, Kim n'était plus là. Personne n'a enlevé Kim. Elle est partie de son plein gré.

— C'est donc ce qui se serait passé, selon vous ? Kim a quitté le bar de l'hôtel toute seule, personne n'a eu de nouvelles d'elle depuis un jour et demi, et vous en déduisez qu'elle a laissé tomber la séance photo pour aller visiter l'île ? C'est bien ça ?

— C'est une adulte, monsieur McDaniels. Ce ne serait pas la première fois qu'une fille lâche un boulot. Je me souviens de cette fille, Gretchen, qui nous a plantés à Cannes, l'an dernier. Elle est réapparue à Monaco six jours plus tard.

S'exprimant comme si elle était dans son bureau, Susan Gruber expliquait patiemment à Levon en quoi consistait son travail. « On a huit filles, sur ce shooting. » Et d'énumérer toutes les personnes placées sous sa responsabilité, tous les détails auxquels elle devait veiller, de préciser qu'elle devait être sur le plateau en permanence, puis visionner tous les shoots de la journée...

Barbara sentait la pression augmenter sous son crâne. Susan Gruber avait des kilos d'or au poignet, mais pas d'alliance. Avait-elle un enfant ? En connaissait-elle seulement un ? Susan Gruber ne comprenait rien.

— Nous adorons Kim, bredouilla Carol Sweeney. Je... je me disais qu'elle était en sécurité, ici. J'étais en train de dîner avec un autre modèle. Je veux dire, Kim est tellement sympa et sérieuse qu'à aucun moment je n'ai pensé que nous avions des raisons de nous inquiéter.

— Je me suis absenté à peine une minute, expliqua Del Swann avant de fondre en larmes.

Barb comprit alors pourquoi Susan Gruber avait fait venir toute son équipe. On lui avait toujours appris qu'il fallait être gentille avec les gens, mais là, ayant cessé de nier l'évidence, elle allait être obligée de dire ce qu'elle avait sur le cœur.

— Vous n'êtes pas responsables ? C'est pour ça que vous êtes tous venus ici ? Pour nous expliquer que vous n'êtes pas responsables de ce qui a pu arriver à Kim ?

Personne n'osa la regarder.

— Nous avons dit à la police tout ce que nous savons, répondit Susan Gruber.

Levon se leva, posa la main sur l'épaule de sa femme et déclara simplement :

— S'il vous plaît, appelez-nous si vous apprenez quoi que ce soit. Pour l'instant, nous aimerions être un peu seuls. Je vous remercie.

Susan Gruber se leva à son tour, passa son sac en bandoulière sur son étroite poitrine.

— Kim reviendra. Ne vous en faites pas.

— Vous voulez dire que c'est ce que vous espérez, rétorqua Barbara. Que vous priez pour qu'elle revienne. Vous me faites pitié.

19.

Devant l'entrée principale du Wailea Princess, au milieu de la cohue de journalistes, un homme attendait le début de la conférence de presse.

Il semblait dans son élément, avec son look de baroudeur. On aurait pu imaginer qu'il avait dormi sur la plage, dans un sac de couchage. Grosses lunettes noires enveloppantes alors que le soleil déclinait, casquette Dodgers enfoncée sur une tignasse brun-roux, Adidas vintage, pantalon de toile froissé et chemise hawaiienne bon marché sur laquelle ballottait, au bout d'une cordelette, la réplique parfaite d'un laissez-passer attestant qu'il était Charles Rollins, photographe de presse, de *Talk Weekly*, une publication qui n'existait pas.

Il était néanmoins équipé d'un caméscope numérique haut de gamme, un Panasonic compatible HD avec micro-perche stéréo et objectif Leica. Plus de six mille dollars de matériel.

Il braqua sa caméra sur l'entrée monumentale du Wailea Princess, où les McDaniels étaient en train de prendre place derrière un pupitre.

Tandis que Levon ajustait le micro, « Rollins » sifflota quelques notes. Il commençait à s'amuser, en se disant que Kim elle-même ne le reconnaîtrait pas si elle avait été en vie. Caméscope à bout de bras, il filma Levon accueillant la presse. Si je les connaissais mieux, songea-t-il, je suis sûr que je les trouverais sympas, les McDaniels. D'ailleurs, il les trouvait déjà sympas. Que pouvait-on leur reprocher, aux McDaniels ?

Il suffisait de les regarder.

La douce et enjouée Barbara. Et Levon, qui avait le cœur d'un général cinq-étoiles. C'était le sel de la terre, ces deux-là.

Accablés de chagrin, terrifiés, ils faisaient malgré tout preuve d'une grande dignité en répondant à des questions souvent banales et dénuées de tact.

— Qu'aimeriez-vous dire à Kim si elle vous écoute en ce moment ?

Ce fut Barbara qui parla, d'une voix tremblante :

— Je lui dirais : « Nous t'aimons, ma chérie. Surtout, sois forte. » Et que tous ceux qui nous écoutent sachent que nous offrons une somme de vingt-cinq mille dollars pour tout renseignement qui nous aiderait à retrouver notre fille. Si nous avions un million, nous aurions offert un million...

À cet instant, Barbara parut manquer d'air. Elle se retourna, et Rollins la vit utiliser un inhalateur. Les questions continuaient d'affluer.

— Monsieur McDaniels ! Avez-vous reçu une demande de rançon ? Quelle est la dernière chose que Kim vous a dite ?

Levon se penchait vers les micros et répondait à chacun, patiemment. Puis, pour finir, il annonça que l'hôtel avait mis en place un numéro spécial, et le communiqua.

Rollins regarda les journalistes se jeter sur le pupitre comme des poissons-volants sur le pont d'un navire, en lançant d'autres questions, alors que les McDaniels redescendaient pour aller se réfugier dans le hall de l'hôtel.

Et derrière eux, à travers son objectif, il vit quelqu'un se détacher de la meute, un type vaguement connu qu'il avait déjà vu vendre ses bouquins sur C-Span.

L'objet de son intérêt était un homme d'une quarantaine d'années, plutôt pas mal, journaliste et auteur de polars à succès. Il portait un Dockers et une chemise rose à col boutonné, aux manches retroussées. Il avait un petit côté Brian Williams en direct de Bagdad, en plus baroudeur, peut-être.

Le journaliste-romancier toucha le bras de Barbara, qui s'arrêta pour lui dire quelque chose.

Charlie Rollins sentit se préparer l'interview avec la grande presse. Tiens donc, songea-t-il. Mes voyeurs vont adorer ça. Kim McDaniels va devenir célèbre. L'événement prend enfin une tout autre dimension.

20.

Le journaliste en Dockers et chemise rose ?

C'était moi.

Au moment où Levon et Barbara McDaniels ont quitté le pupitre, quand la foule s'est rapprochée en tournant au-dessus d'eux comme une tornade, j'ai entrevu une brèche.

J'ai juste eu le temps de foncer et d'effleurer le bras de Barbara McDaniels pour attirer son attention avant qu'elle ne disparaisse dans le hall de l'hôtel.

Je voulais la faire, cette interview, mais on a beau avoir déjà vu trente-six fois des parents d'enfants perdus ou enlevés implorer qu'on retrouve leurs petits, on est ému, forcément.

Barbara et Levon McDaniels m'avaient touché dès que je les avais vus. On lisait une telle douleur sur leur visage...

J'avais donc posé la main sur le bras de Barbara McDaniels, tout doucement. Elle s'est retournée et je lui ai tendu ma carte. Par chance, elle connaissait mon nom.

— Ben Hawkins, l'auteur de *Red* ?

— *La Faute de Red*. Oui, c'est moi.

Elle m'a dit qu'elle avait aimé le livre, en esquissant un sourire malgré l'angoisse qui lui pétrifiait le visage. Les types de la sécurité, bras écartés, nous ont dégagé un couloir dans la foule, et j'ai pu entrer dans l'hôtel en même temps que Barbara, qui m'a présenté à son mari.

— Ben est un auteur à succès, Levon. Tu te souviens, on a lu son dernier roman dans la sélection du Club du Livre, l'automne dernier.

— Je fais un papier sur la disparition de Kim pour le *Los Angeles Times*, ai-je expliqué à M. McDaniels.

— Si vous voulez une interview, m'a répondu Levon, je suis désolé. Nous sommes vidés et il vaudrait mieux, sans doute, que nous ne fassions plus de déclarations avant d'avoir vu la police.

— Vous ne leur avez pas encore parlé ?

Il a soupiré, secoué la tête.

— Essayez de parler à un répondeur...

— Je peux peut-être vous aider, leur ai-je dit. Le *L.A. Times* a de l'influence, même ici. Et j'étais flic, avant.

— Ah, bon ?

Levon McDaniels avait les paupières en berne et la voix éraillée, et il marchait comme un marathonien après la ligne d'arrivée, mais brusquement, je l'intéressais. Il s'est arrêté et m'a demandé de lui en dire plus.

— Je travaillais pour la police de Portland. J'étais inspecteur, enquêteur. En ce moment, je couvre les affaires criminelles pour le *Times*.

Le mot « criminelles » l'a fait grimacer.

— D'accord, Ben. Pensez-vous pouvoir nous aider vis-à-vis de la police ? On va finir par devenir fous.

Nous avons traversé l'imposant hall-cathédrale, avec ses marbres et ses ouvertures sur l'océan, et fini par trouver une petite terrasse discrète qui surplombait la piscine. Les palmiers chuchotaient dans la brise. Des gamins en maillots de bain, tout mouillés, passaient près de nous en courant. Ils riaient, parfaitement insouciants.

— J'ai appelé plusieurs fois la police, m'a expliqué Levon, et chaque fois je suis tombé sur un menu : « Contraventions, tapez un. Audiences de nuit, tapez deux. » Il a fallu que je laisse un message. Vous le croyez, ça ? Barb et moi sommes allés au poste qui gère ce secteur. Et là, sur la porte, il y avait les horaires d'ouverture. De 9 heures à 18 heures du lundi au vendredi, de 10 heures à 16 heures le samedi. J'ignorais que les postes de police avaient des horaires. Vous le saviez, vous ?

Il y avait un tel désespoir dans son regard. Sa fille avait disparu, et le poste de police était fermé. Ils allaient de cauchemar en cauchemar, et tout ça sur une île censée être un paradis pour touristes.

— Ici, la police s'occupe surtout de la circulation, lui ai-je répondu. Les conduites sous l'emprise de l'alcool ou de stupéfiants, les trucs de ce genre. Les scènes de ménage qui dégénèrent, les cambriolages.

Un autre fait divers me venait à l'esprit, mais je préférais ne pas lui en parler. Quelques années plus tôt, une touriste de vingt-cinq ans avait été agressée sur la Grande Île par trois malfrats du coin. Ils l'avaient tabassée, violée, puis tuée.

Une jeune femme grande, blonde, pleine de charme, un peu comme Kim.

Une autre histoire avait fait beaucoup plus de bruit. Une pom-pom girl de l'université de l'Illinois avait fait une chute mortelle du balcon de sa chambre d'hôtel. Elle faisait la fête avec deux jeunes gens contre lesquels aucune charge n'avait été retenue. Et il y avait cette autre jeune, une fille d'ici qui n'avait pas vingt ans. Après un concert, sur l'île, elle avait appelé ses copines. Et personne ne l'avait jamais revue.

— Vous avez bien fait de donner cette conférence de presse, lui ai-je dit. La police va devoir prendre la disparition de Kim au sérieux.

— S'ils ne me rappellent pas, j'y retourne demain matin. Dans l'immédiat, nous voudrions voir le bar où Kim prenait un verre juste avant de disparaître. Joignez-vous à nous, si vous voulez.

21.

Le Typhoon se trouvait sur la mezzanine, ouvert aux alizés. Le parfum des frangipaniers embaumait l'air. Il y avait des tables et des chaises de café le long de la balustrade, d'où l'on voyait la piscine et, derrière, une procession de palmiers s'étirant jusqu'à la plage. À ma gauche, un piano à queue encore sous sa housse, et derrière nous, un bar, tout en longueur. Un barman était en train de faire la mise en place ; il coupait des zestes de citron, répartissait les coupelles de cacahuètes et de noix de cajou.

— D'après le responsable de nuit, a expliqué Barbara, Kim était assise à cette table, la plus proche du piano. (Elle a caressé le plateau de marbre, puis pointé le doigt en direction d'un renfoncement, à une quinzaine de mètres.) Et là, j'imagine que ce sont les fameuses toilettes. Où le directeur artistique s'est absenté... juste une minute.

J'essayais d'imaginer à quoi pouvait ressembler le bar le soir fatidique. Les clients enchaînant les verres. Beaucoup d'hommes. J'avais des centaines de questions à poser.

J'étais déjà en train d'examiner cette affaire avec le regard d'un flic. S'il s'était agi de mon enquête, j'aurais commencé par les enregistrements des caméras de surveillance. J'aurais voulu voir qui se trouvait au bar en même temps que Kim, j'aurais voulu savoir si quelqu'un l'avait suivie des yeux quand elle avait quitté la table, et qui avait payé ses consommations juste après son départ.

Kim était-elle partie accompagnée ? Était-elle montée dans une chambre autre que la sienne ?

Ou bien avait-elle traversé le hall puis descendu l'escalier en faisant voler sa chevelure blonde, et qui l'avait regardée partir ?

Et ensuite, quoi ? Était-elle passée devant la piscine et les tentes ? L'une de ces tentes avait-elle été occupée tard dans la nuit ? Quelqu'un avait-il suivi Kim jusqu'à la plage ?

Levon a nettoyé soigneusement ses lunettes, un verre après l'autre, puis les a tenues à distance pour s'assurer que le travail était bien fait. Lorsqu'il les a reposées sur son nez, il m'a vu scrutant l'allée couverte reliant la piscine à la plage.

— À quoi pensez-vous, Ben ?

— Toutes les plages de Hawaii appartiennent au domaine public. Pas de caméras de surveillance, par conséquent.

Je me demandais si l'explication la plus simple pouvait être la bonne. Kim était-elle allée nager ? Après être entrée dans l'eau, avait-elle été happée par une vague puis entraînée vers le fond ? Est-ce que quelqu'un avait retrouvé ses chaussures sur la plage et les avait gardées ?

— Que pouvons-nous vous raconter sur Kim ? m'a demandé Barbara.

— Je veux tout savoir. Si cela ne vous dérange pas, j'aimerais enregistrer notre conversation.

Barbara a acquiescé et Levon a commandé deux gin-tonic. Je ne voulais pas boire d'alcool. Un club soda me conviendrait.

J'avais déjà commencé à tracer les grandes lignes de mon enquête sur Kim McDaniels. Une fille superbe venue de la campagne profonde, à la fois belle et intelligente, bientôt célèbre, débarquait dans un petit paradis, un des coins les plus beaux du monde, et disparaissait sans raison, sans laisser le moindre indice. Les McDaniels m'avaient accordé l'exclusivité, ce qui était plus que je ne l'espérais, et même s'il était encore trop tôt pour dire s'il y avait matière à écrire un livre, je savais déjà que je tenais un sujet en or.

Il y avait plus important, d'ailleurs. Les McDaniels m'avaient acquis à leur cause. C'étaient des gens bien.

J'avais envie de les aider, et j'étais vraiment décidé à le faire.

Ils étaient épuisés, mais ils ne quittaient pas la table. L'entretien se poursuivait.

Mon magnétophone n'avait encore jamais servi, je venais de déballer la mini-cassette et j'avais mis des piles neuves. J'ai enfoncé la touche *record* et l'appareil s'est mis à ronronner.

Et là, à ma grande surprise, c'est Barbara qui m'a interrogé.

22.

Le menton sur les mains, elle m'a demandé :

— Que s'est-il passé, quand vous faisiez partie de la police de Portland ? Épargnez-moi la petite biographie qu'on peut lire sur la jaquette de votre livre. C'est du bla-bla d'attachée de presse, n'est-ce pas ?

C'était dit avec une telle franchise, avec une telle détermination, que je n'ai eu aucune peine à comprendre le message : si je ne répondais pas à ses questions, elle n'avait aucune raison de répondre aux miennes. Je tenais à le faire, car j'estimais qu'elle était en droit de vérifier mes antécédents, et je voulais que les McDaniels puissent me faire confiance.

Si le côté direct, digne d'un interrogatoire, de la question me faisait sourire, l'histoire que Barbara me demandait de raconter n'avait rien d'amusant. Un petit saut dans le passé, et les souvenirs ont commencé à déferler inexorablement, des souvenirs sans gloire et plutôt pénibles.

Pendant que les images encore bien nettes défilaient sur l'écran géant de ma mémoire, j'ai parlé d'un accident de voiture mortel qui s'était produit de nombreuses années auparavant. Mon coéquipier, Dennis Carbone, et moi, avions répondu à l'appel. Nous n'étions pas loin.

— Quand on est arrivés sur place, il faisait encore jour. Il ne restait qu'une demi-heure avant la nuit. Il y avait une petite pluie qui rendait la visibilité mauvaise, mais assez de lumière pour voir qu'une voiture avait dérapé et quitté la route. Elle avait tapé plusieurs arbres comme une bille de billard de deux tonnes avant de finir contre un tronc.

» J'ai appelé les secours. Et c'est moi qui ai interrogé le seul témoin, le conducteur de l'autre voiture, pendant que mon équipier allait voir s'il y avait des survivants dans le véhicule accidenté.

J'ai expliqué aux McDaniels que le témoin roulait en sens inverse et qu'il avait vu l'autre surgir à toute vitesse, du mauvais côté de la chaussée. Il disait avoir donné un grand coup de volant. L'autre conducteur avait fait pareil. Sous le choc, le témoin m'avait raconté avoir vu le pick-up sortir brutalement de la route. Il avait freiné à mort. Je distinguais et sentais encore les traces de gomme qu'il avait laissées sur une centaine de mètres.

— Les secours sont arrivés. Les urgentistes ont extrait le corps du Toyota, m'ont précisé que le conducteur avait été tué sur le coup au moment de l'impact et qu'il n'y avait pas de passagers.

» Pendant qu'on emportait la victime, j'ai cherché mon équipier. Il était à quelques mètres du talus, et je l'ai vu lancer un regard furtif dans ma direction. Un peu bizarrement, comme s'il ne voulait pas que je le surprenne en train de faire quelque chose.

On entendit soudain une rafale de rires, comme des rires d'ados : une future mariée entourée de ses demoiselles d'honneur traversait le bar, direction le salon. Une jolie blonde d'une vingtaine d'années. Le plus beau jour de sa vie, n'est-ce pas ?

Barbara s'est retournée, le temps de voir le cortège. Il aurait fallu être aveugle pour ne pas comprendre ce qu'elle ressentait, ce qu'elle espérait.

— Continuez, Ben. Vous étiez en train de parler de votre équipier qui avait un air coupable.

J'ai opiné, lui ai dit que j'avais tourné la tête parce que quelqu'un m'appelait et qu'après, je l'avais vu en train de refermer le coffre de notre voiture.

— Je n'ai pas demandé à Dennis ce qu'il fabriquait, parce que j'étais déjà en train de penser à la suite. Il y avait des rapports à rédiger, mille choses à faire. Identifier la victime, pour commencer.

» Je faisais tout ce qu'il fallait, Barbara. Je crois que ce réflexe, qui consiste à refouler ce qu'on ne veut pas voir, est assez fréquent. J'aurais dû lui demander des comptes sur place, sans attendre, mais je ne l'ai pas fait. Et finalement, ces quelques secondes fugitives, le temps d'un regard, ont fait basculer ma vie.

23.

Une serveuse est venue nous demander si nous voulions autre chose. Elle tombait bien, car j'avais la gorge de plus en plus serrée et il fallait que je souffle un peu. Je l'avais déjà racontée, cette histoire, mais le cap de la honte n'est jamais facile à franchir.

Surtout quand on n'y est pour rien.

— Je sais que c'est difficile, Ben, a fait Levon, mais nous tenons à ce que vous nous parliez de vous. C'est important.

— C'est à partir de maintenant que ça devient difficile.

Il a hoché la tête, et même s'il n'avait sans doute qu'une dizaine d'années de plus que moi, j'ai senti chez lui une sollicitude très paternelle.

Mon deuxième club soda est arrivé. J'ai fait tourner ma paille dans mon verre, et j'ai repris :

— Quelques jours sont passés. La victime de l'accident était en fait un petit dealer, Robby Snow, et on avait retrouvé des traces d'héroïne dans son sang. Voilà que sa petite amie nous appelle. Elle s'appelait Carrie Willis. Elle était très ébranlée par la mort de Robby, mais autre chose la tracassait. Elle me demande : « Qu'est devenu le sac à dos de Robby ? Un sac rouge, avec une bande réfléchissante argentée. Il y avait beaucoup d'argent dedans. »

» Nous, on n'avait pas trouvé de sac à dos, et tout le monde s'est mis à plaisanter. Signaler à la police que l'argent de la drogue a été volé – Carrie Willis ne manquait pas de culot !

» Mais la copine de Robby semblait sincère. Elle ne savait pas que son mec était dealer. Elle savait juste qu'il était en train d'acheter un terrain près d'une rivière et qu'il allait y faire construire une maison pour eux deux. Dans ce sac à dos, il y avait les papiers de la banque et cent mille dollars en liquide, le prix total de la parcelle, parce qu'il avait rendez-vous avec le propriétaire pour finaliser la transaction. Elle avait elle-même mis l'argent dans le sac. Son histoire tenait debout.

— Alors vous avez demandé à votre équipier s'il avait vu le sac ? m'a dit Barbara.

— Bien sûr. Je lui ai posé la question, et il m'a répondu : « Moi, je n'ai rien vu qui ressemble à un sac à dos, rouge, vert ou rose fuchsia. »

» Alors, comme j'insistais, on est allés au dépôt, on a démonté la voiture, on n'a rien trouvé. Ensuite, on est revenus de jour sur les lieux de l'accident, dans les bois, et on a passé tout le coin au crible. Enfin, surtout moi, parce que j'avais l'impression que Denny se contentait de remuer les branches et de taper dans les feuilles mortes. Et là, je me suis souvenu de son air pas clair le soir de l'accident.

» J'ai passé une bonne partie de la nuit à gamberger et, le lendemain, je suis allé trouver mon lieutenant pour un entretien privé. Je lui ai fait part de mes soupçons, je lui ai dit qu'une somme de cent mille dollars avait peut-être disparu des lieux de l'accident, sans avoir été signalée.

— Vous n'aviez pas le choix, a fait Levon.

— Denny Carbone était un vieux flic plutôt féroce et je savais que, si la teneur de ma conversation avec le lieutenant venait à ses oreilles, il me tomberait dessus. J'ai donc pris le risque de m'adresser à mon supérieur et le lendemain les Affaires internes, c'est-à-dire la police des polices, débarquait dans les vestiaires. Et devinez ce qu'ils ont trouvé dans mon armoire ?

— Un sac à dos rouge, a suggéré Levon.

J'ai levé les deux pouces.

— Un sac à dos rouge, avec une bande réfléchissante argentée, les papiers de la banque, de l'héroïne, et dix mille dollars en liquide.

— Oh, mon Dieu, a soupiré Barbara.

— On m'a donné le choix : ou je démissionnais, ou c'était le procès. Mon procès. Je savais qu'au tribunal, je n'aurais pas gain de cause. Ce serait ma parole contre celle de mon collègue, et les preuves matérielles - enfin, une partie - avaient été retrouvées dans mon armoire. Le pire, c'est que j'avais l'impression de porter le chapeau parce que mon lieutenant était de mèche avec Denny Carbone.

» Sale journée. J'ai perdu beaucoup de mes illusions. J'ai rendu ma plaque, mon arme, j'ai laissé sur place une partie de mon amour-propre. J'aurais pu me battre, mais je ne pouvais pas courir le risque d'aller en prison pour quelque chose que je n'avais pas commis.

— Triste histoire, Ben, a conclu Levon.

— Ouais. Et la suite, vous la connaissez. Je suis allé vivre à Los Angeles, j'ai trouvé un job au *Times*. Et j'ai écrit quelques bouquins.

— Vous êtes modeste, a murmuré Barbara en me tapotant le bras.

— J'écris pour vivre, mais ce n'est pas vraiment moi.

— Qui êtes-vous vraiment, alors ?

— Pour l'instant, j'essaie d'être le meilleur journaliste possible. Je suis venu à Maui pour écrire l'histoire de votre fille, et en même temps, je veux que cette histoire se termine bien. Je veux assister au dénouement, en parler, être là quand tout le monde sera soulagé de retrouver Kim saine et sauve. Voilà, ça, c'est moi.

— Nous vous croyons, Ben, a dit Barbara.

Et Levon d'opiner.

Oui, les McDaniels étaient vraiment des gens bien.

24.

Amsterdam, 17 h 25. Dans son bureau, au quatrième étage de la belle demeure bourgeoise aux pignons dentelés, Jan Van der Heuvel regardait le bateau-mouche glisser sur le canal, au-dessus des arbres. Histoire de passer le temps.

La porte s'ouvrit et Mieke entra. C'était une belle jeune fille de vingt ans, cheveux châtains, courts, vêtue d'une petite jupe et d'une veste cintrée. Ses longues jambes étaient nues jusqu'aux bottines à lacets. Mieke baissa les yeux en demandant à son patron s'il avait encore besoin d'elle, sans quoi elle s'en allait.

— Non, lui répondit Van der Heuvel. Bonne soirée.

Il la raccompagna jusqu'à la porte du bureau, qu'il verrouilla derrière elle, puis retourna s'asseoir à la longue table à dessin et scruta la rue longeant le

Keizersgracht jusqu'à ce qu'il voie Mieke monter dans la Renault de son petit copain et disparaître.

Alors, seulement, il s'installa devant son ordinateur. La téléconférence devait débuter dans un peu moins de trois quarts d'heure, mais il voulait établir le contact un peu plus tôt de manière à pouvoir tout enregistrer. Il pianota sur son clavier et, une fois la connexion établie, vit le visage de son ami apparaître sur l'écran.

— Horst. Je suis là.

Au même instant, une femme de quarante ans, blonde, se trouvait sur le pont de son yacht ancré au large de Portofino, sur la côte italienne. C'était un luxueux bateau de trente-cinq mètres, un modèle unique en alliage d'aluminium haute résistance, comprenant six cabines, une suite et, dans le salon, un centre de vidéoconférence qui, en quelques secondes, se transformait en cinéma.

La propriétaire du yacht abandonna son jeune capitaine pour descendre dans sa suite et passer une veste Versace sur son petit haut. Puis elle se rendit dans la cabine média et alluma son ordinateur. Quand la connexion se fit, via la ligne sécurisée, elle sourit à la webcam.

— Bonjour, Horst, c'est Gina Prazzi. Comment ça va ?

Quatre fuseaux horaires plus loin, à Dubaï, un homme de grande taille, barbu, en tenue traditionnelle, passa devant la mosquée et, un peu plus loin, s'engouffra dans un minuscule restaurant. Il salua le patron et se dirigea directement vers la cuisine, où flottaient des parfums d'ail et de romarin.

Il écarta une tenture, emprunta l'escalier menant au sous-sol, ouvrit à l'aide d'une clé une lourde porte de bois et pénétra dans un petit local.

À Hong-Kong, dans le quartier de Victoria Peaks, un jeune pharmacien alluma son ordinateur. Âgé d'une vingtaine d'années, il avait un QI approchant les 180. Pendant le chargement des programmes, à travers les rideaux, il contempla la longue descente, le sommet des tours cylindriques et les gratte-ciel illuminés de la ville. L'air était étonnamment limpide pour la saison, et son regard avait dérivé jusqu'au Grand Port, jusqu'aux lumières de Kowloon, quand un signal sonore l'informa que la réunion d'urgence de l'Alliance allait commencer.

À Saõ Paulo, peu après midi, Raphael dos Santos, cinquante ans, rentra chez lui au volant de sa dernière acquisition, un coupé Wiesman GT MF5 d'une valeur de deux cent cinquante mille dollars, capable de passer de 0 à 100 km/h en moins de quatre secondes et dont la vitesse de pointe atteignait 310 km/h. Rafi, comme on le surnommait, adorait cette voiture.

Il freina à l'entrée du parking souterrain, jeta les clés à Tomas et prit l'ascenseur qui menait directement à son appartement. Des centaines de mètres carrés de parquet en bois de jatoba, du mobilier ultramoderne, des équipements high-tech.

Une fois chez lui, Rafi se rendit dans son bureau privé, d'où il jouissait d'une vue imprenable sur la façade de l'hôtel Renaissance, sur Alameda Campos.

Il appuya sur un bouton, et un écran plat surgit du bureau. Rafi s'interrogeait encore sur les raisons de cette conférence convoquée en catastrophe. Que s'était-il passé ? Il effleura le clavier et plaqua son pouce sur le capteur biométrique.

Il salua le responsable de l'Alliance en portugais.

— Horst, vieille canaille. Annonce-nous des bonnes nouvelles. Tu as toute notre attention !

25.

Alpes suisses. Calé dans son fauteuil capitonné, Horst Werner écoutait le feu crépiter dans la cheminée, près de laquelle trônait, éclairée par des LEDs, une maquette du *Bismarck* longue de deux mètre cinquante, qu'il avait montée lui-même. Les murs de la bibliothèque, dépourvus de fenêtres, étaient littéralement tapissés d'ouvrages. Les lambris de merisier dissimulaient un blindage d'acier gainé de plomb.

Pour Horst, cette chambre forte reliée au monde par un circuit Internet sophistiqué était, en quelque sorte, le centre de l'univers.

Les douze membres de l'Alliance venaient d'accéder au réseau crypté. Tous parlaient plus ou moins l'anglais. Horst les voyait parfaitement sur son écran. Après les politesses d'usage, il en vint au fait.

— Un ami américain a envoyé à Jan un petit film, pour le divertir. J'aimerais beaucoup savoir ce que vous en pensez.

Une lumière blanche envahit les douze écrans en réseau, puis une image apparut. L'objectif zooma sur une baignoire de style Jacuzzi, à l'intérieur de laquelle se trouvait une jeune fille à la peau foncée et aux longs cheveux noirs. Elle était nue. Elle gisait sur le ventre dans une dizaine de centimètres d'eau, ligotée « comme un cochon », pour reprendre une expression assez curieuse chère aux Américains. Autrement dit, les mains et les pieds attachés dans le dos par une corde qui passait également autour de sa gorge.

Il y avait un homme, dos à la caméra. Lorsqu'il fit un quart de tour, l'un des membres de l'Alliance lâcha : « Henri. »

Nu, lui aussi, assis sur le bord de la baignoire, Henri portait un masque de plastique transparent qui brouillait les traits de son visage. Il s'adressa à la caméra :

— Comme vous le voyez, il y a très peu d'eau, mais suffisamment. J'ignore ce qui est le plus dangereux pour Rosa. Va-t-elle suffoquer, va-t-elle se noyer ? Regardons, et nous verrons bien.

Henri se retourna, s'adressa en espagnol à la jeune fille qui sanglotait, puis traduisit :

— J'ai demandé à Rosa de garder les jambes aussi repliées que possible. Je lui ai dit que, si elle tenait encore une heure dans cette position, je la laisserais en vie. Peut-être.

Horst apprécia l'audace d'Henri, sa façon de caresser la nuque de la jeune fille pour l'apaiser. Celle-ci se mit pourtant à crier, ce qui lui demandait manifestement un immense effort alors qu'elle s'épuisait à tenter de survivre.

— *Por favor. Dejame marchar. Eres malvado.*

Face caméra, Henri expliqua :

— Elle dit que je dois la libérer. Que je suis maléfique. Enfin, je l'aime quand même. Elle est trop mignonne.

La fille sanglotait toujours et suffoquait chaque fois que ses jambes se détendaient et que la corde se resserrait autour de son cou. Elle gémit, implora sa *mama*, puis sa tête retomba et, dans un dernier souffle, elle cracha un chapelet de bulles qui éclatèrent à la surface de l'eau.

Henri lui toucha le cou, sur le côté, et haussa les épaules.

— C'était la corde. Quoi qu'il en soit, elle s'est suicidée. Une superbe tragédie. J'ai tenu ma promesse.

Il affichait un grand sourire quand le film s'acheva sur un fondu au noir.

— Horst, il ne respecte pas son contrat, ou je me trompe ? s'écria Gina, indignée.

— En fait, son contrat stipule simplement qu'il n'a pas le droit d'accepter une commande qui l'empêcherait de s'acquitter de ses obligations à notre égard.

— Je vois. Autrement dit, il n'est pas en tort. Il travaille un peu pour son propre compte, c'est tout.

— Oui, intervint Jan. On voit bien qu'il cherche à se foutre de nous. C'est inacceptable.

Raphael prit à son tour la parole.

— D'accord, Henri n'est pas facile, mais il faut bien admettre qu'il a du génie. Nous devrions travailler avec lui. Proposez-lui un nouveau contrat.

— Qui prévoirait quoi, par exemple ?

— Henri a déjà tourné pour nous un certain nombre de courts-métrages semblables à celui que nous venons de visionner. Je propose qu'on lui commande... un documentaire.

— Excellente idée, Rafi, s'exclama Jan, enthousiaste. On suit Henri au quotidien, pendant une année, *ja* ? On lui offre un salaire et des primes variables selon la qualité du spectacle.

— Exactement. Et il ne travaille que pour nous. Il commence tout de suite, en extérieur, avec les parents de la top-modèle.

Les membres de l'Alliance discutèrent des termes du contrat, ajoutèrent quelques clauses restrictives, en prévoyant notamment des pénalités en cas de défaillance, détail qui amusa tout le monde. Et quand chacun eut voté, Horst appela enfin Hawaii.

26.

À la tombée de la nuit, encore au Typhoon en compagnie des McDaniels. Une heure durant, Barbara m'avait cuisiné comme une pro pour s'assurer que j'étais réglo, et enfin satisfaite, elle me racontait leur vie avec passion, en faisant preuve d'un talent de conteuse qui me surprenait de la part d'une prof de lycée enseignant les maths et la science.

Levon, lui, avait du mal à enchaîner deux phrases. Non parce qu'il ne savait pas s'exprimer, mais parce qu'il était ailleurs, tout simplement. Je le sentais paralysé par la peur et trop inquiet pour sa fille pour pouvoir se concentrer, mais ses gestes parlaient pour lui : il serrait les poings, tournait la tête quand il n'arrivait pas à refouler ses larmes, enlevait fréquemment ses lunettes pour se frotter les yeux.

Je venais de demander à Barbara : « De quelle manière avez-vous appris que Kim avait disparu ? » quand le téléphone de Levon a sonné. Il a regardé l'écran et s'est éloigné en direction de l'ascenseur.

Je l'ai entendu dire : « Lieutenant Jackson ? Pas ce soir ? Et pourquoi ? D'accord. Demain matin, 8 heures. » — J'ai l'impression qu'on a rendez-vous avec ces messieurs de la police, fit Barbara. Accompagnez-nous.

Elle a pris mon numéro de téléphone, m'a tapoté la main, puis m'a fait la bise.

Je lui ai dit bonsoir, puis j'ai commandé un autre club soda, sans citron vert et sans glaçons. J'étais bien installé dans mon fauteuil, avec une vue à cent millions de dollars, et en l'espace d'un quart d'heure le bar s'est considérablement animé.

Des couples de belle allure, fraîchement bronzés, avec un goût prononcé pour les vêtements translucides et fluo, venaient s'affaler dans les fauteuils, le long de la balustrade, tandis que les célibataires prenaient d'assaut les tabourets du bar. Les rires fusaient par intermittence, comme les douces bouffées de brise qui balayaient l'espace ouvert, faisant frémir, au passage, cheveux et jupes.

Le pianiste a retiré la housse du Steinway avant de s'installer sur la banquette et d'attaquer un vieux standard de Peter Allen. Et d'entonner *Rio de Janeiro*, pour le plus grand bonheur des clients.

J'ai remarqué les caméras de surveillance au-dessus du bar, j'ai laissé dix dollars sur la table et je suis descendu vers la piscine dont l'eau, sous l'effet de l'éclairage, semblait s'être muée en verre teinté.

Je suis passé devant les tentes, en me promenant comme Kim l'avait peut-être fait deux soirs plus tôt.

La plage était presque déserte, et le ciel avait conservé juste assez de clarté pour qu'on distingue la frange d'écume qui cernait Maui comme un halo autour d'une éclipse de lune.

J'essayais de m'imaginer marchant derrière Kim, le vendredi soir. Elle, tête baissée, peut-être, les cheveux dans le vent, assourdie par le ressac.

Un individu aurait pu surgir derrière elle, avec une pierre, une arme à feu ou un simple bâillon.

Je marchais sur le sable humide, au bord de l'eau, longeant les hôtels. Il y avait des transats vides et des parasols en biais à perte de vue.

Au bout de quelques centaines de mètres, j'ai quitté la plage par un sentier qui longeait la piscine du Four Seasons, un autre hôtel cinq étoiles où, pour huit cents dollars, on peut se payer une chambre avec vue sur le parking.

J'ai traversé le hall de marbre, qui en met plein la vue, et rejoint la rue. Un quart d'heure plus tard, j'étais de retour. Assis dans ma Chevrolet de location garée à l'ombre des arbres, j'écoutais le frou-frou des cascades du Wailea Princess.

Si j'avais été un tueur, j'aurais pu jeter le corps de ma victime dans l'océan ou le transporter sur mes épaules jusqu'à ma voiture. J'aurais pu quitter les lieux sans que quiconque remarque quoi que ce soit.

Rien de plus facile.

27.

J'ai démarré et suivi la lune jusqu'au Stella Blue, un café très sympa de Kihei, avec des plafonds très hauts, en ogive, et un bar qui fait le tour de la salle. Il y avait pas mal de monde, ce soir-là. Des locaux, de sortie le week-end, et des touristes en croisière qui profitaient de leur première nuit à terre. J'ai commandé au bar un Jack Daniels et un mahi-mahi grillé, puis je suis sorti avec mon verre pour m'installer à une petite table, dans le patio.

La flamme d'une bougie dansait dans le photophore. J'ai appelé Amanda.

Amanda Diaz et moi sommes ensemble depuis près de deux ans. Elle a cinq ans de moins que moi, elle est chef-pâtissière et raconte à qui veut l'entendre qu'elle est une vraie *bikeuse*, ce qui veut juste dire que certains week-ends, elle sort sa Harley antédiluvienne sur l'autoroute du littoral pour évacuer le stress accumulé en cuisine. Mandy n'est pas seulement intelligente et canon. Quand je la regarde, je comprends toutes ces chansons rock où le type dit qu'il a le cœur qui cogne et qu'il aimera sa nana tant qu'il aura un souffle de vie.

J'étais pressé d'entendre la voix de ma chérie, et je n'ai pas été déçu : elle a décroché à la troisième sonnerie. Après les échanges de bisous, à ma demande, elle m'a raconté sa journée à Intermezzo.

— La routine, Benjy. Remy a encore viré Rocco. (Elle imite l'accent français de son patron.) « Qu'est-ce qu'il faut que je te dise pour que tu raisonnes comme un vrai chef ? Ce confit, on dirait du cacaaaaa de pigeon. » (Elle ajoute, en riant :) Il l'a réembauché dix minutes plus tard. Comme d'habitude. Et après, c'est moi qui ai cramé la crème brûlée. « Merde, Aaamandaa, je vais devenir complètement fou, avec toi. » (Rires.) Et toi, Benjy ? Ton enquête, elle avance ?

— J'ai passé presque toute la journée avec les parents de la fille qui a disparu. Ils ont accepté de me parler.

— Oh, là. T'as pas dû rigoler.

Je lui ai parlé de mon entretien avec Barbara, lui ai dit que j'aimais beaucoup les McDaniels et qu'ils avaient deux autres enfants, deux orphelins russes.

— L'aîné était presque en catatonie quand la police de Saint-Pétersbourg l'a trouvé. Sa famille ne s'occupait quasiment pas de lui. Le plus jeune a le syndrome d'alcoolisation fœtale. C'est à cause de ses frères que Kim avait décidé de devenir pédiatre.

— Ben, mon chéri ?

— Hum. J'ai la voix qui flanche, c'est ça ?

— Non, je te capte bien. Et toi, tu me captes ?

— Parfaitement.

— Alors, écoute-moi. Fais bien attention, d'accord ?

J'ai ressenti comme un vague sentiment d'irritation. Amanda est extraordinairement intuitive, mais je n'étais pas en danger.

— Attention à quoi ?

— Tu te rappelles de la fois où tu as oublié ta serviette et toutes tes notes sur l'affaire Donato dans ce petit resto ?

— Tu ne vas pas me ressortir l'histoire du bus ?

— Justement, si.

— Tu m'avais vampé, espèce d'idiote. J'étais en train de te regarder quand j'ai voulu traverser la rue. Si tu étais ici maintenant, ça pourrait se reproduire...

— Ce que je veux dire, c'est qu'à t'entendre j'ai l'impression que tu es dans le même état d'esprit qu'à l'époque.

— Ah, bon ?

— Oui, un peu. Alors sois prudent, d'accord ? Fais attention. Regarde bien des deux côtés.

À quelques mètres de moi, un couple trinquait. Ils se tenaient la main, sur leur petite table. Des jeunes mariés en lune de miel, me suis-je dit.

— Tu me manques.

Elle m'a répondu : « Toi aussi. Je garde ta place au chaud, dans le lit. Alors, dépêche-toi de rentrer. »

J'ai envoyé un baiser satellite à ma chérie de Los Angeles, et je lui ai souhaité bonne nuit.

28.

Le lundi matin, à 7 h 15, Levon vit la berline noire s'arrêter devant l'entrée du Wailea Princess. Il monta devant tandis que Hawkins et Barbara s'installaient à l'arrière, et dès que les portes se verrouillèrent, il demanda à Marco de les conduire au poste de police de Kihei.

Pendant le trajet, il écouta d'une oreille distraite Hawkins lui expliquer quelle attitude adopter face aux policiers. Il devait se montrer accommodant, essayer de se les mettre dans la poche, et ne surtout pas chercher la confrontation, parce qu'avec eux, cela ne marcherait pas.

Levon avait acquiescé en marmonnant, mais il était ailleurs et aurait été bien incapable de décrire la route entre l'hôtel et le poste de police. Il ne pensait qu'à leur rendez-vous avec le lieutenant James Jackson.

Il revint à la réalité quand Marco se gara sur le parking du mini-centre commercial, descendit sans attendre l'arrêt complet de la voiture et se dirigea droit vers l'antenne de police, un minuscule local coincé entre un atelier de tatouage et une pizzeria.

La porte vitrée était fermée. Levon enfonça sans douceur la touche de l'interphone, déclina son identité et annonça à la voix féminine qu'il avait rendez-vous à 8 heures avec le lieutenant Jackson. Il y eut un bourdonnement, la porte s'ouvrit, et ils entrèrent.

Levon eut l'impression de se retrouver dans le service des immatriculations d'une toute petite ville. Des murs vert administratif, un lino couleur chamois, une salle tout en longueur, encadrée de deux rangées de chaises en plastique.

Tout au fond, il y avait un guichet dont le rideau métallique était baissé, et juste à côté, une porte close. Levon s'assit à côté de Barbara, Hawkins prit place en face, le calepin dépassant de la poche de poitrine, et ils attendirent.

Peu après 8 heures, le volet s'ouvrit et des gens se présentèrent, au compte-gouttes, pour payer des contraventions de stationnement, faire immatriculer une voiture, Dieu sait quoi. Des types coiffés rasta, des filles avec des tatouages compliqués, des jeunes mères avec des marmots braillards.

Levon ressentit une douleur derrière les yeux, comme un coup de couteau, et il pensa à Kim, se demanda où elle pouvait être en cet instant précis, si elle souffrait, et pourquoi tout cela était arrivé.

Au bout d'un moment, il se leva et commença à faire les cent pas devant la galerie de portraits de personnes recherchées, scrutant le regard fixe des auteurs de meurtres et de vols à main armée, puis les portraits d'enfants disparus, depuis si longtemps parfois qu'il avait fallu vieillir leurs traits à l'aide d'un logiciel spécial.

Barbara dit à Hawkins : « Vous vous rendez compte ? On est là depuis deux heures. Il y a de quoi pousser des cris, non ? »

Et Levon avait bel et bien envie de hurler. Où était sa fille ? Il se pencha vers l'agent du guichet, une femme.

— Le lieutenant Jackson sait-il que nous sommes là ?

— Oui, monsieur, il a été prévenu.

Levon s'assit à côté de Barb, se pinça le front entre les deux yeux, se demanda pourquoi Jackson prenait autant de temps. Puis il pensa à Hawkins, avec lequel sa femme avait tellement sympathisé. Levon faisait confiance au jugement de Barbara qui, comme beaucoup de femmes, se faisait rapidement des amis. Trop rapidement, parfois.

Il regarda Hawkins griffonner quelque chose dans son calepin, puis des adolescentes vinrent se joindre à la file d'attente en jacassant. Leurs voix perçantes lui vrillaient déjà le crâne.

À 9 h 50, Levon était dans un état d'énervement évoquant le grondement des volcans qui avaient fait émerger cette île de l'océan préhistorique. Il se sentait au bord de l'explosion.

29.

Je poireautais sur mon inconfortable chaise en plastique, à côté de Barbara McDaniels, quand j'ai entendu la porte s'ouvrir au fond du couloir qui tenait lieu de salle d'attente. Levon s'est levé d'un bond pour se retrouver nez à nez avec le flic avant que celui-ci n'ait eu le temps de refermer.

C'était un type au physique généreux, qui devait avoir aux alentours de trente-cinq ans, avec une grosse tignasse noire et la peau couleur moka. Il portait une veste, une cravate, et une plaque accrochée à la ceinture. Une plaque dorée, ce qui voulait dire qu'il avait le grade d'inspecteur.

Barbara et moi avons rejoint Levon, qui nous a présentés au lieutenant Jackson.

— Quels sont vos liens avec les McDaniels ? m'a-t-il demandé.

— C'est un ami de la famille, est intervenue Barbara au moment même où je répondais : « Je travaille pour le *Los Angeles Times*. »

Jackson a étouffé un rire avant de m'étudier attentivement.

— Vous connaissez Kim ?

Non.

— Avez-vous des informations susceptibles de nous aider à la localiser ?

Non.

— Connaissez-vous ces personnes ? Ou est-ce que vous les avez rencontrées, mettons, hier ?

— Nous venons de faire connaissance.

— Intéressant. (Un rictus aux lèvres, Jackson s'est adressé aux McDaniels :) Vous êtes conscients du fait que le métier de cet homme consiste à vendre des journaux ?

— Nous le savons, a rétorqué Levon.

— Bien. Pour qu'il n'y ait aucun malentendu, sachez donc que tout ce que vous direz à M. Hawkins se retrouvera directement en première page du *L.A. Times*. En ce qui me concerne, je ne veux pas de lui ici. Monsieur Hawkins, asseyez-vous, et si j'ai besoin de vous, je vous appelle.

Barbara a pris la parole.

— Lieutenant, mon mari et moi en avons discuté hier soir, et voilà ce qu'il en est : nous faisons confiance à Ben, et derrière lui, il y a le pouvoir du *L.A. Times*. Il pourra peut-être nous apporter une aide précieuse.

Jackson a poussé un soupir exaspéré, mais il paraissait reconnaître que l'argument se tenait. Il m'a lancé : « Tout ce que je dirai, moi, devra être validé *par moi* avant que vous n'écriviez quoi que ce soit. Compris ? »

Je lui ai répondu oui.

Le bureau de Jackson occupait un angle, au fond du bâtiment. Il n'y avait qu'une seule fenêtre, et un climatiseur qui faisait un bruit d'enfer. Des numéros avaient été griffonnés sur les murs en placo bleu, à proximité du téléphone.

Jackson a fait signe de s'asseoir aux McDaniels. Moi, j'en étais quitte pour rester debout, contre le cadre de la porte. Il a ouvert un bloc-notes et a commencé à prendre des renseignements de base.

Puis il est passé aux choses sérieuses. Il devait supposer que Kim était une fêtarde, parce qu'il s'est mis à poser des questions sur ses sorties nocturnes, les hommes qu'elle pouvait fréquenter, les stupéfiants qu'elle aurait pu consommer.

Barbara lui a répondu que Kim était une étudiante sérieuse, qu'elle avait toujours d'excellentes notes. Qu'elle avait financé la prise en charge d'un bébé équatorien via le Christian Children's Fund, qu'elle avait toujours fait preuve d'un grand sens des responsabilités et qu'en temps normal elle les aurait rappelés.

Jackson l'écoutait d'un air vaguement blasé.

— Ouais, c'est un ange, a-t-il fini par dire. Je n'en doute pas. J'attends toujours que quelqu'un débarque en m'annonçant que son fils est toxico ou que sa fille fait des passes.

Levon a bondi et Jackson s'est levé à son tour, un quart de seconde plus tard, mais Levon avait déjà l'avantage. Il a plaqué ses mains sur les grosses épaules de Jackson et l'a expédié dans le mur qui a tremblé, avec un craquement énorme, en faisant dégringoler plaques et photos, comme s'il venait d'être percuté par une boule de démolition de quatre-vingt-dix kilos.

Jackson était plus lourd et plus jeune, mais Levon carburait à l'adrénaline. Sans souffler, il s'est penché sur le flic, l'a attrapé par les revers de la veste et l'a flanqué contre le mur, encore une fois. Il y a eu un autre craquement horrible quand la tête de Jackson a rebondi. Et là, je l'ai regardé essayer de s'accrocher à l'accoudoir de son fauteuil, qui a basculé et l'a envoyé une troisième fois au tapis.

Ce n'était pas joli à voir, mais on a eu droit au point d'orgue juste après, quand Levon a regardé Jackson, vautré par terre, en lâchant :

— Ah, je me sens déjà mieux. Espèce d'enfoiré.

30.

Une femme-flic, du genre costaud, est arrivée en courant. Moi, je suis resté planté là, médusé. Levon venait d'agresser un inspecteur de police. Il l'avait bousculé, jeté à terre, insulté. Et ça lui avait fait du bien...

Jackson s'était relevé et Levon reprenait son souffle.

— Hé, qu'est-ce qui se passe ? hurla la femme-flic.

— Tout va bien, Millie, lui a répondu Jackson. Je me suis cassé la figure. Faut que je me trouve un autre fauteuil.

Il lui a fait signe de s'en aller, et il s'est retourné vers Levon, qui était en train de crier : « Vous ne comprenez pas ? Je vous l'ai dit, pourtant, hier soir. On a reçu un coup de fil dans le Michigan. Le type m'annonce qu'il a enlevé ma fille, et vous, vous laissez entendre que Kim est une pute ? »

Jackson a réajusté sa veste et sa cravate, relevé son fauteuil. Il était violet – enfin, presque – et il fulminait. Il a fait tourner son fauteuil et s'est mis à hurler.

— Vous êtes un malade, McDaniels ! Vous vous rendez compte de ce que vous venez de faire, pauvre crétin ? Vous voulez vous faire boucler ? C'est ça, que vous voulez ? Vous vous prenez pour un dur ? Vous voulez que je vous montre que je peux être un dur, moi aussi ? Vous ne savez pas que je peux vous arrêter et vous faire mettre à l'ombre pour ça ?

— Ouais, c'est ça, jetez-moi en prison. Faites-le, parce que je veux dire au monde entier comment vous nous avez traités. Quel charlot vous êtes.

— Levon, Levon, répétait Barbara en tirant son mari par le bras. Arrête, Levon. Maîtrise-toi. Présente des excuses au lieutenant, s'il te plaît.

Jackson s'est assis, a fait rouler son fauteuil jusqu'au bureau.

— McDaniels, ne posez plus jamais la main sur moi. Compte tenu du fait que vous êtes complètement à la masse, je minimiserai les faits dans mon rapport. Maintenant, asseyez-vous avant que je ne change d'avis et que je ne vous arrête.

Levon était encore en train de reprendre son souffle, mais Jackson a indiqué les chaises, et les McDaniels se sont assis.

Jackson s'est touché l'arrière du crâne, frotté le coude.

— La moitié du temps, quand un ou une jeune disparaît, l'un des parents sait ce qui s'est passé. Les deux, quelquefois. Il fallait que je sache ce que vous aviez dans le ventre.

Levon et Barbara l'ont regardé, et là, tout le monde a compris. Jackson les avait provoqués pour voir leur réaction.

C'était un test. Ils l'avaient réussi. Enfin, façon de parler.

— Nous enquêtons sur cette affaire depuis hier matin. Comme je vous l'ai dit quand je vous ai appelé. (Il fusillait littéralement Levon du regard.) Nous avons interrogé les gens de *Sporting Life*, ainsi que le personnel de la réception et du bar de l'hôtel. Pour l'instant, ça n'a rien donné.

Jackson a ouvert le tiroir de son bureau pour en sortir un téléphone mobile, un de ces engins tout plats, pas tout à fait humains, qui prennent des photos, envoient des mails et vous préviennent quand vous risquez de tomber en panne sèche.

— C'est le téléphone de Kim. On l'a trouvé sur la plage, derrière le Princess. On a étudié le journal des appels, et il s'avère que Kim a reçu un certain nombre de coups de fil d'un nommé Doug Cahill.

— Cahill ? a fait Levon. Doug Cahill sortait avec Kim. Il vit à Chicago.

Jackson a fait non de la tête.

— Il appelait Kim de Maui. Il l'a appelée toutes les heures jusqu'à ce que sa boîte vocale soit saturée et refuse les appels.

— Vous voulez dire que Doug est ici ? a fait Barbara. Il est à Maui en ce moment ?

— On a retrouvé Cahill à Makena, on l'a cuisiné deux heures hier soir avant qu'il ne réclame un avocat. Il nous a juré qu'il n'avait pas vu Kim, qu'elle refusait de lui parler. Et on n'a pas pu le garder, parce qu'on n'a rien sur lui. (Il a remis le téléphone dans le tiroir.) McDaniels, voilà où nous en sommes. Vous, vous avez reçu un coup de fil vous annonçant que Kim était entre de mauvaises mains. Et nous, nous avons le téléphone de Kim. Nous ne savons même pas si un crime a été commis. Si Cahill décide de prendre l'avion, nous ne pouvons rien faire pour l'en empêcher.

J'ai vu Barbara sursauter, visiblement choquée.

— Ce n'est pas Doug qui a fait le coup, a déclaré Levon.

Jackson a ouvert de grands yeux.

— Pourquoi dites-vous ça ?

— Je connais la voix de Doug. L'homme qui nous a appelés n'était pas Doug.

31.

Retour à la berline noire, mais cette fois, je me suis assis devant, à côté du chauffeur. Marco a ajusté son rétroviseur, on a échangé quelques signes de tête, mais il n'y avait rien à dire. Tout se passait à l'arrière, entre Barbara et Levon.

Levon tentait de s'expliquer.

— Barb. Je ne t'ai pas répété mot pour mot ce que ce salopard m'a dit parce que cela n'aurait servi à rien. Je suis désolé.

— Je suis ta femme. Tu n'avais pas le droit de me cacher ce qu'il a dit.

— *Elle est tombée entre de mauvaises mains.* D'accord ? C'est la seule chose que je ne t'ai pas dite, et je ne voulais pas te le dire, mais il fallait bien que je le dise à Jackson. J'ai essayé de t'épargner, ma chérie, je voulais t'épargner.

Barb était en larmes.

— M'épargner ? Tu m'as menti, Levon. Tu m'as menti !

Et là, Levon s'est mis à pleurer à son tour et j'ai compris que c'était ça qui le minait, qui expliquait son regard vitreux et son air déphasé. Un inconnu lui avait annoncé qu'il allait faire du mal à sa fille, et Levon n'avait rien dit à sa femme. Et maintenant, il ne pouvait plus nier la vérité.

Histoire de leur laisser un peu d'intimité, j'ai baissé ma vitre et j'ai regardé défiler le front de mer. Des familles s'installaient pour pique-niquer face à l'océan pendant que les parents de Kim souffraient le martyre. Le contraste entre les campeurs et le couple en pleurs, derrière moi, avait quelque chose de terrible.

J'ai noté quelque chose, puis j'ai pivoté sur mon siège et j'ai dit à Levon, histoire de les réconforter un peu :

— Jackson n'est pas très fin, mais il a pris l'affaire en main. C'est peut-être un très bon flic.

Levon m'a lancé un regard noir.

— Je pense que vous avez raison, au sujet de Jackson. Il vous a jaugé en quelques secondes. Regardez-vous, espèce de parasite. Vous écrivez votre reportage, vous vous servez de notre souffrance pour la fourguer à vos journaux.

Cette accusation m'a fait l'effet d'un coup de poing à l'estomac, mais je pense qu'il y avait une part de vérité. J'ai ravalé ma douleur, et j'ai retrouvé ma compassion pour Levon.

— Vous n'avez pas totalement tort, Levon, mais même si j'étais exactement l'homme que vous décrivez, l'affaire de la disparition de Kim peut prendre des proportions telles qu'elle vous engloutira.

» Pensez à ce qu'ont subi les parents de la petite Ramsey, de Natalee Holloway, de Madeleine McCann. J'espère qu'on retrouvera vite Kim, saine et sauve, mais quoi qu'il arrive, vous serez bien contents que je sois avec vous. Parce que moi, je ne vais pas attiser les flammes et je ne vais rien bidonner. J'écrirai ce qui s'est passé, et rien de plus.

32.

Marco, le chauffeur, regarda Hawkins et les McDaniels passer devant les bassins de carpes koï et pénétrer dans l'hôtel avant de redémarrer. Il s'engagea sur Wailea-Aluani Drive, direction sud.

Tout en conduisant, il sortit de sous son siège un sac de sport en nylon et le posa à côté de lui. Puis il passa la main derrière le rétroviseur où il avait installé une micro-caméra haute résolution ultraplate et sans fil. Il éjecta la carte-mémoire et la glissa dans la poche de sa chemise.

Il se demanda si la caméra avait bougé pendant le trajet, si l'image était cadrée, mais s'il avait enregistré ne fût-ce que les pleurs, la bande-son d'une autre scène était assurée. Levon parlant devant lui de Kim tombée entre de mauvaises mains – ses mains. Inestimable.

Quel fourbe, ce Marco...

Imaginez leur tête quand ils comprendront. S'ils comprennent un jour...

Euphorique, il s'amusa à calculer le joli paquet d'euros que pourrait lui rapporter son nouveau contrat. Une somme susceptible de doubler si l'Alliance votait l'ensemble du projet.

Il allait leur en offrir, du palpitant, à en faire dresser leurs malheureux petits cheveux sur la tête, parce que son film serait formidable. Et pour ça, il lui suffisait de faire ce qu'il faisait le mieux. Le job de rêve...

Marco mit son clignotant, passa sur la file de droite, puis s'engagea dans le parking des Boutiques de Wailea. Il gara la Cadillac tout au fond, loin des caméras de surveillance du centre commercial, juste à côté de sa Taurus de location, neutre au possible.

Protégé des regards indiscrets par les vitres noires de la berline, le tueur se défit de tout ce qui représentait Marco : la casquette de chauffeur, la perruque, la fausse moustache, la veste réglementaire, les bottes western. Puis il sortit Charlie Rollins du sac. Casquette de base-ball, vieilles Adidas, lunettes de soleil enveloppantes, laissez-passer de presse, et les deux appareils photo.

Il se changea rapidement, rangea la panoplie de Marco et reprit la direction du Wailea Princess au volant, cette fois, de la Taurus. Il glissa trois dollars au voiturier et se rendit à la réception où, par chance, on lui trouva une chambre avec grand lit et vue sur l'océan.

En se dirigeant vers l'escalier, à l'autre bout de l'immense et magnifique hall de marbre, Henri, alias Charles Rollins, aperçut les McDaniels et Ben Hawkins assis autour d'une table basse. Ils buvaient un café.

Rollins sentit les battements de son cœur s'accélérer quand Hawkins le vit et marqua un temps d'arrêt d'une nanoseconde – peut-être parce que son cerveau reptilien faisait le rapprochement avec le chauffeur – avant que son cerveau dit rationnel, abusé par la tenue Rollins, ne dévie son regard.

Ce simple coup d'œil aurait pu mettre fin à la partie, mais Hawkins ne l'avait pas reconnu, or il était resté assis des heures à côté de lui, dans la voiture. C'était là tout le piment de l'histoire. Glisser sur le fil du rasoir, sans jamais tomber.

Et donc Charlie Rollins, photographe de *Talk Weekly*, un hebdomadaire qui n'existait pas, mit la barre encore un peu plus haut. Il empoigna son Sony

– souriez, les enfants – et prit trois photos des McDaniels.

Et voilà, papa et maman sont dans la boîte.

Son cœur battait toujours aussi fort quand Levon, furieux, se pencha en avant, masquant Barbara.

Aux anges, le tueur monta dans sa chambre en empruntant l'escalier. Il songeait à présent à Ben Hawkins, un homme qui l'intéressait encore davantage que les McDaniels. Hawkins était un grand auteur de polars, et chacun de ses livres valait bien *Le Silence des agneaux*, mais il n'avait pas encore réellement percé. Pourquoi ?

Rollins glissa sa carte dans le lecteur, le voyant vert s'alluma, et sa porte s'ouvrit sur un cadre somptueux auquel il ne prêta guère attention. Il réfléchissait. Comment intégrer Ben Hawkins dans son projet, et en tirer le meilleur profit ?

33.

Quand Levon reposa sa tasse de café, la porcelaine tinta comme s'il venait de briser la soucoupe. Il savait bien que Barb, Hawkins et sans doute toute la troupe de touristes japonais en train de défiler au bar devaient voir que ses mains tremblaient, mais il ne pouvait rien y faire.

Ce sale vampire de paparazzi qui pointait son objectif sur Barb et lui ! Et puis, il subissait encore le contrecoup de son altercation avec le lieutenant Jackson. Il l'avait poussé si violemment qu'il avait toujours mal au talon de la main, des deux côtés, et frémissait en pensant qu'il aurait pu être derrière les barreaux en ce moment même, mais bon, ce qui était fait était fait.

L'aspect positif de ce débordement, c'était qu'il avait peut-être donné à Jackson des raisons de s'impliquer à fond dans l'enquête sur la disparition de Kim. Et sinon, tant pis. À partir de maintenant, ils ne compteraient plus uniquement sur la police.

Levon sentit quelqu'un arriver derrière lui.

— Il est là, dit Hawkins en se levant.

Il leva les yeux, vit s'approcher un homme d'une trentaine d'années. Pantalon sport et blouson bleu sur une chemise hawaiienne peu discrète, cheveux blonds décolorés, la raie au milieu.

— Levon, Barbara, je vous présente Eddie Keola, le meilleur détective privé de Maui, annonça Hawkins.

— Le seul détective privé de Maui, corrigea Keola avec un sourire qui dévoila son appareil dentaire.

Mon Dieu, songea Levon, il n'est guère plus âgé que Kim. C'est lui, le détective qui a retrouvé Carol Reese ?

Keola leur serra la main et s'installa dans l'un des fauteuils en rotin aux coussins chatoyants.

— Ravi de faire votre connaissance. Pardonnez-moi d'aller un peu vite en besogne, mais j'ai déjà sorti mes antennes.

— Déjà ? s'étonna Barbara.

— Dès que Ben m'a appelé, j'ai commencé à me renseigner. Je suis né à deux pas d'ici et j'ai passé quelques années dans la police en sortant de l'université de Hawaii. J'ai de bonnes relations de travail avec mes anciens collègues.

Levon estima qu'il ne frimait pas, mais faisait simplement état de ses références.

— Ils ont un suspect, ajouta Keola.

— Nous le connaissons, lui dit Levon, et il lui expliqua que Doug Cahill était l'ex-petit ami de Kim, avant de lui parler du coup de téléphone, dans le Michigan, qui avait brisé son univers comme une coquille d'œuf.

Barb demanda à l'enquêteur de leur parler de Carol Reese, la jeune étudiante de Ohio State, star de l'athlétisme, qui avait disparu quelques années plus tôt, à l'âge de vingt ans.

— Je l'ai localisée à San Francisco. Elle avait un petit copain à problèmes, violent, alors elle s'était kidnappée elle-même, elle avait changé de nom. La totale. Je peux vous dire que quand je l'ai retrouvée, elle m'en a énormément voulu.

Plongé dans ses souvenirs, Keola hochait la tête.

— Comment comptez-vous procéder ? s'enquit Levon.

Keola lui répondit qu'il voulait rencontrer le photographe de *Sporting Life*, voir s'il avait, par hasard, pris des photos des curieux au moment des séances de prises de vues. Ensuite, il irait voir le responsable de la sécurité de l'hôtel, demanderait à pouvoir visionner les enregistrements des caméras du Typhoon Bar le soir où Kim avait disparu.

— Il faut espérer que Kim réapparaîtra d'elle-même, mais si ce n'est pas le cas, j'enquêterai de la façon la plus classique qui soit, en usant mes semelles. Vous serez mon unique client. Je ferai appel à des collaborations extérieures si nécessaire et nous travaillerons vingt-quatre heures sur vingt-quatre. Ce sera fini quand vous l'aurez décidé, et pas avant. C'est la bonne méthode.

Ils parlèrent honoraires, mais pour Levon, l'important n'était pas là. Il songea aux horaires affichés sur la porte du poste de police de Kihei. De 8 heures à 17 heures du lundi au vendredi. De 10 heures à 16 heures le week-end et les jours fériés. Il songea à Kim, quelque part, impuissante, dans une chambre de torture ou un fossé.

— On vous engage. Le job est à vous.

34.

J'avais à peine ouvert la porte de ma chambre que le téléphone sonnait.

J'ai dit bonjour à une femme qui demandait « Ben Haw...kins ? » avec un fort accent.

Je lui ai répondu « Oui, ici Hawkins » et j'ai attendu qu'elle me dise qui elle était, mais au lieu de décliner son identité, elle m'a juste dit :

— Il y a un homme, un client de l'hôtel Princess.

— Continuez.

— Il s'appelle Nils Bjorn, et vous devriez le voir.

— Et pourquoi cela ?

Ma mystérieuse interlocutrice m'a expliqué que Bjorn était un homme d'affaires européen auquel je devais m'intéresser.

— Il était à l'hôtel quand Kim McDaniels a disparu. Il pourrait être... vous devriez le voir.

J'ai ouvert le tiroir du bureau, trouvé du papier à en-tête et un stylo.

— En quoi ce Nils Bjorn vous paraît-il suspect ? ai-je demandé en griffonnant le nom sur une feuille.

— Allez le voir. Il faut que je raccroche, maintenant.

Et c'est ce qu'elle a fait.

J'ai sorti une bouteille de Perrier du frigo et je suis allé sur mon balcon. J'avais établi mes quartiers au Marriott, à quelques centaines de mètres du Wailea Princess. Beaucoup moins cher, mais avec une vue sur l'océan tout aussi extraordinaire. J'ai siroté mon Perrier en pensant à mon informatrice. Pour commencer, comment m'avait-elle trouvé ? Seuls les McDaniels et Amanda savaient où j'étais.

Je suis rentré dans ma chambre, j'ai refermé les portes coulissantes et j'ai allumé mon ordinateur portable. Dès que j'ai eu la connexion Internet, je suis allé sur Google et j'ai tapé « Nils Bjorn ».

Je suis d'abord tombé sur un article publié dans le *Times*, le quotidien britannique, un an plus tôt. Il y était question d'un Nils Bjorn interpellé à Londres parce qu'on le soupçonnait de vendre des armes à l'Iran, puis libéré, faute de preuves matérielles, après une courte période de détention.

Toutes les pages sur lesquelles j'ai cliqué ensuite étaient toutes plus ou moins semblables à la première.

Le temps de décapsuler un autre Perrier, et j'ai repris mes pérégrinations sur le web. J'ai fini par dénicher un autre article datant de 2005. Cette fois, Bjorn était suspecté d'agression sur une femme avec circonstances aggravantes, autrement dit, de viol. Le nom de la victime n'était pas cité, le papier précisait juste qu'elle était mannequin et qu'elle avait dix-neuf ans. Là encore, Bjorn n'avait pas été inculpé.

Ma dernière étape sur la piste Bjorn était le site de *Skol*, une revue de luxe sur papier glacé. On y voyait, entre autres, une photo prise lors d'un dîner de gala offert par un industriel suédois qui venait d'inaugurer une fabrique d'armes dans les environs de Gothenberg.

J'ai agrandi la photo, examiné l'homme présenté comme Bjorn, scruté son regard rougi par le flash. Des traits réguliers, des cheveux châtain clair, un nez droit, la trentaine, peut-être, et pas un seul détail caractéristique, ni même mémorable.

J'ai sauvegardé la photo sur mon disque dur, puis j'ai appelé le Wailea Princess et demandé Nils Bjorn. On m'a répondu qu'il avait quitté l'hôtel la veille.

J'ai demandé la chambre des McDaniels.

J'ai parlé à Levon du coup de fil que je venais de recevoir et de ce que je savais de Nils Bjorn : on l'avait suspecté de vendre des armes à un gouvernement terroriste, on l'avait suspecté d'avoir violé une femme mannequin, mais on n'avait pas réussi à le faire condamner. Deux jours plus tôt, il avait séjourné au Wailea Princess.

Malgré mes efforts, ma fébrilité s'entendait.

— L'enquête va peut-être enfin avancer, ai-je dit à Levon.

35.

Levon était au téléphone. Il voulait parler à Jackson. Au bout de cinq minutes de musique aseptisée, on lui annonça que le lieutenant le rappellerait. Il raccrocha, alluma la télévision, un immense écran plasma qui occupait la moitié du mur, juste au moment des infos.

Après un générique un peu tape-à-l'œil, Tracy Baker et Candy Ko'alani lancèrent l'édition de la mi-journée de *All Island News*, puis Baker évoqua « la disparition du mannequin Kim McDaniels », avec une photo de Kim en bikini en guise d'illustration. Et le visage de Jackson apparut soudain à l'écran, au-dessus du mot DIRECT.

Il s'adressait à la presse devant le poste de police.

Levon hurla « Barb, viens vite ! » et monta le son. Barb vint s'asseoir à côté de lui sur le canapé juste au moment où Jackson était en train de dire : « Nous disposons d'un témoignage intéressant et l'enquête suit son cours. Toute personne disposant d'informations sur Kim McDaniels est priée de nous appeler. L'anonymat sera respecté. Et c'est tout ce que je peux vous déclarer pour l'instant. »

— Ils ont arrêté quelqu'un ou non ? voulut savoir Barb, dont la main s'était crispée sur la sienne.

— *Un témoignage intéressant*, ça signifie qu'ils ont un suspect, mais ils manquent d'éléments, sans quoi ils auraient annoncé qu'il est en garde à vue.

Levon monta encore un peu le son.

— Lieutenant, nous avons cru comprendre que vous interrogiez Doug Cahill, demanda un journaliste.

— Pas de commentaires. C'est tout ce que je peux vous dire. Merci.

Jackson tourna le dos aux journalistes visiblement furieux, et Tracy Baker reprit l'antenne en déclarant : « Doug Cahill, le joueur des Chicago Bears, a été vu à Maui et, selon des sources bien informées, il était le petit ami de Kim McDaniels. » Une photo de Doug apparut. Il était en tenue de footballeur, casque sous le bras, souriant jusqu'aux deux oreilles, cheveux blonds bien coiffés, mâchoire carrée et pommettes saillantes, une belle gueule du Midwest.

— Je peux l'imaginer en train d'enquiquiner Kim, fit Barb en mâchonnant sa lèvre et en arrachant la télécommande des mains de Levon pour baisser le son. Mais lui faire du mal ? Non, ça, je n'y crois pas un seul instant.

Le téléphone sonna. Levon décrocha brutalement.

— Monsieur McDaniels ? C'est le lieutenant Jackson.

— Vous allez arrêter Doug Cahill ? Si c'est le cas, vous faites une erreur.

— Un témoin s'est présenté il y a une heure, un habitant de Maui qui affirme avoir vu Cahill harceler Kim après la séance photo.

— Doug ne vous avait-il pas déclaré qu'il n'avait pas vu Kim ? s'étonna Levon.

— Si. Donc il nous a peut-être menti, et nous sommes en train de l'interroger. Il prétend toujours n'être pour rien dans la disparition de Kim.

— Il y a une autre personne qui devrait vous intéresser.

Levon expliqua à Jackson que Hawkins avait récemment reçu un mystérieux coup de téléphone lui conseillant de voir un homme d'affaires international du nom de Nils Bjorn.

— Bjorn, on le connaît, répondit Jackson. Rien ne le relie à Kim. Pas de témoins, rien sur les enregistrements des caméras de surveillance.

— Vous l'avez interrogé ?

— Bjorn avait quitté son hôtel avant même qu'on apprenne la disparition de Kim. Je sais que vous n'y croyez pas, McDaniels, mais Cahill est notre homme. Il nous faut juste un peu de temps pour le faire avouer.

36.

Henri, en tenue de Charlie Rollins, déjeunait au Sand Bar, le délicieux restaurant de plage de l'hôtel, à l'ombre d'un barnum jaune paille. Des jeunes revenaient de la baignade en courant et Henri admirait tous ces corps bronzés et ruisselants qui s'ébrouaient sur les marches de bois, sans savoir s'il préférait les filles ou les garçons.

La serveuse lui apporta du sucre liquide pour son thé glacé ainsi qu'un panier de gressins au fromage, et lui dit que sa salade n'allait pas tarder à arriver. Il acquiesça avec un sourire bienveillant, lui répondit qu'il se régalait de la vue sur l'océan et que, pour rien au monde, il n'aurait voulu être ailleurs.

Un serveur tira une chaise à la table voisine et une très jolie jeune fille vint s'asseoir. Elle avait des cheveux noirs, courts, à la garçonne, un haut de maillot blanc et un short jaune.

Henri la reconnut malgré ses lunettes de soleil Maui Jim.

Lorsqu'elle reposa la carte du restaurant, il fit : « Julia. Julia Winkler. »

Elle leva les yeux.

— Pardon ? On se connaît ?

— Moi, je vous connais, répondit-il en soulevant son appareil photo pour lui faire comprendre qu'il était du métier. Vous êtes sur un shooting ?

— Je l'étais. On a fini hier. Je retourne à L.A. demain.

— Ah, le spécial maillots de bain de *Sporting Life* ?

Elle opina, et son visage s'assombrit.

— Je traîne un peu, j'attends... Je partageais ma chambre avec Kim McDaniels.

— Elle reviendra, dit Henri, avec beaucoup de gentillesse dans la voix.

— Vous croyez ? Pourquoi ?

— J'ai le sentiment qu'elle s'est accordé des petites vacances. Ça arrive.

— Si vous êtes vraiment extralucide, où est-elle ?

— Elle est hors de mon champ vibratoire, mais vous, je vous reçois parfaitement.

— Ben voyons. Et à quoi suis-je en train de penser ?

— Vous vous dites que vous vous sentez triste, un peu seule, et que vous aimeriez bien déjeuner avec quelqu'un qui vous ferait sourire.

Cela fit rire Julia. Henri adressa un signe au serveur, lui demanda d'installer Mlle Winkler à sa table, et la belle jeune femme prit place à côté de lui afin qu'ils puissent tous deux profiter du spectacle de l'océan.

— Charlie, dit-il en lui tendant la main. Rollins.

— Bonjour, Charlie Rollins. Qu'y a-t-il au menu de mon déjeuner ?

— Salade au poulet et Diet Coke. Et ce n'est pas tout. Vous vous dites que vous aimeriez bien rester un jour de plus parce qu'une voisine s'occupe de votre chat et qu'on est tellement bien, ici, alors pourquoi se presser de rentrer ?

Julia se mit à rire, encore une fois.

— Il s'appelle Bruno. Et c'est un rottweiler.

— Je le savais.

La serveuse apporta la salade et demanda à Julia ce qu'elle désirait. Elle commanda du poulet rôti et un cocktail, un mai-tai.

— Même si je restais une nuit de plus, je ne sors jamais avec des photographes, dit-elle en regardant l'appareil posé sur la table.

— Vous ai-je demandé de sortir avec moi ?

— Vous allez le faire.

Les sourires se changèrent en rires.

— Bon, c'est vrai, concéda Rollins, je vais vous demander de sortir avec moi. Et je vous prends en photo, parce que je ne veux pas que mes potes de Palm Beach s'imaginent que j'ai tout inventé.

— D'accord, mais enlevez vos lunettes de soleil, Charlie. Je veux voir vos yeux.

— Montrez-moi les vôtres, et je vous montrerai les miens.

37.

— Ouahh ! hurla Julia quand l'hélicoptère vira brutalement dans le ciel corail et or pour fondre sur la petite île de Lana'i.

Quelques instants plus tard, l'appareil se posait en douceur sur le minuscule héliport privé, à la lisière de l'immense parcours de golf, plus vert que nature, de l'hôtel Island Breezes.

Charlie mit pied à terre le premier, aida Julia à descendre. Une main sur le col de son coupe-vent pour le maintenir fermé, les cheveux bouclés en déroute, elle avait les joues bien rouges. Les pales du rotor tournaient encore. Tête baissée, ils coururent jusqu'à la voiture qui les attendait.

— Dites donc, haleta Julia, vous avez de sacrées notes de frais, vous.

— C'est moi qui vous invite, Julia.

— Ah, bon ? Vraiment ?

— Passer en frais une escapade de rêve avec vous, ce ne serait guère élégant.

— Ohhh.

Le chauffeur leur ouvrit les portières, et la voiture remonta lentement l'allée de service jusqu'à l'hôtel. En arrivant, Julia découvrit, ébahie, un hall somptueux ouvert aux alizés et embrasé par les derniers feux du soleil couchant, qui éclipsaient presque le chatoiement des soieries et velours émeraude, or et pourpres, la finesse des tapis chinois et la beauté mystérieuse des statuettes anciennes.

Julia et Charlie commencèrent par un massage en double sous un toit de bambou, à quelques mètres du rivage, au rythme des vagues qui se fracassaient sur le sable. On leur martela d'abord le corps du tranchant de la main, à travers un drap parfumé au frangipanier, puis ils eurent droit au palper-rouler au beurre de coco, après quoi vint l'instant délicieux du massage hawaiien traditionnel, ou lomi-lomi, avec de longs mouvements des avant-bras.

Couchée sur le ventre, Julia offrit un sourire indolent à l'homme qu'elle venait de rencontrer.

— C'est trop bon. Je n'ai pas envie que ça s'arrête.

— Le meilleur reste à venir.

Quelques heures plus tard, ils dînaient au restaurant. Entre les pilotis, dans la lumière tamisée, ils se régalèrent de crevettes et de porc japonais, massé comme le bœuf de Kobe, accompagné d'un chutney de mangue, avec un excellent vin français. Charlie n'eut aucune peine à convaincre Julia de lui raconter sa vie, bien au contraire, et elle lui parla de sa jeunesse à Beyrouth, sur une base militaire, de sa fuite à Los Angeles, de sa carrière de mannequin. Elle avait eu de la chance, disait-elle...

Il commanda un vin doux naturel et tous les desserts de la carte : un zucotto florentin, des pralines au lait, une mousse au chocolat et des bananes L'anai caramélisées à la table. Le délicieux parfum du sucre brûlé lui redonna faim.

Il contemplait la fille, car elle était redevenue une petite fille, désormais, toute douce, vulnérable, à sa disposition.

Si tout s'était arrêté maintenant, les quatre mille dollars qu'il avait dépensés jusqu'à présent lui auraient paru bien investis.

Mais ce n'était pas fini.

Ils se changèrent sous une tente, près de la piscine, et une fois en maillot de bain, se promenèrent longuement sur la plage. Dans le fracas du ressac, une lune féerique saupoudrait l'océan de cristaux d'écume.

Puis Julia s'écria, en riant :

— Le dernier dans l'eau est une vieille merde, et ça sera toi, Charlie !

Elle courut, hurla quand la mer lui fouetta les cuisses. Charlie prit rapidement quelques photos avant de ranger son appareil dans son sac de sport, qu'il posa sur le sable.

On va bien voir qui est la vieille merde.

Il courut vers Julia, plongea dans les vagues et resurgit un instant plus tard, les bras autour d'elle.

38.

En remontant dans ma chambre, j'ai regardé si j'avais des messages, mais personne ne m'avait appelé. Pas de nouvelles de la femme à l'accent. J'ai allumé mon ordinateur et j'ai fini par pondre un article pas mal du tout. Un peu moins de trois feuillets, que j'ai envoyés d'un clic à la boîte mail d'Aronstein, au *L.A. Times*.

Assez travaillé pour aujourd'hui. J'ai allumé la télé. La disparition de Kim faisait l'ouverture du journal de 22 heures.

Au-dessus d'un bandeau défilant URGENT, les présentateurs étaient en train d'annoncer que Doug

Cahill était présumé suspect dans l'affaire de l'enlèvement supposé de Kim McDaniels. La photo de Cahill est apparue à l'écran. Il était en tenue des Chicago Bears, casque sous le bras, souriant de toutes ses dents comme une star de ciné, avec ses deux mètres et ses cent quinze kilos.

N'importe qui était capable de faire le calcul. Cahill aurait pu facilement soulever Kim McDaniels, qui ne faisait pas la moitié de son poids, et l'emporter sous le bras comme un ballon de football.

Puis je n'en ai pas cru mes yeux.

Cahill était à l'image. Filmé deux heures plus tôt, juste devant le poste de police de Kihei, pendant que je mangeais un bout de pizza avec Eddie Keola.

Il était flanqué de deux avocats, dont l'un m'était familier. Amos Brock, dans un impeccable costume gris perle. Cet avocat pénaliste new-yorkais s'était fait une spécialité de défendre les célébrités et les sportifs ayant basculé du mauvais côté de la loi. Il était lui-même devenu une star, et aujourd'hui il défendait Doug Cahill.

La chaîne KTAU avait braqué ses caméras sur Cahill et Brock. L'avocat s'est avancé vers le micro.

« Mon client, Doug Cahill, ne fait l'objet d'aucune inculpation. Les accusations portées contre lui sont totalement fantaisistes. Il n'y a pas le moindre début de preuve pour étayer ces élucubrations, c'est la raison pour laquelle mon client n'a pas été inculpé. Doug souhaite s'exprimer. Ce sera sa seule et unique intervention publique. »

J'ai attrapé le téléphone et tiré Levon d'un sommeil apparemment profond.

— Levon, c'est Ben. Allumez la télé. La 2. Vite !

Je suis resté en ligne avec Levon pendant que Cahill prenait la parole, au centre de l'écran. Il n'était pas rasé, portait une chemise de coton bleue à col boutonné sous une veste sport bien coupée. Sans les épaulettes et le reste de la tenue, il avait l'air relativement paisible. On aurait dit un étudiant d'une école de management en stage à Wall Street.

Il parlait d'une voix tremblante, étranglée. Les larmes sillonnaient déjà ses joues.

« Je l'ai vue environ dix minutes il y a trois jours, et je ne l'ai pas revue depuis. Je ne lui ai pas fait de mal. J'aime Kim, et je resterai ici jusqu'à ce qu'on la retrouve. »

Cahill a rendu le micro à Brock.

« Je le répète : Doug n'a rien à voir avec la disparition de Kim et je poursuivrai implacablement quiconque le diffamera. C'est tout ce que nous avons à dire pour le moment. Je vous remercie. »

— Qu'en pensez-vous ? m'a demandé Levon. L'avocat ? Doug ?

— J'ai trouvé Doug assez convaincant. Soit il l'aime, soit il ment très bien.

Je pensais à autre chose, mais je n'en ai pas parlé à Levon. Les trois feuillets que j'avais envoyés à Aronstein, au *Times*, n'étaient déjà plus d'actualité.

39.

J'ai appelé mon rédacteur en chef pour lui dire que la presse n'allait faire qu'une bouchée de Doug

Cahill – qu'un témoin mystère l'avait vu s'en prendre à Kim, et qu'il était défendu par Amos Brock, l'actuel champion des avocats pénalistes, catégorie poids-lourds.

— J'ai récrit le papier et je vous l'ai renvoyé. Au moins, on ne pourra pas me reprocher de traîner.

Puis j'ai appelé le chef du service des sports, Sam Paulson.

Paulson m'aime bien, mais il ne fait confiance à personne.

— Écoutez, Sam, lui ai-je dit, il faut que je sache quel genre de type est Doug Cahill. Je ne marcherai pas sur vos plates-bandes.

On s'est empoignés un bon quart d'heure. Lui, soucieux de ne rien perdre de ses prérogatives de spécialiste « le mieux informé » du monde du sport, et moi, essayant de lui soutirer des détails susceptibles de m'indiquer si Cahill était dangereux en dehors des stades.

Et Sam a fini par me donner une piste des plus intéressantes.

— Il y a une attachée de presse qui travaille pour les Bears, et c'est moi qui lui ai trouvé le job. Hawkins, je ne plaisante pas. Ce que je vous raconte, c'est entre vous et moi. Cette fille est une amie.

— Je comprends.

— Cahill l'a mise enceinte il y a deux ou trois mois. Elle en a parlé à sa mère. Elle en a aussi parlé à Cahill et à moi. Elle veut laisser à Cahill le loisir de prendre la bonne décision. Enfin, reste à savoir ce qu'elle entend par là...

— Il sortait avec Kim quand la fille lui a annoncé ça ? Vous en êtes sûr ?

— Ouais.

— Est-ce qu'il s'est déjà montré violent ?

— Oui, bien sûr. Comme tous les joueurs. Des bastons dans les bars. Une méchante bagarre après un match contre Notre Dame, dans l'Indiana. Des conneries de ce genre.

— Merci, Sam.

— N'en parlez pas, m'a-t-il répété. J'insiste. Surtout, n'en parlez pas.

J'ai passé quelques minutes à méditer les révélations de Sam. Si Kim savait que Cahill l'avait trompée, elle avait de bonnes raisons de le larguer. Et si lui avait voulu la récupérer à tout prix, la confrontation pouvait avoir dégénéré.

J'ai appelé Levon, et sa réaction m'a surpris.

— Doug est une machine, il marche à la testostérone. Kim disait qu'il était extrêmement obstiné et nous savons que sur le terrain, c'était un tueur. Qui sait ce qu'il est capable de faire ? Barb croit toujours en lui, mais en ce qui me concerne, je commence à me dire que Jackson a peut-être raison. Peut-être qu'ils tiennent effectivement le coupable.

40.

Dans les bras d'Henri, Julia se sentait en apesanteur, tel un ange. Elle avait noué ses longues jambes autour de sa taille et il releva les genoux pour qu'elle puisse s'asseoir sur lui.

Ils dansèrent ainsi dans l'eau jusqu'à ce qu'elle approche son visage et lui crie, en couvrant le bruit des vagues :

— Charlie, c'est vraiment génial !

— Le meilleur reste à venir, répondit-il.

C'était devenu son leitmotiv.

Elle sourit, l'embrassa doucement, puis en profondeur, un long baiser salé, suivi d'un autre, et autour d'eux l'électricité dessinait comme des éclairs.

Il dénoua son tour de cou, désagrafa le dos.

— C'est beaucoup, pour un simple bikini blanc.

— Quel bikini ?

— Trop tard.

Et le haut du maillot partit à la dérive, ruban d'albâtre ballotté par les vagues noires, pour disparaître rapidement.

Julia semblait s'en moquer totalement. Elle était bien trop occupée à lui lécher l'oreille, à lui griffer le torse avec ses tétons durs comme des diamants, et un gémissement lui échappa lorsqu'il la fit changer de position pour la serrer davantage contre lui et sentir son pubis gourmand se frotter contre sa queue.

Il la prit par les fesses, glissa ses doigts sous le slip, effleura les endroits les plus sensibles, la fit miauler et se tortiller comme une gamine.

Avec les pieds, elle tenta de faire glisser son short de bain.

— Attends, lui dit-il. Sois sage.

— N'y compte pas, souffla-t-elle, et elle l'embrassa et tira de nouveau sur son maillot en soupirant : « J'ai trop envie de toi. »

Il lui décrocha les jambes, lui enleva son slip et la souleva, nue, pour rejoindre la plage. Sous la lune, l'eau ruisselait de leurs corps comme une pluie d'argent.

— Accroche-toi, ma toute belle.

Il la porta jusqu'à l'endroit où il avait laissé son sac de sport, près d'un monticule de roche volcanique noire, se baissa pour ouvrir la fermeture Éclair et sortit deux énormes serviettes de plage.

Sans lâcher Julia, il étendit l'une des serviettes, sur laquelle il déposa la jeune femme. Il la recouvrit avec la deuxième serviette.

Il se retourna brièvement, posa le caméscope Panasonic sur le sac de sport et l'alluma en l'inclinant très légèrement.

Puis il fit face à Julia, se débarrassa de son maillot et sourit lorsqu'elle s'exclama :

— Oh, là, là, Charlie !

Il s'agenouilla entre ses jambes et la caressa du bout de la langue jusqu'à ce qu'elle l'implore : « Charlie, s'il te plaît, je t'en supplie, je ne peux plus attendre. » Et il la pénétra.

Le rugissement de l'océan couvrit les cris de Julia, comme Charlie l'avait prévu, et lorsqu'ils eurent fini, il plongea la main dans son sac pour en ressortir un couteau à lame crantée qu'il posa sur la serviette, à côté d'eux.

— C'est pour quoi, ça ? voulut savoir Julia.

— On n'est jamais trop prudent, répondit-il avec un haussement d'épaules. Juste au cas où un méchant garçon rôderait dans les parages.

Il passa les doigts dans ses cheveux, déposa des baisers sur ses paupières, enveloppa son corps nu de ses bras pour la réchauffer.

— Dors, Julia. Tu ne risques rien, avec moi.

— Le meilleur reste à venir ? le taquina-t-elle.

— Petite cochonne.

Elle rit, se frotta le nez contre son torse. Charlie tira la serviette sur son visage, et elle crut que c'était à elle qu'il s'adressait lorsqu'il demanda, face à l'objectif du caméscope :

— Alors, tout le monde est content ?

Elle soupira.

— Oh, oui. C'est le bonheur total et absolu.

41.

Levon et Barbara venaient de vivre vingt-quatre heures de supplice de plus, et moi, impuissant, je ne savais pas quoi faire pour atténuer leur désespoir. Les journaux télévisés passaient les mêmes images en boucle quand je suis allé me coucher et j'étais je ne sais où, au beau milieu d'un rêve dérangeant quand le téléphone a sonné.

C'était Eddie Keola.

— Ben, ne préviens pas les McDaniels. On se retrouve devant ton hôtel dans dix minutes.

Le moteur de la Jeep tournait quand je suis arrivé au pas de course, dans la chaleur de la nuit. Le temps de grimper sur mon siège, et j'ai fait : « On va où ? »

— Une plage qui s'appelle Makena Landing. Les flics ont peut-être trouvé quelque chose. Ou quelqu'un.

Dix minutes plus tard, Eddie se garait dans un virage, entre six voitures de patrouille, les fourgons des unités d'intervention de la Special Response

Team et ceux du bureau du médecin légiste. En contrebas, on apercevait une petite plage en demi-lune, une crique délimitée par des langues de roche volcanique qui se prolongeaient dans l'océan.

Au-dessus de nous, un hélicoptère au staccato assourdissant braquait son projecteur sur les dizaines de représentants de forces de l'ordre et de la justice qui s'affairaient le long du rivage.

En suivant Keola, j'ai vu qu'un véhicule de secours des pompiers était descendu en marche arrière jusqu'au bord de l'eau. Il y avait des canots gonflables, et une équipe se préparait à plonger.

J'étais écœuré à l'idée qu'on puisse retrouver le corps de Kim submergé dans cette petite piscine naturelle, et je n'osais pas imaginer qu'à l'instar de l'autre fille traquée jusqu'à San Francisco par Keola, Kim ait choisi de disparaître pour échapper à un ex-petit copain.

Keola m'a arraché à mes noires pensées pour me présenter un jeune flic de la police de Maui au physique de catcheur, l'inspecteur Palikapu.

— Les campeurs, là-bas. (Palikapu désignait un groupe d'adultes et d'enfants, à l'autre bout de la jetée de pierre de lave.) Ils ont vu quelque chose qui flottait, dans la journée.

— Un corps, vous voulez dire, a précisé Keola.

— Ils ont d'abord cru que c'était une bûche ou des détritus. Et puis, ils ont vu des requins et ils nous ont téléphoné. Depuis, la marée a tout emporté sous une bulle et c'est resté là. Les plongeurs sont sur place en ce moment.

Keola m'a expliqué que ces « bulles » étaient des cavités sous-marines créées par des poches de gaz dans les coulées de lave. Il arrivait que des gens pénètrent à la nage dans ces grottes à marée basse et se noient, surpris par la marée haute.

Était-ce le sort qu'avait connu Kim ? Cela paraissait soudain très vraisemblable.

Des camions-régie s'arrêtaient sur le bas-côté de la route, des photographes et des journalistes descendaient vers la plage en trébuchant dans la pénombre, tandis que les flics déroulaient leur ruban jaune pour protéger la scène.

L'un des photographes est venu me trouver. Il s'appelait Charlie Rollins, il travaillait en free-lance et, si j'avais besoin de photos pour le *Los Angeles Times*, il pouvait m'en fournir.

J'ai pris sa carte et je me suis retourné juste à temps pour voir les premiers plongeurs ressortir de l'eau. L'un d'eux tenait un gros paquet dans les bras.

Keola m'a dit : « Tu es avec moi. » On a longé le périmètre. On était au bord de l'eau quand le bateau a accosté.

Le faisceau du projecteur de l'hélico illuminait la dépouille dans les bras du plongeur. Elle était petite ; il s'agissait peut-être d'une adolescente, ou d'une fillette. Difficile de donner un âge à ce corps gonflé par le séjour dans l'eau, mais on voyait bien les cordes qui lui liaient les pieds et les mains.

Le lieutenant Jackson s'est avancé. De la main droite, gantée, il a écarté les longs cheveux noirs qui cachaient le visage de la victime.

Ce n'était pas Kim McDaniels, et j'ai aussitôt éprouvé un sentiment de soulagement. Je n'allais pas être obligé d'appeler Levon et Barbara.

Quelques secondes après, une vague de tristesse m'emportait. Visiblement, une autre jeune fille, la fille de quelqu'un d'autre, avait été sauvagement assassinée.

42.

Malgré le vacarme de l'hélicoptère, j'ai entendu une femme pousser des hurlements. Je me suis retourné, et là, j'ai vu une femme à la peau noire, pas très grande, de gabarit moyen, se précipiter vers le périmètre en criant : « *Rosa ! Rosa ! Madre de Dios, no !* »

Un homme courait à sa poursuite. « Isabel, n'y va pas ! Non, Isabel ! » Il la rattrapée, l'a prise dans ses bras, et elle s'est mise à tambouriner sur sa poitrine à coups de poing, elle essayait de se libérer. On voyait les tendons de son cou. Et elle hurlait : « *No, no, no mi bebe, mi bebe !* »

La police a tout de suite fait en sorte de les éloigner de la scène de crime, et la pauvre femme poussait toujours des cris désespérés. La presse, une vraie meute, s'est ruée sur les parents de la victime. C'était tout juste si on ne voyait pas les yeux des vautours briller. Pathétique.

En d'autres circonstances, j'aurais fait partie de cette meute, mais là, derrière Eddie Keola, je remontais péniblement la pente rocailleuse jusqu'à la corniche où les médias avaient installé leurs plateaux. Les correspondants locaux des chaînes de télévision parlaient devant les caméras tandis qu'on transportait le petit corps difforme sur un brancard jusqu'au fourgon du coroner. Claquement de portières. Le véhicule est parti à toute allure.

— Elle s'appelle Rosa Castro, m'a dit Keola pendant qu'on montait dans la Jeep. Elle avait douze ans. Tu as vu les marques ? On lui a attaché les bras et les jambes dans le dos.

— Ouais, j'ai vu.

La violence, je l'avais vue et commentée pendant presque la moitié de ma vie, mais le meurtre de cette petite fille faisait défiler dans ma tête des images si atroces que je me sentais mal, physiquement mal. J'ai ravalé ma bile et claqué la portière.

Keola a démarré et on est parti vers le nord.

— Tu vois, c'est pour ça que je ne voulais pas appeler les McDaniels. Et si ça avait été Kim...

Une sonnerie l'a interrompu. Il a tâtonné sa veste, trouvé son portable et se l'est collé contre l'oreille. « Keola. » Puis : « Levon, Levon, ce n'est pas Kim. Oui. J'ai vu le corps. Je suis catégorique. Ce n'est pas votre fille. »

Il a dit aux McDaniels qu'on s'arrêterait à leur hôtel et, quelques minutes plus tard, nous arrivions devant l'entrée principale du Wailea Princess.

Barb et Levon nous attendaient sous la marquise. Leurs cheveux et leurs tenues hawaiiennes toutes neuves flottaient dans la brise. Ils se tenaient par la main, si fort que leurs articulations étaient blanches, et la pâleur de leur visage trahissait leur fatigue.

Pendant que nous les accompagnions à l'intérieur du hall, Keola leur a expliqué, sans entrer dans les détails ignobles, que la victime était morte d'asphyxie.

Barbara voulait savoir s'il pouvait y avoir un rapport entre la mort de la petite Rosa et la disparition de Kim. Elle aurait aimé que nous la rassurions, ce qui nous était difficile, mais j'ai tout de même essayé. Je lui ai répondu qu'un tueur en série avait généralement ses préférences et qu'il y avait peu de chances pour qu'il s'attaque à la fois à un enfant et à une femme. Peu de chances, mais cela s'était déjà vu...

Je ne faisais pas que dire à Barbara ce qu'elle avait envie d'entendre, je me rassurais moi-même. À ce moment-là, j'ignorais que l'homme qui avait tué Rosa Castro avait un appétit démesuré et sans bornes pour la torture et le meurtre.

Et il ne m'était pas venu à l'esprit que je l'avais déjà vu, que je lui avais même parlé.

43.

Horst goûta le romanée-conti qu'il avait acheté ving-quatre mille dollars la bouteille lors d'une vente chez Sotheby's, en 2001, et demanda à Jan de trinquer avec lui. C'était un gag, puisqu'un millier de kilomètres les séparait, mais la magie des webcams faisait qu'ils avaient presque l'impression d'être dans la même pièce.

Objet de la réunion : Henri Benoit avait envoyé un mail à Horst pour lui dire de se préparer à recevoir un document à 21 heures. Horst avait donc invité Jan, son ami de longue date, à regarder avec lui, en avant-première, la dernière vidéo avant qu'il l'envoie aux autres membres de l'Alliance.

L'ordinateur émit un signal sonore, et Horst s'installa à son bureau, annonça à son ami que le téléchargement était en cours, puis transféra le fichier vers le bureau de Jan, à Amsterdam.

Les images apparurent simultanément sur leurs deux écrans.

Pour décor, une plage, sous la lune. Une jolie fille allongée, nue, sur une grande serviette. Elle avait les hanches fines, une petite poitrine, des cheveux courts coiffés à la main, avec un côté garçon manqué. L'utilisation du noir et blanc et les jeux d'ombres créaient une atmosphère digne d'un film des années quarante.

— Superbe composition, commenta Jan. Ce type a l'œil.

Henri pénétra dans le champ, visage flouté. Sa voix avait été également déformée. Il parlait à la fille d'un ton enjoué, l'appelait « ma toute belle », prononçait parfois son nom.

— Intéressant, non ? fit Horst. La fille n'a absolument pas peur. On dirait même qu'il ne l'a pas droguée.

Julia regardait Henri avec un grand sourire, elle lui tendait les bras, elle écartait les jambes. Il enleva son short de bain, et en voyant son énorme sexe en érection, Julia mit la main sur la bouche. « Oh, là, là, Charlie ! »

Henri lui dit qu'elle était gourmande, mais les deux hommes sentaient bien au ton de sa voix qu'il la taquinait, qu'il riait. Ils le regardèrent s'agenouiller entre les cuisses de la jeune fille, lui soulever les fesses et se pencher sur elle jusqu'à ce qu'elle se mette à se tortiller, à se frotter les hanches, à enfoncer les orteils dans le sable en gémissant : « Charlie, je t'en supplie, j'ai trop envie de toi. »

— Je crois qu'Henri fait tout pour qu'elle tombe amoureuse de lui, observa Jan. Imagine qu'il tombe amoureux, lui aussi...

— Ah, parce que tu penses qu'il est capable d'aimer quelqu'un ?

Henri caressait la fille, la titillait, plongeait la tête entre ses jambes, lui disait qu'elle était belle et qu'elle devait s'abandonner à lui. Et, au bout d'un moment, les cris de Julia se muèrent en gémissements.

Elle noua les mains derrière sa nuque, il l'enlaça, l'embrassa sur les yeux, les joues, la bouche. Puis sa main apparut en gros plan, dissimulant presque la fille, et réapparut, tenant un couteau de chasse. Henri déposa l'arme sur la serviette, près de Julia.

Horst, penché sur son écran, ne perdait pas une miette du spectacle. Il était en train de se dire : oui, après la cérémonie, le sacrifice ultime, quand le visage flouté d'Henri se tourna vers la caméra. « Alors, tout le monde est content ? »

La fille répondit que oui, elle était comblée, et là, brusquement, écran noir.

Jan émergea brutalement de son état second.

— Que se passe-t-il ?

Horst revint en arrière, repassa les dernières images, et comprit que l'enregistrement s'arrêtait là. Pour eux, en tout cas.

— Jan, dit-il, notre ami nous fait languir, nous aussi. Il veut qu'on attende avec impatience le produit fini. Malin. Très malin.

— Quand je pense à la vie qu'il mène à nos frais..., soupira Jan.

— Et si on pariait ? Juste toi et moi ?

— Parier sur quoi ?

— Sur le temps qu'il lui reste avant de se faire prendre.

44.

Il était presque 4 heures et je n'avais toujours pas réussi à trouver le sommeil, hanté par les images du corps torturé de Rosa Castro. J'imaginais ce qu'elle avait pu subir avant de finir coincée sous un rocher.

Je songeais à ses parents, aux McDaniels, à tous ces gens bien plongés dans un enfer que Jérôme Bosch lui-même n'aurait pu concevoir dans ses moments les plus inspirés. J'avais envie d'appeler Amanda, mais je n'osais pas. J'avais peur de gaffer et de lui dire ce que je pensais : heureusement qu'on n'a pas d'enfants.

Je me suis levé d'un bond, j'ai allumé la lumière, pris dans le frigo une canette ananas-orange-goyave et j'ai lancé mon ordinateur.

Ma boîte aux lettres était déjà pleine de mails indésirables depuis ma dernière visite, et CNN m'avait envoyé une alerte info sur Rosa Castro. J'ai jeté un rapide coup d'œil sur le sujet. Kim était citée dans le dernier paragraphe.

J'ai tapé le nom de Kim dans la fenêtre de recherche pour voir si CNN avait rapporté quelque chose sur elle dans ses filets. Pas de résultat.

J'ai ouvert une boîte de chips Pringles en réussissant à n'en manger qu'une, j'ai mis une dosette dans la cafetière automatique et je suis retourné sur le web.

J'ai trouvé des vidéos de Doug Cahill sur You Tube. Des souvenirs de fac, des pitreries tournées dans les vestiaires et un petit film où on voyait Kim assister à un match dans les gradins, applaudir, taper des pieds avec, en alternance, des images de Doug

Cahill affrontant les New York Giants et décapitant presque leur *quarterback*, Eli Manning.

J'essayais de m'imaginer Cahill tuant Kim, et je ne pouvais pas exclure qu'un type capable de percuter avec autant de force un adversaire aussi lourd puisse se montrer brutal avec une fille qui lui résiste et, accidentellement ou volontairement, lui brise le cou.

Mais, en mon for intérieur, je restais persuadé que les larmes de Cahill étaient sincères, qu'il aimait Kim. Et en toute logique, s'il l'avait tuée, il aurait pu aller se réfugier n'importe où dans le monde. Il en avait les moyens.

Alors je me suis de nouveau intéressé au nom que mon informatrice anonyme m'avait murmuré à l'oreille, l'homme soupçonné de trafic d'armes, Nils Ostertag Bjorn. J'ai vu s'afficher les mêmes résultats que la veille, mais cette fois, j'ai ouvert les pages rédigées en suédois.

En faisant appel à un dictionnaire en ligne, j'ai réussi à traduire les mots suédois correspondant à « munitions » et « équipement de protection », puis j'ai découvert une autre photo de Bjorn, vieille de trois ans.

L'homme aux traits réguliers, pour ne pas dire quelconques, avait été pris sur le vif sortant d'une Ferrari, à Genève. Il portait un beau costume à rayures larges sous un manteau bien coupé, et tenait à la main une sacoche Gucci. Ce Bjorn-là était très différent de celui figurant sur la photo du dîner de gala de l'industriel suédois. Il était blond. Blond blanc.

J'ai cliqué sur la dernière page consacrée à Nils Ostertag Bjorn et une autre photo s'est affichée sur mon écran. En uniforme de l'armée, cette fois, il paraissait avoir une vingtaine d'années. Il avait des yeux très espacés et un menton carré. Rien à voir avec l'homme des deux autres photos.

La légende était en suédois, mais j'ai réussi à décrypter « golfe Persique » et « tirs ennemis ».

Et là, j'ai compris.

J'étais en train de lire une nécrologie.

Nils Ostertag Bjorn était mort depuis quinze ans.

Je suis allé prendre une douche et, pendant que l'eau chaude me martelait le crâne, j'ai essayé de reconstituer le puzzle. Deux hommes portant le même nom, et un nom peu courant... S'agissait-il d'une coïncidence ? Ou est-ce que le client du Wailea Princess avait volé l'identité d'un mort ?

Et le cas échéant, était-ce lui qui avait enlevé et peut-être tué Kim McDaniels ?

45.

Henri Benoit se réveilla dans sa chambre de l'hôtel Island Breezes, à Lana'i. Paré de blanc, le luxueux lit à baldaquin était d'un indicible confort.

Julia ronflait doucement sous son bras, et il sentait la chaleur de son visage lui chatouiller le torse. Il était déjà tard, et le soleil inondait la pièce à travers les voilages. Cinquante mètres plus loin, c'était l'immensité du Pacifique.

Cette fille, ce décor, cette lumière unique. Un rêve de cinéaste.

Du bout des doigts, il écarta les cheveux que Julia avait dans les yeux. La mignonne était sous l'emprise du kava, auquel Henri avait ajouté une généreuse dose de Valium. Elle avait dormi d'un sommeil profond, mais il était temps, à présent, de la réveiller pour son portrait.

Il lui caressa doucement le bras.

— Allez, on se réveille, ma toute douce.

Julia décolla péniblement les paupières.

— Charlie ? Qu'est-ce qu'il y a ? C'est l'heure de l'avion ?

— Pas encore. Tu veux que je te laisse encore dix minutes ?

Elle hocha la tête et aussitôt s'affala contre son épaule.

Henri se glissa hors du lit. Sans perdre de temps, il alluma les lampes, remplaça la carte-mémoire du caméscope, cala l'appareil sur la commode pour bien cadrer l'image. Une fois satisfait, il défit les cordons de soie qui retenaient les tentures.

Julia marmonna quelques protestations lorsqu'il la retourna sur le ventre.

— Tout va bien, c'est Charlie, lui dit-il en lui attachant les pieds et les poignets aux montants du baldaquin à l'aide de cordelettes.

Pour les pieds, il fit des nœuds à cabestan. Pour les poignets, il préféra un nœud japonais assez original et des plus photogéniques. Julia exhala un soupir et s'abandonna à un autre rêve.

Henri ouvrit son sac, farfouilla à l'intérieur, puis mit le masque de plastique transparent et les gants en latex bleus, et sortit le couteau de chasse de son fourreau.

Masqué, ganté, mais nu, Henri plaça le couteau sur la table de chevet, puis s'agenouilla derrière Julia et lui caressa le dos avant de lui soulever les hanches et de la pénétrer par-derrière. Elle poussa des gémissements sans jamais se réveiller tandis qu'il la besognait. Il laissa le plaisir l'emporter sur la raison, et lui dit qu'il l'aimait.

Après, il s'affala à côté d'elle, un bras en travers de ses reins, jusqu'à ce qu'il retrouve son souffle. Puis il l'enfourcha, enroula ses cheveux autour des doigts de sa main gauche et lui souleva la tête de quelques centimètres.

— Aïe, fit Julia en ouvrant les yeux. Tu me fais mal, Charlie.

— Je suis désolé. Je vais faire plus attention.

Il attendit un instant avant de faire glisser la lame sur la nuque de Julia, traçant une fine ligne rouge.

Ce fut tout juste si la jeune femme battit des paupières, mais lorsque Henri répéta le geste, elle ouvrit de grands yeux, tordit le cou et vit, épouvantée, le masque, le couteau, le sang.

— Charlie, qu'est-ce que tu fais ? hoqueta-t-elle.

Henri se rembrunit. Il éprouvait un tel amour pour cette fille, et voilà qu'elle le défiait, qu'elle le freinait en plein élan, qu'elle gâchait tout.

— Julia, je t'en prie, un peu de tenue !

Julia hurla, se débattit violemment malgré ses liens, à la grande surprise d'Henri qui pensait l'avoir mieux attachée. Son coude lui percuta la main, le couteau s'envola, et Julia, à plein poumons, poussa un formidable hurlement ondulant, un vrai cri de film d'horreur.

Elle ne lui laissait plus le choix. Ce n'était guère élégant, mais c'était sans doute la meilleure façon d'en finir. Les mains d'Henri se refermèrent sur la gorge de Julia. Il la secoua. Elle émit des borborygmes, se débattit encore. Il la privait d'air, contrôlant les dernières secondes de sa vie, desserrant sa prise, puis serrant de nouveau, continuellement, jusqu'à ce que Julia s'immobilise enfin. Parce qu'elle était morte.

Haletant, Henri se leva et se dirigea vers le caméscope.

Il se pencha sur l'objectif, posa les mains sur les genoux et murmura, avec un petit sourire :

— C'était mieux que je ne l'avais prévu. Julia a improvisé et mis un terme à notre liaison avec un certain panache. Vraiment, je l'adore. Alors, tout le monde est content ?

46.

Henri émergeait de la douche lorsqu'il entendit frapper à la porte. Est-ce que quelqu'un avait entendu Julia hurler ?

— C'est pour faire chambre, fit une voix.

— Barrez-vous ! cria-t-il. Ne pas déranger. Vous ne savez pas lire ?

Il resserra la ceinture de son peignoir, traversa la chambre, ouvrit la baie vitrée et alla sur le balcon.

Le somptueux domaine avait tout d'un jardin d'Éden. Les oiseaux gazouillaient à qui mieux mieux, les parterres étaient constellés d'ananas, des gamins couraient dans les allées, en direction de la piscine, où le personnel s'affairait à installer les transats. Au loin, l'océan d'un bleu presque électrique frémissait déjà sous un soleil de plomb. Encore une journée parfaite à Hawaii.

Pas de sirènes. Pas d'hommes en noir. Pas d'ennuis à l'horizon.

Tout allait bien.

Henri manipula le clavier tactile de son téléphone et commanda l'hélicoptère. Ensuite il disposa les édredons sur le corps de Julia, nettoya toute la pièce sans oublier la moindre poignée, la moindre surface, et mit sa tenue de Charlie Rollins en regardant la télé. Il vit la frimousse souriante de Rosa Castro, cette brave petite, puis regarda un nouvel épisode du feuilleton Kim McDaniels. Rien de nouveau, mais les recherches continuaient.

Où était Kim ? Où diable avait-elle bien pu passer ?

Henri remballa tout son équipement, inspecta la chambre pour s'assurer qu'il n'avait négligé aucun détail. Une fois certain de n'avoir rien oublié, il mit ses lunettes de soleil et sa casquette de Charlie, puis, sac à l'épaule, sortit de la pièce.

Sur le chemin de l'ascenseur, il croisa le chariot de la femme de chambre et lança à la robuste Latino en train de passer l'aspirateur :

— Je suis dans la 412.

— Je peux faire chambre maintenant ? s'enquit-elle.

— Non, non, laissez-moi encore quelques heures, s'il vous plaît. (Il lui demanda de l'excuser, et ajouta :) J'ai laissé quelque chose pour vous dans la chambre.

— Merci.

Il lui fit un clin d'œil, emprunta l'escalier pour rejoindre l'extraordinaire hall qui évoquait une boîte à bijoux géante, avec ses murs soyeux. Et ces oiseaux qui entraient, sortaient, voletaient en tous sens !

Henri régla sa note, puis demanda qu'on le conduise à l'hélisurface. Il pensait déjà à la suite quand la voiturette de golf longea le parcours verdoyant. Le vent se levait, chassant peu à peu les nuages vers l'océan.

Henri donna un pourboire à l'employé et courut vers l'hélicoptère en tenant sa casquette.

Il boucla sa ceinture, échangea quelques brèves amabilités avec le pilote, mit son casque et, quand l'appareil décolla, prit quelques photos de Lana'i avec son Sony, comme l'aurait fait tout bon touriste. Mais c'était simplement pour donner le change. Il fallait bien plus que la magnificence d'une île paradisiaque pour subjuguer Henri.

Lorsque l'hélicoptère se posa à Maui, il passa un appel des plus importants.

— Monsieur McDaniels ? dit-il en prenant un léger accent australien. Vous ne me connaissez pas. Je m'appelle Peter Fisher. Il faut que je vous dise quelque chose à propos de Kim. Et j'ai aussi sa montre – une Rolex.

47.

Le Kamehameha Hostel datait du début du XXe siècle. Levon lui trouvait un air de vieille pension, avec quelques petits bungalows autour. La plage se trouvait de l'autre côté de l'autoroute. À l'horizon, accroupis sur leurs planches, les surfeurs griffaient gentiment l'océan en attendant la Grande Vague.

En montant les marches du bâtiment principal, Levon et Barbara durent enjamber des routards. Une odeur lourde imprégnait les boiseries du hall, mal éclairé. Une odeur d'humidité et de marijuana.

À voir le réceptionniste, on aurait cru qu'il avait été rejeté par la mer un siècle plus tôt : des yeux injectés de sang, des cheveux filasse avec une grande natte blanche encore plus longue que celle de Barb, et un T-shirt couvert de taches, sur lequel était collée une étiquette : Gus.

Levon dit à Gus que Barb et lui avaient réservé une chambre pour une nuit et Gus lui répondit qu'il devait régler la totalité d'avance s'il voulait les clés, c'était la règle ici.

Levon donna à Gus quatre-vingt-dix dollars en liquide.

— Pas de remboursement, la chambre doit être libérée pour midi, sans exception.

— Nous cherchons l'un de vos clients, du nom de Peter Fisher, dit Levon. Il a un accent. Australien, ou sud-africain, peut-être. « Peta Fisha. » Vous avez son numéro de chambre ?

L'employé feuilleta son registre.

— Ils ne donnent pas tous leurs noms. Quand ils viennent à plusieurs, j'ai juste besoin de la signature de celui qui paie. Je vois pas de Peter Fleisher.

— Fisher.

— C'est pareil, je le vois pas. La plupart, ils mangent ici, le soir. Six dollars, trois plats. Allez y faire un tour un peu plus tard, et vous trouverez peut-être votre bonhomme. (Gus scruta le visage de Levon.) Oh, mais je vous connais. Vous êtes les parents de la fille, le mannequin qui s'est fait tuer à Maui.

Levon sentit sa tension monter en flèche et se demanda si le jour de l'infarctus du myocarde était arrivé.

— Où avez-vous pêché ça ? fit-il sèchement.

— Qu'est-ce que vous voulez dire ? C'est à la télé, dans les journaux.

— Elle n'est pas morte.

Levon prit les clés et se dirigea vers l'escalier. Barb lui emboîta le pas. La chambre, au deuxième étage, était cauchemardesque. Deux lits minuscules, des matelas dont les ressorts traversaient presque les draps douteux, une cabine de douche noire de moisissure, et de l'humidité partout. Moquette, revêtements, tapis, tout était moite.

Au-dessus du lavabo, un avis. « Prière de nettoyer après vous. L'établissement n'assure pas le ménage. »

Barbara regarda son mari d'un air désespéré.

— Tout à l'heure, on descendra dîner et on interrogera les gens. On n'est pas obligé de rester ici, on peut rentrer à l'hôtel.

— Quand on aura trouvé ce Fisher.

— Bien sûr, répondit Levon, qui se disait en réalité : oui, si Fisher n'a pas déjà déserté ce taudis. Si toute cette histoire n'est pas une mauvaise blague, comme le lieutenant Jackson nous l'a tout de suite dit.

48.

Henri ne se reposait pas sur son accoutrement ; ce n'était pas les bottes western qui comptaient, ni les appareils photo ou les lunettes de soleil. La panoplie avait son importance, certes, mais tout l'art du déguisement était dans les gestes, dans la voix, et puis il y avait le facteur X. L'élément qui distinguait Henri Benoit, qui faisait de lui un caméléon hors pair, c'était son extraordinaire aptitude à devenir le personnage qu'il voulait incarner.

À 18 h 30, Henri entra tranquillement dans la salle de restaurant pour le moins rustique du Kamehameha Hostel. Il portait un jean, un pull léger en cachemire bleu ciel aux manches retroussées, des mocassins italiens, pas de chaussettes, une montre en or et une alliance. Ses cheveux grisonnants étaient coiffés en arrière, et ses verres sans monture venaient compléter son look d'homme raffiné et aisé.

Il regarda la salle sommairement aménagée, les rangées de tables et de chaises pliantes, le buffet chaud. Il fit la queue et prit le brouet qu'on lui proposait, puis se dirigea vers le coin où Barbara et

Levon s'étaient réfugiés, sans toucher à leurs assiettes.

— Vous permettez ?

— On allait partir, répondit Levon, mais si vous avez le courage de manger ça, asseyez-vous, je vous en prie.

— C'est quoi, à votre avis ? demanda Henri en tirant une chaise à côté de Levon. Animal, végétal ou minéral ?

Levon trouva la force de rire.

— Je me suis laissé dire que c'était du ragoût de bœuf, mais je ne le jurerais pas.

Henri tendit la main.

— Andrew Hogan. De San Francisco.

Levon lui serra la main, présenta sa femme, se présenta.

— Nous sommes les seuls, ici, à avoir plus de quarante ans. Saviez-vous à quoi ressemblait ce bouge quand vous avez réservé ?

— En fait, je ne suis pas un client de l'hôtel. Je cherche ma fille. Laurie vient d'avoir sa licence, à Berkeley. (Il disait cela sans fanfaronnerie.) J'ai dit à ma femme que Laur était en train de s'éclater, qu'elle campait avec d'autres jeunes, mais elle ne nous a pas appelés depuis plusieurs jours. Depuis une semaine, en réalité. Alors sa mère nous fait une crise, à cause de cette malheureuse fille, vous savez, le mannequin, qui a disparu à Maui.

Henri remua son ragoût du bout de la fourchette et releva la tête quand Barbara fit :

— Le mannequin qui a disparu. C'est notre fille. Kim.

— Oh, mon Dieu. Je suis désolé, je suis vraiment désolé. Je ne sais pas quoi dire. Vous tenez le coup ?

— Ç'a été terrible, répondit Barbara, les yeux baissés. On prie, on essaie de dormir, on fait tout pour ne pas devenir fous.

— On s'accroche à la moindre parcelle d'espoir, renchérit Levon. Si on est là, c'est parce qu'un certain Peter Fisher nous a appelés. Il a dit qu'il était avec Kim le soir où elle a disparu, qu'elle avait oublié sa montre, qu'on pouvait se retrouver ici, qu'il nous la donnerait et qu'il nous parlerait de Kim. Il savait que Kim portait une Rolex. Vous, c'est Andrew, c'est ça ?

Henri hocha la tête.

— Les flics nous ont dit que c'était sûrement un canular, qu'il y a des tarés qui adorent mener les gens en bateau. Quoi qu'il en soit, nous avons interrogé tous les clients, et personne n'a entendu parler de Peter Fisher. Il n'a pas réservé de chambre dans ce somptueux palace.

— Vous ne devriez pas dormir ici, fit l'homme en bleu. Écoutez, j'ai loué une maison à dix minutes d'ici. Il y a trois chambres, deux salles de bains, et surtout, c'est propre. Pourquoi ne venez-vous pas passer la nuit ? Ça me ferait de la compagnie.

— C'est gentil à vous de nous le proposer, monsieur Hogan, répondit Barbara, mais nous ne voulons pas nous imposer.

— Appelez-moi Andrew. Et moi, ça me ferait plaisir. Vous aimez la cuisine thaï ? J'ai trouvé un resto pas loin d'ici. Qu'en dites-vous ? Quittez ce trou à rats et, demain matin, on ira à la recherche de nos filles.

— Merci beaucoup, Andrew. C'est une proposition sympathique. Si vous nous laissez vous inviter à dîner, nous allons en discuter.

49.

Barbara revint à elle dans le noir, en proie à un sentiment de terreur absolue.

Elle avait les bras liés dans le dos, ankylosés. Ses jambes étaient également attachées, au niveau des genoux et des chevilles. Elle était coincée en position fœtale au fond d'un compartiment exigu qui se déplaçait.

Était-elle aveugle, ou faisait-il trop sombre pour qu'elle distingue quoi que ce soit ? Que se passait-il ?

— Levon ! hurla-t-elle.

Derrière elle, quelque chose bougea.

— Barb ? Ma chérie ? Tu vas bien ?

— Oh, Dieu merci, Dieu merci, tu es là. Ça va ?

— Je suis attaché. Merde. C'est quoi, cette histoire ?

— Je crois qu'on est dans le coffre d'une voiture.

— Un coffre ? Oh, putain ! C'est Hogan. C'est Hogan qui a fait le coup.

Ils étaient là, ficelés comme des volailles dans une caisse, et entendaient de la musique en sourdine, à travers la banquette arrière.

— Je vais péter les plombs, murmura Barbara. Je ne comprends rien à tout ça. Qu'est-ce qu'il veut ?

Levin frappa des pieds l'abattant du coffre.

— Hé ! Laissez-nous sortir ! Hé !

Mais il ne réussit même pas à enfoncer la tôle.

Entre-temps, les yeux de Barbara s'étaient habitués à l'obscurité.

— Levon, regarde ! Tu vois, ça ? Le levier de secours, pour ouvrir le coffre.

Ils se retournèrent difficilement, centimètre après centimètre, en se râpant les joues et les coudes contre la moquette. Barb parvint à faire tomber ses chaussures et à tirer sur le levier avec les doigts de pied. Le levier bougea, mais sans offrir la moindre résistance, sans effet sur la serrure du coffre.

— Oh, mon Dieu, pitié, gémit Barbara.

Une nouvelle crise d'asthme réduisit sa voix à un sifflement, suivi d'une quinte de toux.

— Le câble a été coupé, expliqua Levon. La banquette arrière. On peut défoncer la banquette arrière.

— Et on fait quoi, après ? glapit Barb. On est attachés !

Ils essayèrent quand même de donner des coups de pied dans le fond du coffre, mais avec leurs jambes entravées, l'exercice se révéla vain.

— Pas la peine, soupira Levon, c'est bloqué.

Barb faisait tout pour respirer le plus lentement possible, sans s'affoler, pour éviter la suffocation. Pourquoi Hogan les avait-il enlevés ? Pourquoi ? Que comptait-il faire d'eux ? Quel profit espérait-il retirer de ce double enlèvement ?

— J'ai lu quelque part, dit Levon, qu'on pouvait casser les feux arrière et sortir la main pour faire des signes jusqu'à ce que quelqu'un s'en aperçoive. Et même si on réussit juste à mettre les ampoules hors d'usage, un flic arrêtera peut-être la voiture. Fais ça, Barb. Essaie.

Barb donna un coup de pied et du plastique se brisa.

— À ton tour !

Quand Levon arriva enfin à fracasser le feu, de son côté, Barbara se retourna. Elle avait le visage à quelques centimètres des fils et des éclats de plastique, et elle distinguait le bitume de la chaussée. Si la voiture s'arrêtait, elle hurlerait. Ils pouvaient s'en sortir. Ils étaient toujours en vie, et ils se battraient !

— C'est quoi, ce bruit ? fit Levon. Un téléphone mobile. Ici, dans le coffre ?

Barb vit, près de ses pieds, un téléphone dont l'écran était éclairé.

— On va sortir d'ici, mon chéri. Hogan a fait une grosse erreur.

Elle se contorsionna pour tâcher d'attraper l'objet. Au moment de la deuxième sonnerie, les mains dans le dos, elle tâtonna le clavier et parvint à décrocher.

— Allô ! Allô ! cria Levon. Qui est à l'appareil ?

— Monsieur McDaniels, c'est moi, Marco. Du Wailea Princess.

— Marco ! Dieu soit loué. Il faut que vous nous retrouviez. On a été enlevés.

— Je suis navré. Je sais que vous êtes un peu à l'étroit, dans ce coffre. Je vous expliquerai tout dans quelques instants.

Fin de la communication.

La voiture ralentit, et s'arrêta.

50.

Henri sentait le sang pulser dans ses veines. Il était tendu à souhait, bourré d'adrénaline, parfaitement concentré, prêt à jouer la scène suivante.

Il jeta un coup d'œil autour de lui, regarda la route, puis les cent quatre-vingts degrés de rivage. Pas une âme en vue. Satisfait, il saisit son sac de sport sur la banquette arrière, alla le jeter sous un enchevêtrement de buissons, puis revint sur ses pas.

Il fit le tour de la berline quatre roues motrices et s'accroupit devant chaque roue pour réduire des trois quarts la pression des pneus, frappa le coffre au passage, du plat de la main, puis ouvrit la portière de la voiture, côté passager. Dans la boîte à gants, il prit le contrat de location qu'il jeta sur le plancher, et son couteau de chasse dont la lame mesurait près de vingt-cinq centimètres, et qui était comme le prolongement de sa main.

Il attrapa les clés et ouvrit le coffre. Une lune pâle éclaira les McDaniels.

— Alors, on est bien, en classe éco ? leur demanda Henri.

Barbara se mit à hurler à pleins poumons. Il se pencha à l'intérieur du coffre et approcha son couteau de la gorge de la captive.

— Barb, Barb. Arrêtez de crier ! Personne ne vous entend, à part Levon et moi, alors oubliez vos simagrées, d'accord ? Je n'aime pas ça.

Aux cris de Barb succéda un sifflement, suivi de sanglots.

— Qu'est-ce que vous foutez, Hogan ? s'écria Levon en se contorsionnant pour voir le visage de son ravisseur. Je suis quelqu'un de rationnel. Expliquez-vous.

Henri mit deux doigts sous son nez pour imiter une moustache, prit une voix plus grave, plus posée :

— Si vous le souhaitez, monsieur McDaniels. Je vais m'occuper de vous en priorité.

— Mon Dieu, vous êtes Marco ! C'est vous ! Je ne peux pas y croire. Comment avez-vous pu nous faire peur à ce point ? Que voulez-vous ?

— Je veux que vous vous teniez bien, Levon. Vous aussi, Barb. Si vous faites des histoires, je devrai prendre des mesures radicales. Si vous êtes gentils, je vous mettrai en première classe. Marché conclu ?

Henri cisailla la corde en nylon qui liait les jambes de Barbara et il aida celle-ci à sortir du coffre et à s'asseoir sur la banquette arrière. Puis il s'occupa de Levon, et il boucla leurs ceintures.

Henri s'installa ensuite au volant. Il verrouilla les portières, alluma le plafonnier, puis mit en marche la caméra miniature dissimulée derrière le rétroviseur.

— Si vous le souhaitez, vous pouvez m'appeler Henri, dit-il aux McDaniels qui le regardaient, médusés.

De la poche de son coupe-vent, il sortit une petite montre-bracelet qu'il leur plaça sous le nez.

— Vous voyez ? Comme je vous l'avais promis. La montre de Kim. La Rolex. Vous la reconnaissez ?

Et il glissa la montre dans la poche de la veste de Levon.

— À présent, j'aimerais vous expliquer ce qui se passe et pourquoi je dois vous tuer. Sauf si vous avez déjà des questions à me poser.

51.

Quand je me suis réveillé, ce matin-là, et que j'ai allumé la télé pour regarder les infos locales, il n'était question que de Julia Winkler. Sous son visage à la beauté tragique défilait un titre en gras : MYSTÉRIEUX ASSASSINAT D'UNE TOP-MODÈLE.

Julia Winkler ? Comment était-ce possible ?

Je me suis assis, j'ai monté le son et j'ai regardé la suite. La photo suivante montrait Kim et Julia posant ensemble pour *Sporting Life*. Visage contre visage, elles riaient, radieuses, pleines de vie.

Les présentatrices de la chaîne revenaient sur le drame « pour ceux qui venaient de les rejoindre ».

Les circonstances de l'affaire n'avaient rien de banal. Le corps de Julia Wrinker avait été découvert dans une chambre de l'Island Breezes, un hôtel cinq étoiles de Lana'i. Une femme de ménage s'était précipitée à la réception en hurlant qu'une femme avait été étranglée, qu'il y avait des marques autour de son cou et du sang plein les draps.

Suivait l'interview d'une serveuse. Emma Laurent. Elle travaillait au restaurant Club Room la veille et avait reconnu Julia Winkler. Le jeune mannequin dînait avec un bel homme d'une trentaine d'années, blanc, aux cheveux châtains, bien bâti. « Quelqu'un qui fait du sport. »

L'homme avait fait porter l'addition sur sa chambre, la 412, louée au nom de Charles Rollins. Rollins avait laissé un bon pourboire et Julia avait donné à la serveuse un autographe personnalisé. *Pour Emma, de la part de Julia*. Emma tendait sa serviette en papier devant la caméra.

Je suis allé me prendre une canette de jus de fruits exotiques et j'ai regardé les images en direct de l'hôtel Island Breezes. Il y avait des voitures de police partout et on entendait crachoter des radios. La caméra suivait le correspondant local de la chaîne NBC.

Kevin de Martine jouissait d'une bonne réputation. Il avait suivi les troupes américaines en Irak, en 2004. Planté devant un chevalet de police, avec, en fond, de lugubres palmiers qui oscillaient dans le vent, il affrontait stoïquement la pluie. L'eau dégoulinait de sa barbe.

« Voici ce que l'on sait pour l'instant. Julia Winkler, une top-modèle de dix-neuf ans qui partageait sa chambre avec Kimberly McDaniels, une autre top-modèle dont on est toujours sans nouvelles, a été retrouvée morte, ce matin, dans une chambre inscrite au nom d'un certain Charles Rollins, de Loxahatchee, Floride. »

Et Martine d'expliquer que Charles Rollins n'était pas dans sa chambre, qu'on le recherchait pour l'interroger, que toute personne disposant de renseignements à son sujet était priée d'appeler le numéro figurant au bas de l'écran.

Ce fait divers atroce me laissait pantois. Julia Winkler était morte. Il y avait un suspect, mais il demeurait introuvable. La police, fidèle à sa terminologie, « le recherchait activement ».

52.

Le téléphone a sonné. J'étais juste à côté, j'ai sursauté. J'ai décroché :

— Levon ?

— C'est Dan Aronstein. Ton banquier. Hawkins, tu es sur l'affaire Winkler ?

— Ouais, je suis le coup, patron. Si vous voulez bien raccrocher et me laisser bosser...

Les présentatrices locales, Tracy Baker et Candy Ko'olani, étaient à l'image. Un nouveau visage venait d'apparaître en insert, depuis Washington. John Manzi, un ancien profiler du FBI. Baker lui a demandé : « Pourrait-il y avoir un lien entre les meurtres de Rosa Castro et de Julia Winkler ? Avons-nous affaire à un tueur en série ? »

Tueur en série, les deux mots qui tuent. La nouvelle de la disparition de Kim faisait le tour de la planète et, bientôt, l'attention du monde entier allait se concentrer sur Hawaii et la mort mystérieuse de deux superbes jeunes filles.

L'ex-agent fédéral Manzi était en train d'expliquer, en se tirant l'oreille, que les tueurs en série avaient en général une signature, qu'ils avaient, pour tuer, leur méthodes préférées.

« Rosa Castro a été étranglée, mais avec des cordes. Et, en fait, elle est morte par noyade. N'ayant pas eu l'occasion de m'entretenir avec le médecin légiste, je ne peux que m'appuyer sur les témoignages dont dispose la police pour avancer que Julia Winkler, elle, a été étranglée manuellement. Autrement dit, elle a été tuée par un individu qui s'est servi de ses mains pour l'étrangler.

» Il est trop tôt pour déterminer si ces deux meurtres ont été commis par la même personne, mais ce que je peux dire à propos de la strangulation manuelle, c'est qu'elle a quelque chose de plus... intime, si vous me permettez de m'exprimer ainsi. Le tueur y trouve davantage de satisfaction car la victime met du temps à mourir, ce qui n'est pas le cas s'il fait usage d'une arme à feu. »

Kim, Rosa, Julia. Coïncidence, ou série ? Il fallait absolument que je réussisse à joindre Levon et Barbara avant qu'ils n'apprennent la mort de Julia par la télévision, que je m'efforce de les préparer à la nouvelle, mais je ne savais pas où ils se trouvaient.

Barbara m'avait appelé la veille, dans la matinée, pour me dire qu'elle partait à Oaho avec son mari, qu'ils allaient vérifier une piste, sans doute fausse, et je n'avais plus eu de nouvelles d'eux depuis.

J'ai baissé le son, téléphoné à Barb sur son portable et comme elle ne répondait pas, j'ai appelé Levon. Il ne décrochait pas non plus. J'ai laissé un message, appelé leur chauffeur. Je suis tombé sur sa boîte vocale, j'ai indiqué mon numéro en lui demandant de me contacter d'urgence.

J'ai pris ma douche et je me suis habillé à toute vitesse en essayant de mettre un peu d'ordre dans ma tête. Quelque chose me travaillait. J'avais l'impression d'avoir négligé quelque chose d'important, mais impossible de mettre le doigt dessus.

C'était comme une mouche qu'on n'arrive pas à chasser, une très légère odeur de gaz venue on ne sait d'où. Qu'est-ce que ça pouvait être ?

J'ai rappelé Levon, je suis tombé sur son répondeur. Alors j'ai passé un coup de fil à Eddie Keola. Il savait forcément, lui, où était Barbara et Levon.

C'était son boulot, après tout.

53.

Keola a aboyé son nom.

— Eddie, c'est Ben Hawkins. Tu as vu les infos ?

— Pire que ça. Je suis allé sur place.

Keola m'a dit qu'il s'était rendu à l'Island Breezes dès qu'il avait entendu la nouvelle de la mort de Julia Winkler sur la fréquence de la police. Il avait assisté à l'enlèvement du corps et avait discuté avec les flics sur la scène de crime.

— La fille qui partageait la chambre de Kim, assassinée... Tu y crois, à ça ?

Je lui ai raconté que je n'avais pas réussi à joindre les McDaniels, ni leur chauffeur ; je lui ai demandé s'il savait où ils étaient.

— Dans une espèce d'hôtel pourri sur la côte est d'Oahu. Barb m'a dit qu'elle ne savait pas comment ça s'appelait.

— Je suis peut-être parano, lui ai-je dit, mais ça m'inquiète. Les McDaniels injoignables ? Ce n'est pas leur genre.

— Je te retrouve à leur hôtel dans une heure.

Je suis arrivé au Wailea Princess juste avant 8 heures. Je me dirigeais vers la réception quand Eddie m'a appelé. Je l'ai vu traverser le hall au petit trot. Ses cheveux décolorés coiffés par le vent n'avaient pas eu le temps de sécher, et la fatigue se lisait sur son visage.

Le responsable de jour était un jeune type avec une belle cravate à cent dollars et une veste de gabardine bleue sur laquelle il y avait marqué : Joseph Casey.

Dès qu'il a raccroché, nous lui avons expliqué notre problème : nous ne réussissions pas à localiser deux clients de l'hôtel, ni le chauffeur mis gracieusement à leur disposition. J'ai ajouté que nous nous inquiétions pour la sécurité des McDaniels.

— Désolé, nous a-t-il répondu, mais aucun chauffeur ne fait partie de notre personnel et nous n'avons fait appel à personne pour conduire M. et Mme McDaniels. Nous n'avons pas engagé ce Marco Benevenuto, nous n'avons engagé personne. Nous ne faisons pas ce genre de choses et nous ne l'avons jamais fait.

J'en suis resté bouche bée.

— Pourquoi ce chauffeur aurait-il dit aux McDaniels qu'il avait été engagé et payé par votre établissement ? a demandé Keola.

— Je ne connais pas ce monsieur. Je n'en ai aucune idée. Il faudrait que vous voyiez avec lui.

Keola a sorti sa carte professionnelle en disant qu'il travaillait pour le compte des McDaniels. Il voulait voir leur chambre.

Après avoir consulté le responsable de la sécurité, Casey lui a donné le feu vert. Pendant ce temps-là, moi, je me suis installé dans un fauteuil avec l'annuaire. Il y avait cinq sociétés de limousines sur Maui et je les ai toutes appelées. Quand Keola est redescendu, il s'est laissé tomber dans le fauteuil d'à côté.

— Personne n'a entendu parler de Marco Benevenuto, lui ai-je dit. Il ne figure nulle part sur tout l'archipel de Hawaii.

— Et la chambre des McDaniels est totalement vide. Comme s'ils n'y avaient jamais mis les pieds.

— C'est quoi, ce bordel ? j'ai fait. Barbara et Levon sont partis, et toi, tu ne sais même pas où ?

Cela avait tout l'air d'une accusation. Ce n'était pas ce que je voulais, mais je commençais à paniquer sérieusement. Le taux de criminalité était assez faible, à Hawaii, et là, en l'espace d'une semaine, deux jeunes filles avaient été assassinées, Kim était toujours portée disparue, et on était également sans nouvelles de ses parents et de leur chauffeur.

— J'ai pourtant dit à Barbara que c'était à moi d'aller vérifier la piste d'Oahu, s'est excusé Keola. Ces auberges de routards sont isolées et un peu chaudes. Mais Levon m'a dissuadé d'y aller. Il voulait que je reste ici et que je continue à rechercher Kim.

Keola tirait sur son bracelet, se mordillait la lèvre. On était là, nous, les deux ex-flics qui avaient quitté la police sans gloire, à tourner en rond, dans le brouillard le plus complet.

54.

Le hall du Wailea Princess commençait à ressembler à un chapiteau de cirque. Des touristes allemands faisaient la queue à la réception, une nuée de marmots imploraient le jardinier de les laisser donner à manger aux carpes koï, et dix mètres plus loin, une animatrice présentait les attractions locales, avec diaporamas, vidéos et musique traditionnelle.

Eddie Keola et moi étions devenus comme invisibles. Personne ne nous regardait.

Je me suis mis à récapituler tous les éléments avérés, en essayant de faire le lien entre Rosa et Kim, Kim et Julia, et le chauffeur, Marco Benevenuto, qui m'avait menti et avait menti aux McDaniels, lesquels avaient à leur tour disparu.

— Qu'en penses-tu, Eddie ? Tu entrevois un rapport ? Ou est-ce que c'est moi qui suis en train d'attiser les flammes de mon imagination fébrile ?

Keola a lâché un énorme soupir.

— Pour être franc, Ben, je suis dépassé. Ne m'en demande pas trop. Moi, ma spécialité, c'est les maris infidèles, les escroqueries à l'assurance. Qu'est-ce que tu crois ? Qu'à Maui, c'est comme à Los Angeles ?

— Ton copain, le lieutenant Jackson, pourquoi ne pas le mettre à contribution ?

— Je vais le faire. Je vais lui demander de contacter la police d'Oahu et de lancer des recherches pour qu'on retrouve Barb et Levon, en y mettant les moyens. S'il refuse, je passerai par-dessus lui. Mon père est juge.

— Ça doit être pratique.

— Je confirme.

Après m'avoir annoncé qu'il me tiendrait au courant, Keola m'a laissé là, le téléphone sur les genoux. J'ai regardé l'océan vert sombre. Tout au loin, dans la brume matinale, je distinguais vaguement Lana'i, la petite île où Julia Winkler avait été brutalement arrachée à la vie.

Il était 5 heures du matin à L.A., mais il fallait que je parle à Amanda.

— Qu'est-ce qu'il y a, mon petit loup ? murmura-t-elle.

— Rien de bien joyeux, lapinou.

Je lui ai parlé du dernier drame en date, je lui ai avoué que je commençais à me croire dans un film d'horreur et que non, je n'avais rien bu de plus fort que du jus de goyave depuis trois jours.

— On aurait déjà revu Kim si elle avait été en mesure de se montrer. J'ignore qui, où, pourquoi ou comment, mais je crois bien deviner ce qui s'est passé.

— « Un Serial Killer Sous Les Tropiques », le reportage que tu rêvais de faire. Peut-être même de quoi faire un bouquin.

C'est tout juste si je l'ai écoutée. Le détail qui me tracassait depuis que j'avais allumé la télé, deux heures plus tôt, venait brusquement de s'illuminer comme un néon rouge. Charles Rollins. Le nom de la dernière personne vue en compagnie de Julia Winkler.

Ce nom, je le connaissais.

J'ai demandé à Amanda de rester en ligne, le temps que je sorte mon portefeuille et que, d'une main tremblante, je trie les cartes de visite que j'avais entassées derrière la petite fenêtre en plastique.

— Mandy.

— Je suis toujours là. Et toi ?

— Un photographe du nom de Charles Rollins est venu me voir sur la scène de crime où on a retrouvé la petite Rosa Castro. Il était d'un magazine de Loxahatchee, en Floride, appelé *Talk Weekly*. Les flics pensent qu'il est le dernier à avoir vu Julia Winkler vivante. Et il est introuvable.

— Tu lui as parlé ? Tu pourrais l'identifier ?

— Peut-être. Il faudrait que tu me rendes un service.

— Que j'allume mon ordinateur ?

— S'il te plaît.

J'ai attendu, le téléphone plaqué contre l'oreille, au point que j'entendais la chasse d'eau à L.A. Et au bout d'un moment, j'ai de nouveau entendu la voix de ma chérie.

Elle s'est éclairci la voix, puis : « Benj, il y a quarante pages de Charles Rollins sur Google, il doit y avoir deux mille types qui portent ce nom-là, dont une centaine en Floride. Mais aucun magazine intitulé *Talk Weekly* n'est répertorié nulle part, que ce soit à Loxahatchee ou ailleurs.

— Juste pour voir, envoyons-lui un mail.

Je lui ai lu l'adresse mail de Rollins, en dictant le message.

— Le message est revenu, Benjy m'annonça-t-elle quelques secondes plus tard. Mailer-Daemon. Adresse mail inconnue. Que fait-on, maintenant ?

— Je te rappelle plus tard. Il faut que j'aille voir les flics.

55.

Henri avait pris place deux rangées derrière le cockpit dans un avion d'affaires flambant neuf et quasiment vide. Par le hublot, il regarda le beau petit jet quitter la piste en douceur et grimper dans le ciel bleu et blanc de Honolulu.

Il but une gorgée de champagne, accepta le toast au caviar que lui proposait l'hôtesse puis, lorsque le pilote annonça la fin de la phase de décollage, Henri ouvrit son ordinateur portable.

Il avait dû sacrifier la mini-caméra fixée au rétroviseur de la voiture, mais avant d'être détruit par l'eau de mer qui avait envahi l'habitacle, l'appareil avait transféré les enregistrements sur son portable par liaison sans fil.

Henri était impatient de voir les rushes du jour.

Il mit ses écouteurs et ouvrit le fichier MPV.

Les images qui défilèrent sur son écran étaient tellement belles qu'il faillit pousser un cri de bonheur. Le plafonnier diffusait une lumière idéale, Levon et Barbara n'étaient pas trop éclairés, et la qualité du son se révélait irréprochable.

Henri, assis à l'avant, n'était pas dans le champ, ce qui lui plaisait beaucoup. Pas de masque déformant les traits du visage, juste cette voix désincarnée, tantôt celle de Marco, tantôt celle d'Andrew, qui raisonnait les victimes.

« J'ai dit à Kim qu'elle était extraordinairement belle, Barbara, quand je lui ai fait l'amour. Je lui ai donné quelque chose à boire pour qu'elle ne ressente pas la douleur. Votre fille était quelqu'un d'adorable, elle était très gentille. N'allez pas croire qu'elle ait fait quoi que ce soit pour mériter d'être tuée.

— Je refuse de croire que vous l'avez tuée, lui rétorquait Levon. Vous êtes un malade. Un vrai mythomane !

— Je vous ai donné sa montre, Levon... Et puis, tenez, si vous insistez, regardez donc ça. »

Henri avait ouvert son téléphone pour leur montrer la photo de sa main tenant la tête de Kim par les racines de sa chevelure blonde.

« Il faut me comprendre, expliquait-il en couvrant les plaintes et gémissements insupportables de Barb et Levon, c'est du business. Les gens pour lesquels je travaille paient très cher pour voir d'autres gens mourir. »

Barbara suffoquait, sanglotait, l'implorait d'arrêter, mais Levon se trouvait dans un autre enfer. Visiblement, il essayait de surmonter son chagrin et sa terreur en faisant tout pour que sa femme et lui survivent.

« Laissez-nous partir, Henri. Nous ne savons pas qui vous êtes vraiment. Nous ne pouvons pas vous faire de mal. »

Ce à quoi Henri avait répondu : « Ce n'est pas que j'aie envie de vous tuer, Levon. C'est une question d'argent. Oui. Je gagne de l'argent en vous tuant.

— De l'argent, je peux vous en donner. Je paierai plus qu'eux. Je vous assure ! »

Puis, toujours son petit écran, Barbara le suppliait au nom de ses fils, et lui l'interrompait en lui disant qu'il devait s'en aller, à présent.

Il avait enfoncé l'accélérateur et la voiture, roulant facilement sur le sable grâce aux pneus dégonflés, était entrée dans les vagues. Dès qu'il avait jugé l'élan suffisant, Henri avait sauté hors du véhicule. Et il l'avait accompagné jusqu'à ce que l'eau arrive au niveau du pare-brise.

À l'intérieur, la caméra avait enregistré les supplications des McDaniels, le battement des vagues contre les vitres, la montée de l'eau sous le regard terrifié de Barb et Levon sanglés sur la banquette arrière, les bras attachés dans le dos.

Il leur avait toutefois accordé un peu d'espoir.

« Je laisse la lumière pour que vous puissiez immortaliser vos adieux. Et quelqu'un pourrait vous voir, depuis la route, qui sait ? On pourrait vous sauver. N'excluez pas cette possibilité. Si j'étais vous, je prierais pour que ça arrive. »

Il leur avait souhaité bonne chance, il était sorti de l'eau et là, sous les arbres, il avait regardé la voiture disparaître sous les eaux en trois minutes à peine, beaucoup plus vite qu'il ne l'aurait imaginé, écourtant les souffrances des McDaniels. Peut-être qu'il existait un Dieu, finalement.

Quand le plafonnier s'était enfin éteint, Henri avait changé de vêtements. Puis il avait longé la route jusqu'à ce que quelqu'un le prenne en stop.

Il referma son portable et vida sa flûte de champagne tandis que l'hôtesse lui tendait la carte du déjeuner. Il opta pour le canard à l'orange, mit son casque Bose et écouta un peu de Brahms. C'était beau, apaisant, parfait.

Henri venait de vivre quelques journées exceptionnelles qui, à chaque instant, s'étaient révélées d'une formidable intensité dramatique. Rarement la vie lui avait offert de telles sensations.

Et tout le monde, il n'en doutait pas, allait être content.

56.

Quelques heures plus tard, Henri Benoit se trouvait dans les toilettes du salon première classe de l'aéroport de Los Angeles. La première partie de son périple s'était magnifiquement déroulée, et il espérait bien se régaler autant à Bangkok, destination du vol qu'il s'apprêtait à prendre.

Il se lava les mains et s'assura, face à la glace, qu'il n'avait oublié aucun détail. Il incarnait désormais un homme d'affaires suisse, domicilié à Genève. Cheveux courts, blanc-blond, lunettes à grosse monture de corne qui lui donnaient un air érudit, costume à cinq mille dollars et beaux souliers anglais faits sur mesure.

Il venait d'envoyer quelques plans des derniers instants des McDaniels, sachant que le lendemain, à la même heure, il y aurait beaucoup plus d'euros sur son compte en banque genevois.

Henri regagna le salon principal, posa sa sacoche et s'enfonça dans un fauteuil moelleux, d'un joli gris, pour se détendre un peu. À la télévision, la présentatrice d'une chaîne câblée, Gloria Roja, venait de prendre l'antenne pour un flash spécial. Il était question d'un « crime épouvantable autant qu'odieux ».

« Le corps décapité d'une jeune femme a été découvert dans un cabanon, sur une plage de Maui. Selon des sources proches de l'enquête, le décès de la victime remonterait à plusieurs jours. »

Gloria Roja se tourna vers le grand écran qui se trouvait derrière elle et présenta une correspondante locale, Kai McBride, sur place, à Maui.

« Ce matin, déclara Kai McBride, face à la caméra, Mme Maura Aluna, la propriétaire de ces cabanons de plage, a découvert à l'intérieur de l'un d'eux le corps et la tête d'une jeune femme décapitée. Mme Aluna a déclaré à la police qu'elle avait loué ce bungalow par téléphone à un homme, et que sa carte de crédit avait été acceptée. Le lieutenant Jackson, de la police de Kihei, devrait faire une déclaration dans les minutes qui suivent. »

La correspondante se tourna brièvement.

« Gloria, le lieutenant James Jackson sort de la maison à l'instant même. »

Elle se précipita vers lui, suivie par son cameraman. L'image se mit à sautiller.

« Lieutenant ! hurla Kai McBride. Lieutenant Jackson, pouvez-vous nous accorder un instant ? »

La caméra resserra sur le lieutenant.

« Je n'ai rien à déclarer à la presse pour le moment.

— Une seule question, lieutenant. »

Henri se redressa dans son fauteuil, fasciné par le palpitant spectacle du direct sur l'écran géant du salon première classe.

Il était en train d'assister à la fin de l'histoire en temps réel. C'était trop beau pour être vrai. Par la suite, il n'aurait qu'à copier le reportage sur le site web de la chaîne pour l'intégrer dans son film au moment du montage. Sa saga hawaiienne serait complète : un début, un milieu, une fin phénoménale, et cet épilogue.

Il réprima une terrible envie de dire au type assis deux sièges plus loin : « Vous voyez ce flic, le lieutenant Jackson ? Regardez-le bien. Il est tout vert. Je crois qu'il va gerber. »

Sur l'écran, la journaliste insistait.

« Lieutenant Jackson, s'agit-il de Kim ? Le corps que vous avez trouvé est-il celui du top-modèle Kim McDaniels ? »

Jackson répondit, en trébuchant sur les mots : « Pas de commentaires à ce point – enfin, sur ce point. Nous sommes au beau milieu d'une phase importante de l'enquête et nous avons beaucoup de décisions à prendre. Vous voulez bien couper ce truc ? Nous ne faisons jamais de commentaires sur une affaire en cours, mademoiselle McBride, et vous le savez très bien. »

Kai McBride se tourna vers la caméra.

« Je vais prendre le risque d'avancer que l'esquive du lieutenant Jackson, qui se refuse à tout commentaire, renforce bien nos craintes, Gloria. À présent, tout le monde attend que la victime, vraisemblablement Kim McDaniels, soit formellement identifiée. C'était Kai McBride, en direct de Maui. »

57.

Ce matin-là, à marée basse, un joggeur avait cru apercevoir une tortue géante, mais c'était en fait le toit d'une voiture. Il avait appelé la police, qui était arrivée en nombre.

La grue venait de déposer sur la plage le véhicule rempli d'eau. Répartis en petits groupes, des pompiers, des secouristes et des policiers venus des deux îles regardaient le Pacifique s'écouler de la carcasse.

Un flic a ouvert une portière arrière et a tout de suite crié : « Deux victimes, ceintures attachées ! Je les reconnais. Mon Dieu. C'est les McDaniels. Les parents. »

J'ai eu comme un haut-le-cœur et je me suis mis à marmonner des jurons qui n'avaient pas vraiment de sens, juste pour évacuer, histoire d'éviter de devenir violent ou de vomir.

Eddie Keola était avec moi. Le ruban jaune du périmètre d'interdiction allait d'une branche de bois flotté à un rocher de lave, trente mètres plus loin. Keola n'était pas seulement le sésame qui me permettait d'obtenir des renseignements de source policière ou d'être présent sur les scènes de crime. Je commençais à voir en lui le petit frère que je n'avais jamais eu.

À vrai dire, nous n'avions rien en commun, si ce n'était, pour l'instant du moins, une mine épouvantable.

D'autres véhicules sont arrivés, certains avec la sirène, d'autres pas, et on les a tous entendus freiner sur la petite route défoncée qui longeait la plage, un peu plus haut, et qui était fermée pour travaux.

De gros monospaces noirs d'où sont sortis des hommes dont les blousons étaient siglés FBI.

Le flic qu'Eddie connaissait bien est venu vers nous.

— Tout ce que je peux vous dire, c'est qu'on a vu les McDaniels dîner au Kamekameha Hostel il y a deux jours. Ils étaient avec un homme de type européen, environ un mètre quatre-vingt-dix, cheveux grisonnants, lunettes. Ils sont partis avec lui et on n'en sait pas plus.

— Merci, lui a répondu Eddie.

— De rien, mais maintenant, les mecs, il faut vraiment que vous partiez.

On a remonté une pente de sable jusqu'à la Jeep d'Eddie.

J'étais content de déguerpir.

Je ne tenais pas à voir le corps de ces braves gens auxquels j'avais fini par tellement m'attacher. Eddie m'a reconduit jusqu'à Marriott, et on est restés un moment sur le parking, à ruminer.

Toutes les victimes de cette vague de crimes avaient été tuées de façon préméditée, calculée, presque artistique. C'était l'œuvre d'un tueur extrêmement intelligent, entraîné, qui ne laissait jamais aucun indice derrière lui. Je n'aurais pas voulu être à la place des enquêteurs chargés de résoudre cette affaire. Et voilà qu'Aronstein mettait un terme à mes vacances hawaiiennes tous frais payés.

— À quelle heure est ton vol ? m'a demandé Keola.

— Vers 14 heures.

— Tu veux que je t'emmène ? Ce serait avec plaisir.

— Non, je te remercie, mais je dois rendre ma voiture.

— Je suis vraiment désolé que ça se soit passé comme ça.

— Tu sais, lui ai-je dit, les affaires de ce genre, si on les résout, c'est, genre, dix-sept ans après... Une confession sur un lit de mort, ou un deal avec un taulard, qui finit par balancer.

Un peu plus tard, j'ai dit au revoir à Eddie, j'ai tout flanqué dans ma valise et j'ai quitté l'hôtel. Je rentrais à L.A. mal à l'aise et amer, en ayant l'impression d'avoir laissé un gros bout de moi-même sur place. Et j'aurais parié tout ce que je possédais que, pour moi, cette histoire était terminée.

Je me trompais. Une fois de plus.

III

SÉRIE NOIRE

58.

L'homme très séduisant, aux cheveux blonds décolorés, suivit le couloir tapissé de soie pourpre jusqu'à la réception doucement balayée par la brise du soir. Au fond de la salle se dressait un bureau de pierre. Un jeune réceptionniste accueillit le client, souriant, les yeux baissés.

— Votre suite est prête, monsieur Meile. Nous sommes enchantés de vous revoir au Pradha Han.

— Et moi, je suis ravi d'être ici, répondit Henri, en relevant ses lunettes à monture de corne pour signer le reçu de la carte de crédit. Alors, Rahpee, vous m'avez gardé le Golfe au chaud ?

— Oh, oui, monsieur. Nous ne voudrions pas décevoir un hôte aussi précieux que vous.

Henri ouvrit la porte de la luxueuse suite, se déshabilla dans la chambre, jeta ses vêtements sur l'immense lit protégé par une moustiquaire, se drapa dans un peignoir de soie et goûta quelques chocolats et morceaux de mangues séchées en regardant BBC World. La chaîne anglaise ne tarda pas à revenir, pour son plus grand plaisir, sur « cette vague de meurtres, à Hawaii, qui laissait les enquêteurs perplexes ».

Il était en train de se dire que les Voyeurs devaient être contents, quand un coup de sonnette, à la porte, annonça l'arrivée de ses amis.

Aroon et Sakda, deux sveltes adolescents aux cheveux courts et à la peau dorée, s'inclinèrent pour saluer l'homme qu'ils connaissaient sous le nom de M. Paul Meile, avant de s'élancer vers lui en riant, bras ouverts, tandis qu'il les appelait par leurs prénoms.

La table de massage se trouvait sur le balcon, face à la mer. Pendant que les garçons préparaient les draps et sortaient de leurs sacs huiles et lotions, il installa le caméscope et cadra l'image.

Aroon aida Henri à enlever son peignoir, Sadka plia les draps sur le bas de son corps. Le massage à quatre mains, la spécialité du spa Prada Han, pouvait commencer.

Henri soupira d'aise. Les deux jeunes garçons lui palpaient les muscles en faisant pénétrer la crème hmong, effaçant toutes les contractures de la semaine. La jungle, au loin, retentissait de cris de calaos et l'air embaumait le jasmin. C'était une expérience sensorielle des plus délicieuses, qui l'amenait à Hua Hin au moins une fois par an.

Les garçons retournèrent Henri et tirèrent sur ses bras, en descendant progressivement jusqu'au bout de ses doigts, à l'unisson. Puis ils firent de même avec ses jambes et ses pieds, et ils caressèrent ses sourcils jusqu'à ce qu'il ouvre les yeux et dise, en thaï :

— Aroon, tu veux bien m'apporter mon portefeuille, qui se trouve dans la commode ?

Quand Aroon revint, Henri sortit une liasse de billets, bien plus que les quelques centaines de bhats correspondant au prix du massage. Il agita l'argent sous le nez des adolescents et leur demanda :

— *Yak ja yoo len game tor mai ?* Voulez-vous rester pour qu'on joue un peu ?

Les garçons gloussèrent et aidèrent le riche monsieur à se redresser.

— À quel jeu tu veux jouer, papa ? questionna Sakda.

Henri expliqua ce qu'il avait en tête et ils acquiescèrent en frappant dans leurs mains, visiblement ravis de prendre part à son plaisir. Il leur embrassa la paume des mains, l'un après l'autre.

Ces gamins étaient vraiment adorables.

Quel bonheur !

59.

Henri était seul lorsque le bruit de la sonnette le réveilla.

— Entrez !

Une jeune fille avec une fleur rouge dans les cheveux pénétra dans la pièce, s'inclina et déposa sur le lit, sur une tablette, un plateau garni de *nahm prik* – des pâtes de riz avec une sauce au piment et aux arachides –, de fruits frais et de thé noir bien fort.

Henri dégusta son petit déjeuner en se remémorant la soirée de la veille. Il devait faire son montage avant d'envoyer le film à l'Alliance.

Il prit son thé, s'installa au bureau, alluma son ordinateur portable et ouvrit le fichier contenant les images qu'il avait tournées. Il supprima la scène du massage, s'attarda sur celle de la baignoire en train de se remplir sous le dôme de verre, plaça un titre sous le plan montrant l'eau qui coulait. *Oshibashigure.*

La scène suivante consistait en un long et magnifique plan continu. La caméra détaillait le visage innocent des deux garçons, glissait sur les jeunes corps nus, puis s'attardait sur les cordes qui leur liaient les bras et les jambes, dans le dos.

Quand son visage apparut à l'image, Henri le flouta pour qu'on ne puisse le reconnaître tandis qu'il soulevait les enfants et les plongeait dans le bain. Un plan superbe.

Il colla la séquence suivante et la monta en veillant à ce que les raccords ne se voient pas. Plan serré sur ses mains maintenant sous l'eau la tête des gamins en train de se débattre et de cracher des chapelets de bulles, suivi d'images des corps flottants. *Ochiba shigure* signifiait, en japonais : « Comme des feuilles qui flottent sur un bassin. »

Puis un plan du visage de Sadka, inerte, avec des gouttelettes d'eau sur les cheveux et la peau, et un zoom arrière montrant les deux garçons gisant sur des chaises longues près de la baignoire, bras et jambes déployés comme s'ils dansaient.

Une mouche se posa sur la joue humide de Sadka.

La caméra se rapprocha. Et là, fondu au noir. Hors champ, Henri chuchota sa conclusion fétiche : « Alors, tout le monde est content ? »

Il repassa le film, procéda à quelques améliorations et, au montage final, n'en conserva que dix minutes, dix minutes d'une beauté sauvage, à l'intention de Horst et de son groupe de pervers. Juste de quoi leur mettre l'eau à la bouche en attendant la prochaine œuvre.

Il créa un message et mit en pièce jointe une image de la vidéo montrant les deux jeunes garçons, sous l'eau, les yeux ouverts, le visage convulsé de terreur.

Il écrivit : « Un petit cadeau. Deux jeunes princes pour le prix d'un. » Au moment où il envoyait le mail, on sonna.

Henri resserra la ceinture de son peignoir et alla ouvrir. Les garçons déboulèrent en riant.

— Alors, papa, fit Aroon, on est morts ? On ne se sent pas morts.

— Oh, non, vous m'avez l'air bien vivants, mes braves enfants. Allons à la plage.

Il les prit par les épaules, des épaules si fines, si délicates, et ils quittèrent la villa par la porte de derrière.

— J'ai l'impression que l'eau est délicieusement bonne, dit-il.

— Pas de jeux, papa ?

Il ébouriffa les cheveux de Sadka, qui le regardait avec un grand sourire.

— Non, on va juste nager et s'éclabousser. Et après, on rentrera pour mon petit massage.

60.

Henri prolongea ses vacances bien méritées à Bangkok, l'une de ses villes préférées.

Il rencontra une Suédoise au marché de nuit, alors qu'elle tentait désespérément de faire la conversion bhat-euro pour s'acheter un petit éléphant en bois. Il maîtrisait suffisamment la langue pour qu'elle s'adresse à lui en suédois jusqu'à ce qu'il lui dise, en riant :

— Désolé, mais j'ai épuisé tout mon vocabulaire.

— Essayons ça, alors, lui répondit-elle dans un anglais parfait, avec un accent sensiblement britannique.

Elle s'appelait Mai-Britt Olsen, étudiante à l'université de Stockholm. Elle était venue en Thaïlande en vacances, avec quelques copines de fac.

Elle devait avoir dix-neuf ou vingt ans et ne passait pas inaperçue, avec son mètre quatre-vingts. La coupe droite de sa longue chevelure blond pâle, qui lui effleurait les épaules, attira l'attention d'Henri sur sa très jolie gorge.

— Vous avez de remarquables yeux bleus, lui dit-il.

— Oooh, s'exclama-t-elle en battant ostensiblement des paupières, ce qui fit rire Henri. (Elle agita son petit éléphant et ajouta :) Je cherche aussi un singe.

Elle prit Henri par le bras et ils déambulèrent entre les étals chatoyants. Fruits, bijoux fantaisie, sucreries, il y en avait pour tous les goûts.

— Hier, mes amies et moi sommes allées assister au tournoi de polo à dos d'éléphant, lui raconta Mai-Britt, et demain, nous sommes invitées au palais. On fait partie de l'équipe olympique de volley, on était aux Jeux de 2008.

— Vraiment ? Fantastique. Et il paraît que le palais est sublime. Pour ma part, demain matin, je serai attaché dans un projectile à destination de la Californie.

Mai-Britt rit.

— Je parie que vous allez à Los Angeles pour affaires.

— Bien deviné, répondit Henri. Mais ce n'est que demain, Mai-Britt. Avez-vous déjà dîné ?

— J'ai juste grignoté deux, trois petites choses au marché.

— Il y a un endroit, tout près, que très peu de gens connaissent. C'est très chic et légèrement coquin. Est-ce que l'aventure vous tente ?

— Vous m'invitez à dîner ?

— Dois-je en déduire que la réponse est oui ?

Il y avait des restaurants en plein air partout, des pavillons aux toitures de tuiles, perchés au-dessus du golfe de Thaïlande. Henri et Mai-Britt suivirent la bruyante Selekam Road, avec ses bars et ses boîtes, avant de pénétrer dans un minuscule passage au bout duquel se trouvait un restaurant japonais, l'Edomae.

Ils suivirent le maître d'hôtel dans un étincelant labyrinthe de verre avec, en guise de parois, du sol au plafond, des aquariums dans lesquels évoluaient des poissons aux reflets magiques.

Mai-Britt saisit brusquement le bras d'Henri pour qu'il s'arrête. Elle voulait voir quelque chose.

— Que font-ils ?

Du menton, elle indiqua la gracieuse jeune fille allongée sur le bar à sushis, nue, et le client en train de boire dans la coupe formée par le creux de ses cuisses refermées.

— Ça s'appelle *wakesame*, expliqua Henri. Cela veut dire : « Algues qui flottent. »

— Ah, ça, je ne connaissais pas. Tu as déjà essayé, Paul ?

Henri se contenta d'un clin d'œil, et il tira une chaise pour inviter sa compagne à s'asseoir. Non seulement Mai-Britt était belle, mais elle n'avait pas froid aux yeux. Elle était prête à goûter le sashimi de cheval et l'edomae, le poisson cru mariné qui donnait son nom au restaurant.

Henri était déjà à moitié amoureux d'elle lorsqu'il remarqua qu'un homme, à une autre table, le fixait des yeux.

Le choc. C'était comme si on venait de lui déverser des glaçons dans le cou. Carl Obst. Un homme qu'Henri avait connu bien des années auparavant, assis là, en compagnie d'un ladyboy, un prostitué travesti aussi cher que raffiné.

Henri avait la conviction qu'Obst ne pouvait pas le reconnaître, tant son aspect physique avait changé. Dans le cas contraire, il avait du souci à se faire.

Obst s'intéressa de nouveau à son ladyboy, et Henri regarda ailleurs. Il se dit qu'il ne risquait rien, mais sa bonne humeur s'était envolée.

La merveilleuse jeune femme qui l'accompagnait, le décor superbe et insolite s'estompèrent. Henri venait de faire un saut dans le passé. À l'époque où il était mort. Et pourtant, il respirait toujours.

61.

Henri avait dit à Marty Switzer qu'être à l'isolement c'était un peu comme être dans ses propres boyaux. Il faisait sombre et ça puait. L'analogie s'arrêtait là, car rien de ce qu'il avait vu, entendu ou même imaginé ne pouvait être comparé à ce trou infect.

Pour lui, tout avait commencé avant la chute des Tours jumelles, quand il avait été recruté par Brewster-North, une société privée de sécurité travaillant pour le compte de l'armée, aux méthodes encore plus retorses et dangereuses que celles de Blackwater.

Il était en mission de reconnaissance avec quatre autres spécialistes de l'analyse de renseignements. En tant que linguiste, Henri était l'élément-clé du groupe.

Son unité se reposait dans une maison réputée sûre quand leur sentinelle avait été littéralement étripée devant la porte. Les autres, faits prisonniers, avaient été tabassés, presque à mort, avant d'être jetés dans une prison qui n'avait pas de nom.

À la fin de sa première semaine en enfer, Henri connaissait le nom de ses geôliers, leurs manies, leurs préférences. Il y avait le Violeur, celui qui chantait en suspendant ses prisonniers comme des araignées, bras enchaînés au-dessus de la tête, pendant des heures. Le Brûleur, qui aimait jouer avec ses cigarettes. L'Engelure, qui noyait ses victimes dans l'eau glaciale. Henri avait également eu de longues conversations avec un soldat, l'Aguicheur, qui faisait miroiter des promesses de coups de téléphone, de lettres à la famille, voire de libération.

Il y avait les brutes et ceux qui étaient plus civilisés, mais tous les gardiens étaient des sadiques. Il fallait bien leur reconnaître cette qualité : ils adoraient tous leur boulot.

Et puis, un jour, le programme d'Henri avait changé.

On l'avait arraché à sa cellule pour le jeter au fond d'une immense pièce aveugle, avec les trois survivants de son unité. Ils étaient ensanglantés, couverts de contusions, brisés.

Il y avait eu des explosions de lumière, et quand Henri avait enfin pu distinguer quelque chose, il avait vu la caméra et les hommes cagoulés alignés contre un mur. Ils étaient une demi-douzaine.

L'un des hommes avait attrapé son ami et compagnon de cellule, Marty Switzer, l'avait traîné au milieu de la pièce et forcé à se relever.

Switzer avait répondu aux questions. Il était canadien, il avait vingt-huit ans, ses parents et sa copine vivaient à Ottawa, et il travaillait pour l'armée. Oui, il était espion.

Il avait menti, comme prévu, il avait dit qu'il était bien traité et là, l'un des hommes cagoulés l'avait jeté à terre, l'avait tiré par les cheveux et lui avait cisaillé la nuque avec un poignard à lame crantée. Le sang s'était mis à gicler pendant que les autres, en chœur, scandaient le takbir : *Allahu Akbar.* Allah est grand.

Henri était médusé. Quelques coups de lame, un geste à la fois rapide et interminable, avaient suffi à trancher la tête de Switzer.

L'exécuteur avait brandi son trophée devant l'objectif, et en voyant l'expression de désespoir figée sur le visage de Switzer, Henri avait failli appeler son ami, comme si Marty pouvait encore parler.

Il y avait une autre chose qu'Henri ne pourrait jamais oublier. En attendant de mourir, il avait ressenti une bouffée d'exaltation, une émotion étrange qu'il ne parvenait pas à surmonter. Et tandis qu'il gisait là, à même le sol, il s'était demandé si cette soudaine euphorie était due au fait qu'il savait la fin de son supplice proche.

Ou bien venait-il, tout simplement, de comprendre sa nature profonde.

La mort, fût-ce la sienne, l'excitait.

62.

Quand le serveur de l'Edomae lui resservit du thé, Henri revint à la réalité et le remercia machinalement. Il but une gorgée du liquide brûlant, sans totalement réussir à s'arracher à ses souvenirs.

Il songea au tribunal cagoulé, au corps sans tête de celui qui était son ami, à ce sol poisseux de sang. À ces instants terribles qu'il avait vécus les sens à vif, au point d'entendre l'électricité chanter dans les lampes.

Il n'avait pas quitté des yeux les derniers hommes de son unité lorsqu'on les avait séparés du groupe. Raymond Drake, l'ancien marine de l'Alabama, qui implorait Dieu de lui venir en aide. Et l'autre jeune, Lonnie Bell, un ex des Navy Seals venu de Louisiane qui, sous le choc, n'avait pas dit un mot, pas poussé un cri.

Les deux hommes avaient été décapités au milieu des cris de joie, puis quelqu'un avait traîné Henri par les cheveux jusqu'au milieu de la pièce. Tout ce sang. Une voix avait jailli de l'obscurité, derrière les lumières.

— Dis ton nom devant la caméra. Dis d'où tu viens.

— Je serai armé et je vous attendrai en enfer. Faites part à Saddam de mon insondable mépris, avait-il répondu en arabe.

Ils avaient ri, et s'étaient moqués de son accent. Puis, ils lui avaient bandé les yeux. Il avait senti une odeur de merde. Il s'attendait à ce qu'on le jette au sol, mais on lui avait flanqué sur la tête une grosse couverture.

Il avait dû perdre connaissance, car il s'était réveillé recroquevillé à l'arrière d'un véhicule, pieds et poings liés. Ils avaient roulé pendant des heures et, ensuite, ils l'avaient abandonné à la frontière syrienne.

Il n'osait pas y croire, mais c'était vrai.

Il était vivant. Vivant.

— Raconte aux Américains ce que nous avons fait, infidèle. Ce que nous ferons encore. Toi, au moins, tu essaies de parler notre langue.

Un violent coup de botte dans le bas du dos, puis le véhicule était reparti à toute allure.

Henri était rentré aux États-Unis *via* un réseau souterrain. De Syrie, il avait gagné Beyrouth, où il avait obtenu de nouveaux papiers avant de rejoindre Vancouver à bord d'un avion-cargo. Il avait fait du stop jusqu'à Seattle et, là, avait volé une voiture pour se rendre dans une petite ville minière du Wisconsin. Mais il n'avait pas contacté son contrôleur chez Brewster-North.

Il ne voulait plus jamais revoir Carl Obst.

Brewster-North avait pourtant fait beaucoup pour lui. On avait éradiqué son passé quand on l'avait engagé. On avait effacé son vrai nom, ses empreintes, ses antécédents. Et aujourd'hui, il était présumé mort.

Un détail qui, pour lui, était essentiel.

Dans le luxueux club japonais, au centre de Bangkok, la jolie Mai-Britt avait remarqué que son nouvel ami était ailleurs.

— Ça va, Paul ? Vous êtes fâché parce que cet homme me regardait ?

Ils virent Carl Obst quitter le restaurant avec son ladyboy, sans jamais se retourner.

Henri retrouva le sourire.

— Non, je ne suis pas fâché. Tout va bien.

— Bien, parce que je me demandais si nous pouvions prolonger la soirée de manière plus intime ?

— Ah, je suis désolé, j'aurais adoré, répondit-il à la jeune femme qui possédait le cou le plus élégant depuis la deuxième femme d'Henri VIII. Malheureusement, je n'ai pas le temps. Je décolle tôt demain matin.

Il prit la main de Mai-Britt.

— Les affaires, on s'en fiche ! plaisanta la belle Suédoise. Cette nuit, vous êtes en vacances.

Il se pencha au-dessus de la table et déposa un baiser sur sa joue.

Il l'imagina nue, sous ses mains, mais s'empressa d'oublier ce fantasme. Il pensait déjà à ce qui l'attendait, à Los Angeles, et riait en pensant à la tête que Ben Hawkins allait faire en le voyant.

63.

Henri passa un week-end de trois jours au Sheraton de l'aéroport de L.A. Évoluant discrètement au milieu des autres voyageurs d'affaires, il mit ce répit à profit pour relire les romans et les articles de Ben Hawkins. Il se procura du matériel et fit quelques allers-retours à Venice Beach, à titre d'essai. Ben habitait dans une petite rue, juste à côté de Little Tokyo.

Et lundi après-midi, peu après 17 heures, il prit la 105 au volant de sa voiture de location. Le soleil jetait une douce lumière sur les parapets de l'autoroute et le béton jaunissant recouvert, ci et là, de sarments de bougainvillées rouges et violets, et de tags de gangs latinos à l'écriture gothique, donnait au sinistre ruban à huit voies un petit côté caribéen.

Henri prit la sortie 110 au niveau de Los Angeles Street et, de là, remonta sur Alameda, une grande artère ponctuée de feux qui se prolongeait jusqu'aux glauques tours administratives du *downtown*.

C'était l'heure des sorties de bureau, et donc des embouteillages, mais Henri n'était pas pressé. Il était surexcité par une idée qui, en l'espace de trois semaines, avait acquis un joli potentiel. De quoi faire basculer des vies et conclure en apothéose.

Au cœur de ce projet, il y avait Ben Hawkins, journaliste, romancier et ancien enquêteur de police.

Henri pensait à lui depuis qu'il l'avait vu, ce soir-là, à Maui, devant le Wailea Princess, tendre la main vers Barbara McDaniels.

Quand le feu passa au vert, Henri tourna à droite sur Traction, une petite rue qui longeait les rails de la vénérable Union Pacific et le chenal asséché de la Los Angeles River.

Précédé par un 4 × 4 urbain qui roulait presque au pas, Henri mit un certain temps à arriver chez Ben. C'était un quartier pittoresque et sympathique, avec ses petits restos branchés et ses boutiques de vêtements vintage. Henri trouva une place de parking juste en face de l'immeuble où vivait Ben, une bâtisse de brique blanche haute de sept étages.

Il descendit de voiture, ouvrit le coffre et sortit de son sac une veste sport. Il glissa un pistolet semi-automatique dans la ceinture de son pantalon de toile, boutonna sa veste et passa sa main dans ses cheveux châtain et argent.

Puis il se remit au volant, trouva une bonne station de radio et pendant une vingtaine de minutes il regarda les gens flâner dans cette adorable petite rue, en écoutant du Beethoven et du Mozart, jusqu'à ce qu'apparaisse enfin l'homme qu'il guettait.

Ben, en Dockers et chemise polo, tenait à la main droite une sacoche de cuir défraîchie. Il entra dans un restaurant, Ay Caramba, et Henri attendit patiemment qu'il ressorte avec le sac en plastique contenant son repas mexicain à emporter.

Il sortit de sa voiture, verrouilla les portières et suivit Ben de l'autre côté de la rue, jusqu'au perron de l'immeuble. Ben était en train de glisser sa clé dans la serrure.

— Excusez-moi. Pardon. Monsieur Hawkins ?

Ben se retourna, vaguement sur ses gardes.

Henri, avec un grand sourire, écarta le pan de sa veste pour dévoiler son arme.

— Je ne veux pas vous faire de mal.

— J'ai trente-huit dollars sur moi, rétorqua Ben d'un ton qui sentait encore le flic. Prenez-les. Mon portefeuille est dans ma poche de derrière.

— Vous ne me reconnaissez donc pas ?

— Je devrais ?

— Dites-vous que je suis votre parrain, Ben, répliqua Henri en changeant de voix. Je vais vous faire une offre...

— ... que je ne pourrai pas refuser ? Je sais qui vous êtes. Vous êtes Marco.

— Exact. Vous devriez me faire entrer, cher ami. Il faut que nous discutions.

64.

— C'est quoi, ce cirque, Marco ? Voilà que vous avez des renseignements sur les McDaniels ? ai-je hurlé.

Il n'a pas répondu à ma question, n'a même pas cillé.

— Je ne plaisante pas, Ben. (Dos à la rue, il a sorti son arme et l'a braquée sur mon ventre.) Ouvrez la porte.

J'étais tellement abasourdi que je n'ai pas réussi à bouger d'un centimètre. Je pensais connaître un peu Marco Benevenuto, j'avais passé plusieurs heures à côté de lui dans sa voiture, et là, sans sa casquette de chauffeur et sa moustache, mais avec une veste à six cents dollars, il venait de me bluffer.

J'avais honte de moi, et je ne savais plus trop quoi penser.

Si je refusais de le laisser entrer dans mon immeuble, allait-il m'abattre ? Difficile à savoir. Une petite voix irrationnelle, dans ma tête, me disait que je devais absolument le laisser entrer.

Ma curiosité l'emportait largement sur la prudence, mais je voulais la satisfaire, une arme au poing. Mon Beretta bien graissé se trouvait dans le tiroir de ma table de chevet et j'avais bon espoir de m'en emparer une fois à l'intérieur de mon appartement.

— Pas la peine de braquer ça sur moi, ai-je dit.

Il m'a balancé un regard vide, style « tu veux rire », alors j'ai juste haussé les épaules, ouvert la porte d'entrée, et je suis monté jusqu'au troisième, talonné par l'ex-chauffeur des McDaniels.

Le bâtiment était un ancien entrepôt qui, comme d'autres dans le quartier, au cours des dix dernières années, avait été transformé et divisé en lofts. J'adorais cet endroit. Un appartement par étage, une fantastique hauteur sous plafond, des murs épais, pas de voisins fouineurs, pas de bruits parasites.

J'ai ouvert les grosses serrures, j'ai laissé Marco entrer. Il a verrouillé la porte derrière nous.

J'ai posé ma sacoche sur le sol en ciment.

— Asseyez-vous, j'ai fait. Puis je suis allé dans la cuisine d'où j'ai lancé, en hôte parfait :

— Puis-je vous servir quelque chose à boire, Marco ?

Il était juste derrière moi.

— Non, merci, je préfère m'abstenir.

J'ai failli faire un bond sur place. J'ai sorti une petite bouteille d'Orangina du frigo, je suis revenu dans le séjour pour m'asseoir au bout de la banquette en cuir. Mon « invité » a pris le fauteuil.

— Qui êtes-vous vraiment ?

Il regardait le loft, les photos au mur, les vieux journaux dans le coin, mes bouquins, en s'arrêtant sur chaque titre. J'avais le sentiment d'être en présence d'un professionnel extrêmement observateur.

Il a fini par poser son Smith & Wesson sur la table basse, à plus de trois mètres de moi, hors de ma portée. De sa poche de poitrine, il a extrait une carte de visite et l'a fait glisser vers moi.

Quand j'ai vu le nom, j'ai cru que mon cœur allait s'arrêter.

Je la connaissais, cette carte. Je l'avais déjà vue. Charles Rollins. Photographe. *Talk Weekly*.

Je fouillais dans ma mémoire, j'essayais de me représenter Marco sans sa moustache, puis le visage à peine entrevu de Charles Rollins le soir où on avait remonté des profondeurs le corps disloqué de Rosa Castro.

Cette nuit-là, quand Rollins m'avait donné sa carte, il portait une casquette de base-ball et peut-être des lunettes de soleil. Un autre déguisement.

Des picotements à la base de mon cou me disaient que l'individu à l'excellente présentation qui était assis là, tout près de moi, dans mon salon, ne m'avait pas quitté d'une semelle pendant les deux semaines de mon séjour à Hawaii.

Il n'avait pas cessé de me surveiller depuis mon arrivée, ou presque.

Et moi, je ne m'étais rendu compte de rien.

Pourquoi ?

65.

Pendant que je tentais désespérément de reconstituer le puzzle, l'homme qui était assis dans mon fauteuil préféré scrutait mon visage.

Je me souvenais de ce jour, à Maui, où les McDaniels avaient disparu, où Eddie Keola et moi avions essayé de trouver Marco, le chauffeur qui n'existait pas.

Je me souvenais qu'après la découverte du corps de Julia Winkler dans une chambre d'hôtel de Lana'i, Amanda avait tenté de m'aider à localiser un paparazzi travaillant pour un tabloïd, Charles Rollins, parce que c'était la dernière personne vue en compagnie de la top-modèle.

Puis j'ai pensé à Nils Bjorn, cet autre fantôme qui avait séjourné au Wailea Princess en même temps que Kim McDaniels. Bjorn, qui n'avait jamais été interrogé, car il s'était fort opportunément évanoui dans la nature.

Pour la police, Bjorn n'avait rien à voir avec l'enlèvement de Kim. Mais en faisant des recherches, j'avais acquis, moi, la conviction que cet homme avait usurpé l'identité d'un mort.

Ces éléments suffisaient à prouver, à mes yeux, que mon élégant invité était, à tout le moins, un vrai pro, passé maître dans l'art du déguisement. Si oui, si Marco, Rollins et peut-être Bjorn ne faisaient qu'un, que devais-je en déduire ?

J'essayais de refouler un tsunami d'idées noires. D'une main tremblante, j'ai dévissé la capsule de ma bouteille de soda en me demandant si j'aurais de nouveau l'occasion d'embrasser Amanda.

J'ai pensé à ma vie bordélique, à l'article qu'Aronstein attendait toujours, au testament que je n'avais jamais pris le temps de rédiger, à mon contrat d'assurance-vie. Avais-je payé la dernière échéance ?

Non seulement j'avais une peur de tous les diables, mais j'étais furieux, je me disais : merde, ça ne peut pas être le dernier jour de ma vie, j'ai besoin de temps pour mettre de l'ordre dans mes affaires.

Avais-je une chance de récupérer mon arme ?

Non, sans doute pas.

Marco, alias Rollins, lui, n'était qu'à quelques dizaines de centimètres de son Smith & Wesson. Et il faisait preuve d'une décontraction désarmante – c'était le cas de le dire. Jambes croisées, la cheville sur le genou, il me regardait comme si je passais à la télé.

Malgré mon angoisse, j'en ai profité pour bien mémoriser le visage neutre et symétrique de cet enfoiré. Au cas où je réussirais à m'échapper. Au cas où j'aurais l'occasion de donner un signalement aux flics.

— Vous pouvez m'appeler Henri, m'a-t-il dit.

— Henri comment ?
— Peu importe. Ce n'est pas mon vrai nom.
— Alors, Henri, que fait-on ?
En guise de réponse, il m'a demandé en souriant :
— Combien de fois vous a-t-on dit « Vous devriez faire un livre sur ma vie » ?
— Au moins une fois par semaine, sûrement. Les gens s'imaginent tous que l'histoire de leur vie ferait un best-seller.
— Évidemment. Et combien, parmi eux, sont des tueurs professionnels ?

66.

Le téléphone a sonné, dans ma chambre. Amanda, sans doute. « Non », m'a fait comprendre Henri, alors j'ai laissé ma chérie confier son message d'amour au répondeur.

— J'ai beaucoup de choses à vous dire, Ben. Mettez-vous à l'aise. Ne pensez qu'au moment présent. Nous risquons d'en avoir pour un moment.

— Vous permettez que je prenne mon magnéto ? Il est dans ma chambre.

— Pas maintenant. Je veux d'abord que nous nous mettions d'accord sur les conditions du contrat.

J'ai répondu « Entendu, je vous écoute » mais j'étais en train de me dire : il est sérieux ? Un tueur professionnel, qui me propose un contrat ?

Mais lui, il avait son arme à portée de main. Je n'avais pas d'autre choix que de jouer le jeu jusqu'à ce qu'une occasion se présente.

Les pires autobiographies d'amateurs commencent par « je suis né un... », alors j'ai allongé les jambes en attendant qu'on me débite une saga.

Et Henri ne m'a pas déçu. Son histoire débutait avant sa naissance...

Il a commencé par me parler d'un Français, en 1937. Un Juif, imprimeur à Paris, spécialiste en documents anciens et en encres.

Très tôt, cet homme avait compris la menace que représentait le Troisième Reich ; avec d'autres, il avait fui la capitale bien avant l'arrivée des nazis. Il s'était réfugié à Beyrouth.

— Ce jeune Juif a épousé une Libanaise, a poursuivi Henri. Beyrouth est une grande ville, c'est le Paris du Moyen-Orient, et il s'y est vite senti à l'aise. Il a ouvert une autre imprimerie, il a eu quatre enfants, il vivait bien.

» Personne ne lui posait de questions. En revanche, d'autres réfugiés, des amis d'amis d'amis, venaient le trouver. Ils avaient besoin de faux papiers, pour démarrer une nouvelle vie. Il fait de l'excellent travail.

— *Fait* ?

— Il est toujours en vie, mais il ne vit plus à Beyrouth. Il travaillait pour le Mossad, et les Israéliens l'ont mis en lieu sûr. Ben, vous n'avez aucune chance de le retrouver. Restez dans le présent, restez avec moi, mon ami.

» Si je vous parle de ce faussaire, c'est qu'il travaille pour moi. Je le fais vivre, il me confie ses secrets. C'est lui qui m'a fourni Marco, Charlie, Henri et bien d'autres. Je peux devenir quelqu'un d'autre dès que je sortirai d'ici.

Les heures filaient.

J'ai allumé la lumière et je suis revenu m'asseoir, tellement absorbé par le récit d'Henri que j'en avais oublié ma peur.

Puis Henri m'a expliqué qu'il avait survécu à des conditions de détention terribles en Irak, et que, depuis, il avait décidé de ne plus laisser les lois ou la morale lui dicter sa conduite.

— Et vous savez en quoi consiste ma vie, aujourd'hui, Ben ? Je m'adonne à tous les plaisirs, y compris certains que vous ne pourriez imaginer. Et pour ce faire, j'ai besoin de beaucoup d'argent. C'est là que les Voyeurs interviennent. C'est là que vous intervenez, vous aussi.

67.

J'étais toujours sous la menace de son arme, mais je l'avais presque oublié, tant son récit me captivait.

— Qui sont ces Voyeurs ? lui ai-je demandé.

— Pas maintenant. Je vous le dirai plus tard. Quand vous rentrerez de New York.

— Parce que vous comptez me mettre de force dans un avion ? Si vous espérez passer la sécurité avec une arme de poing, bonne chance.

Il a sorti une enveloppe de sa poche intérieure et l'a poussée vers moi. Je l'ai prise, je l'ai ouverte, j'ai vu les photos.

Ma bouche est devenue toute sèche. C'étaient de très bonnes photos d'Amanda, prises récemment. Elle faisait du roller à une rue de chez elle, avec le haut blanc et le short rose qu'elle portait quand nous avions pris le petit déjeuner ensemble, la veille.

Sur certaines de ces photos, on me voyait, moi aussi.

— Gardez-les, Ben. Je les trouve assez sympas. Tout ça pour que vous compreniez que je peux m'attaquer à Amanda quand je veux, alors n'envisagez même pas d'aller voir la police. Ce serait un vrai suicide, et vous seriez également responsable de la mort d'Amanda.

J'ai senti comme un froid glacial me saisir la colonne vertébrale. Des menaces de mort assorties d'un sourire. Ce type venait de me parler de tuer Amanda avec autant de naturel que s'il s'agissait d'une invitation à déjeuner.

— Attendez une minute. (J'ai posé les photos et j'ai levé les mains, comme pour repousser loin de moi Henri, son arme et l'histoire de sa vie.) Vous vous trompez de personne. Ce qu'il vous faut, c'est un biographe, quelqu'un qui a déjà fait ce genre de bouquin et pour qui ce serait un sujet en or.

— Ben, c'est un sujet en or et vous êtes mon auteur. Vous pouvez refuser, si vous voulez, mais dans ce cas, je serais obligé de faire jouer la clause d'annulation, pour me protéger. Vous voyez ce que je veux dire ?

Et là, il est redevenu affable, prêt à me servir son projet sur un plateau tout en pointant son 9 mm sur ma poitrine.

— On va être associés. Ce livre va faire un malheur. Vous parliez de best-sellers, tout à l'heure ? Eh bien, mon histoire a tout pour en devenir un.

— Même si je voulais, je ne pourrais pas. Écoutez, Henri, moi, je ne suis qu'un auteur. Je n'ai pas le pouvoir que vous me prêtez. Vous ne vous rendez pas compte de ce que vous me demandez, merde.

— Je vous ai amené quelque chose qui pourra vous servir d'argument de vente, a-t-il rétorqué avec un petit sourire. Environ quatre-vingt-dix secondes d'inspiration.

Il a sorti de sa veste un petit objet suspendu à son cou par un cordon. Une clé USB, destinée au stockage et transfert de données.

— Si une image vaut mille mots, je crois pouvoir affirmer que ceci vaut, je ne sais pas, quatre-vingt mille mots et plusieurs millions de dollars. Pensez-y, Ben. Vous pourriez devenir riche et célèbre, ou vous pouvez mourir. J'aime bien les choix clairs. Pas vous ?

Henri s'est tapé sur les genoux, s'est levé, m'a demandé de le raccompagner à la porte, puis de me placer face au mur.

Ce que j'ai fait. Quand je suis revenu à moi, un moment plus tard, j'étais par terre, sur le béton froid. Une grosse bosse à l'arrière du crâne me faisait mal, et j'avais une de ces migraines...

Ce salopard m'avait assommé d'un coup de crosse juste avant de filer.

68.

Je me suis relevé, j'ai titubé jusqu'à la chambre en me cognant contre les murs, j'ai ouvert le tiroir de ma table de chevet. J'avais le cœur qui s'emballait telle une alarme incendie jusqu'à ce que ma main se referme sur la crosse du Beretta. J'ai glissé l'arme dans ma ceinture et je me suis précipité sur le téléphone.

Mandy a décroché à la troisième sonnerie.

— Surtout, tu n'ouvres pas la porte. À qui que ce soit, l'ai-je avertie.

Je haletais, je transpirais à grosses gouttes. Tout cela s'était-il réellement passé ? Henri venait-il de menacer de nous tuer, Amanda et moi, si je n'écrivais pas sa bio ?

— Ben ?

— Tu ne réponds pas, tu n'ouvres pas, qu'il s'agisse d'un voisin, d'une jeune scout ou d'un type venu réparer le câble, peu importe. Tu n'ouvres à personne, Mandy, même si c'est la police.

— Ben, tu me fais trop peur. Je t'assure, chéri. Que se passe-t-il ?

— Je te raconterai en arrivant. Je pars maintenant.

Je suis allé dans le séjour, prendre les objets qu'Henri avait laissés. Je tenais à peine sur mes jambes. En sortant, je voyais toujours le visage d'Henri, j'entendais ses menaces.

Je serais obligé de faire jouer la clause d'annulation... vous seriez également responsable de la mort d'Amanda. Vous voyez ce que je veux dire ?

Oui, je voyais très bien.

La nuit était tombée, mais Traction Street résonnait de coups de klaxon. Les touristes écumaient les présentoirs pour faire leurs emplettes. Un attroupement s'était formé sur le trottoir, autour d'un homme-orchestre.

J'ai pris ma vieille BM, direction l'autoroute. J'étais mort d'inquiétude. Combien de temps étais-je resté inconscient ? Où se trouvait Henri ?

Il avait un physique suffisamment avantageux pour inspirer confiance, et des traits assez neutres pour pouvoir adopter n'importe quel déguisement. Je l'imaginais en Charlie Rollins, nous photographiant, Amanda et moi.

À sa guise. Il aurait pu avoir une arme à la place d'un appareil photo.

Je pensais à Kim, à Rosa, à Julia et à mes amis, Levon et Barbara, à tous ces gens qu'il avait torturés et assassinés, habilement, sans jamais laisser derrière lui la moindre empreinte, la moindre trace.

Ce n'était pas l'œuvre d'un débutant.

Combien d'autres personnes Henri avait-il tuées ?

L'autoroute s'arrêtait au niveau de la quatrième Rue et Main. J'ai tourné à droite, sur Pico, j'ai dépassé les mauvais restos, les garages douteux, les immeubles avec leurs petits duplex pourris, le grand clown à l'intersection de Main et Rose, et je suis arrivé dans un autre monde, Venice Beach, terrain de jeux de la jeunesse insouciante et refuge des SDF.

Il m'a encore fallu quelques minutes pour faire le tour de Speedway jusqu'à ce que je déniche une place à une rue de chez Amanda. Elle vivait dans une maison qui avait été divisée en trois appartements.

J'ai continué à pied en guettant l'arrivée d'une voiture, ou un bruit de mocassins italiens sur le trottoir.

Henri était peut-être en train de m'observer, déguisé en clodo, ou ça pouvait être ce type barbu, là, en train de se garer. Je suis passé devant la maison d'Amanda sans m'arrêter, j'ai discrètement jeté un regard vers le deuxième étage, j'ai vu qu'il y avait de la lumière.

J'ai poursuivi jusqu'à la rue suivante avant de rebrousser chemin. J'ai sonné, en marmonnant « Mandy, s'il te plaît, s'il te plaît », jusqu'à ce que j'entende sa voix derrière la porte.

— Le mot de passe ?

— Sandwich au fromage. Allez, ouvre.

69.

Dès qu'elle a ouvert, je l'ai attrapée en refermant la porte d'un coup de talon et je l'ai serrée contre moi.

— Qu'est-ce qu'il y a, Ben ? Il s'est passé quelque chose ? Dis-moi ce qui se passe !

Elle s'est libérée, m'a pris par les épaules, s'est mise à scruter mon visage.

— Tu as du sang plein le col. Tu saignes, Ben. On t'a agressé ?

Moi, j'ai fermé les verrous et j'ai poussé Amanda vers le petit salon. Je l'ai installée dans le fauteuil, j'ai pris le rocking-chair.

— Tu veux bien me dire quelque chose ?

Je ne savais pas comment présenter la nouvelle sous un jour rassurant, alors j'ai fait simple et direct :

— Un type armé est venu chez moi en prétendant qu'il était un tueur professionnel.

— Quoi ?

— Il m'en a dit suffisamment pour me convaincre que c'est lui qui a commis tous ces meurtres, à Hawaii. Tu te souviens, quand je t'ai demandé de m'aider à retrouver Charlie Rollins, du magazine *Talk Weekly* ?

Je lui ai parlé des différents pseudonymes et déguisements du nommé Henri, qui s'était fait passer non seulement pour un photographe, mais aussi pour le chauffeur des McDaniels, sous le nom de Marco Benevenuto.

Et je lui ai raconté que, quelques heures plus tôt, il avait braqué son arme sur moi, dans mon séjour, en se présentant comme tueur, qu'il travaillait sur contrat, et qu'il avait très souvent tué.

— Il veut que j'écrive son autobiographie. Il veut que Raven-Wofford la publie.

— C'est invraisemblable.

— Oui, je sais.

— Non, je veux dire que c'est totalement invraisemblable. Qui irait avouer des meurtres comme ça ? Il faut que tu appelles la police, Ben. Tu le sais ça, non ?

— Il m'a dit ne pas le faire.

J'ai tendu le paquet de photos à Mandy, et je l'ai vue passer de l'incrédulité à la stupéfaction et à la colère.

— Bon, d'accord, ce sale con a un téléobjectif. Il a pris des photos. Ça ne prouve rien, a-t-elle fait, la bouche pincée.

J'ai sorti de ma poche la clé USB, je l'ai balancée.

— Il m'a donné ça, en me disant que c'était un argumentaire et que ça m'inspirerait.

70.

Amanda a quitté la pièce, et je l'ai vue revenir, son ordinateur portable sous le bras, avec une bouteille de pinot et deux verres. Dès que la machine s'est mise à ronronner, j'ai inséré la clé dans un port USB.

Une vidéo s'est affichée.

Et, une minute et demie durant, nous sommes restés pétrifiés. Jamais nous n'avions vu quelque chose d'aussi épouvantable, d'aussi obscène. Amanda m'a serré le bras si fort que j'en ai eu des ecchymoses et, quand ça s'est enfin arrêté, elle s'est renfoncée dans son fauteuil, en sanglots.

— Oh, Amanda, je suis vraiment un crétin. Je suis désolé, j'aurais dû regarder les images d'abord.

— Tu ne pouvais pas savoir. Et je ne l'aurais pas cru, si je ne l'avais pas vu de mes propres yeux.

— Je peux en dire autant.

J'ai remis la clé USB dans ma poche, je suis allé dans la salle de bains pour me passer de l'eau froide sur le visage et l'arrière du crâne. Quand j'ai relevé la tête, Amanda, à la porte, me regardait.

— Enlève tout ! a-t-elle dit.

Elle m'a aidé à me défaire de ma chemise pleine de sang, s'est déshabillée et a fait couler la douche. Je suis entré dans la cabine, elle m'a suivi, a mis ses bras autour de moi et on a laissé l'eau brûlante nous marteler.

— Va à New York et parles-en à Zagami, m'a-t-elle dit. Fais ce que cet Henri te demande de faire. Zagami ne peut pas refuser une offre pareille.

— Tu en es sûre ?

— Oui, absolument. Ce qu'il faut, c'est contenter Henri, le temps qu'on trouve une solution.

Je me suis retourné.

— Je ne te laisse pas ici toute seule.

— Je suis assez grande pour me débrouiller. Je sais, je sais, il y en a plein qui ont dit ça juste avant de mourir. Mais je t'assure.

Mandy est sortie de la douche et, ne la voyant pas revenir, j'ai coupé l'eau, je me suis enveloppé dans une serviette de bain et je suis allé la chercher.

Je l'ai trouvée dans la chambre, sur la pointe des pieds, en train de chercher quelque chose dans le placard du haut. Elle a sorti un fusil de chasse et me l'a collé sous le nez.

Je l'ai regardée, l'air idiot.

— Eh oui, je sais m'en servir.

— Tu vas le trimbaler avec toi dans ton petit sac ?

J'ai saisi son fusil et je l'ai mis sous le lit.

Après, j'ai pris le téléphone.

Je n'ai pas appelé la police, parce que je savais qu'elle ne pouvait pas nous protéger. Je n'avais pas d'empreintes digitales, et le signalement que je pouvais donner n'aurait pas servi à grand-chose. Grand, cheveux châtains, yeux marron. Autant dire, n'importe qui...

Les flics surveilleraient nos appartements pendant une semaine ou deux, après quoi nous serions de nouveau livrés à nous-mêmes, à la merci d'une balle tirée de loin ou de tout ce qu'Henri déciderait de nous infliger.

Je l'imaginais tapi derrière une voiture, ou derrière moi, dans la file d'attente, chez Starbucks, ou en train d'observer l'appartement d'Amanda à travers la lunette d'un fusil.

Mandy avait raison. Nous avions besoin de temps pour mettre une stratégie au point. Si je collaborais avec Henri, s'il baissait sa garde, peut-être commettrait-il un impair, peut-être me fournirait-il une preuve valide, de quoi convaincre les flics ou le FBI de le mettre sous les verrous.

J'ai laissé sur la boîte vocale de Leonard Zagami un message lui disant que nous devions nous voir de toute urgence. Puis j'ai pris pour Mandy et moi deux billets aller-retour Los Angeles-New York.

71.

Quand Leonard Zagami m'a accepté dans son écurie d'auteurs, j'avais vingt-cinq ans et lui quarante. Raven House était une maison d'édition spécialisée de prestige qui publiait quelques dizaines d'ouvrages par an. Depuis, Raven avait fusionné avec l'énorme Wofford Publishing, et Raven-Wofford occupait désormais les six derniers étages d'un gratte-ciel de Manhattan, au-dessus de Bloomingdales.

Leonard Zagami avait pris de la hauteur, lui aussi. Il était devenu P-DG de la société et sortait deux cents livres par an.

Comme ses concurrents, RW perdait de l'argent ou récupérait tout juste sa mise sur la plupart des livres publiés, mais trois auteurs – dont je ne faisais pas partie – rapportaient à eux seuls plus d'argent que tous les autres réunis.

Leonard Zagami ne me considérait plus comme une valeur sûre, mais il m'aimait bien et me garder dans l'équipe ne lui coûtait rien. J'espérais qu'après notre rendez-vous il me verrait d'un autre œil et entendrait les tiroirs-caisses sonner du Maine à l'État de Washington.

Et qu'Henri retirerait ses menaces de mort.

J'avais bien travaillé mon petit speech quand je suis arrivé, à 9 heures, dans le hall d'accueil moderne qui respirait le luxe. Et il était midi quand l'assistante de Leonard, d'un pas très élégant, a foulé la moquette peau de jaguar pour m'annoncer que M. Zagami avait un quart d'heure à m'accorder, si je voulais bien la suivre.

Quand j'ai franchi la porte de son bureau, Leonard s'est levé pour me serrer la main, me tapoter le dos et me dire qu'il était content de me voir, mais que je n'avais pas bonne mine.

Je l'ai remercié, en précisant que j'avais pris quelques années en poireautant à l'accueil.

Il a ri, s'est excusé, m'a assuré qu'il avait fait ce qu'il pouvait pour me caser dans son agenda, m'a invité à m'asseoir. Comme il n'est pas très grand, il avait presque l'air d'un gamin derrière son immense bureau, mais on sentait bien, malgré tout, qu'on avait affaire à un homme puissant et astucieux qui ne s'en laissait pas conter.

Je me suis assis en face de lui.

— C'est quoi, ce bouquin, Ben ? La dernière fois qu'on s'est parlé, tu n'avais rien en chantier.

— As-tu suivi l'affaire Kim McDaniels ?

— Le mannequin de *Sporting Life* ? Oui, bien sûr. Elle et d'autres personnes ont été tuées à Hawaii il y a quelques… Attends, tu as couvert l'histoire ? Ah, je vois.

— Je suis resté dessus deux semaines, j'étais très proche de certaines victimes…

Il m'a interrompu.

— Écoute, Ben, tant que le meurtrier n'a pas été arrêté, ça reste un sujet pour la presse à scandales. Pas de quoi faire un bouquin, pas encore.

— Ce n'est pas ce à quoi tu penses, Len. Je te parle de révélations complètes, à la première personne.

— C'est qui, la première personne ? Toi ?

J'ai fait mon pitch comme si ma vie en dépendait.

— Le tueur m'a approché en tout anonymat. C'est un pervers très sûr de lui, très intelligent, qui veut faire un livre sur les meurtres qu'il a commis, et il veut que ce soit moi qui l'écrive. Il ne révélera pas son identité, mais il racontera comment il a exécuté ses victimes et pourquoi.

Je m'attendais à ce que Zagami dise quelque chose, mais il est resté impavide, sans réaction. J'ai croisé les bras sur son bureau gainé de cuir ; je voulais m'assurer que mon vieil ami me regardait dans les yeux.

— Len, tu as entendu ce que je t'ai dit ? Ce type va peut-être devenir l'homme le plus recherché des États-Unis. Il est rusé, il court toujours, et il tue de ses propres mains. Il dit que, s'il veut que je raconte son histoire, c'est pour l'argent et la notoriété. Oui. Il veut la reconnaissance du travail bien fait. Et si je n'écris pas ce bouquin, il me tuera. Il tuera peut-être aussi Amanda.

» Je veux juste que tu me dises oui ou non, Len. Si ça t'intéresse ou pas.

72.

Leonard Zagami s'est renfoncé dans son fauteuil, s'est balancé une ou deux fois, a lissé en arrière les cheveux blancs qu'il lui restait, puis il m'a regardé et m'a répondu, avec une telle sincérité que j'ai accusé le coup :

— Tu sais à quel point je t'apprécie, Ben. Ça fait combien de temps qu'on travaille ensemble ? Dix ans ?

— Douze.

— Douze belles années. Alors, comme je suis ton ami, je ne vais pas te raconter de conneries. Tu mérites qu'on te dise la vérité.

— Je suis d'accord, ai-je murmuré, mais mon sang battait si fort que j'entendais à peine ce que Len me disait.

— Je vais formuler ce que penserait n'importe quel éditeur ou professionnel en général, alors ne le prends pas mal, Ben. Tu as eu une carrière prometteuse mais modeste. Et aujourd'hui, tu penses avoir une idée de bouquin qui te remettrait en selle et améliorerait ta cote à RW et dans l'édition, c'est ça ?

— Tu crois que c'est de l'esbroufe ? Tu crois que j'en suis là ? Tu plaisantes ?

— Laisse-moi terminer. Tu sais ce qui s'est passé quand Fritz Keller a publié l'histoire vraie, soi-disant, de Randolph Graham.

— Ouais, le bouquin s'est révélé bidon.

— Ça commence par les critiques dithyrambiques, puis le *Today Show* de Matt Lauer et Larry King, sur CNN. Oprah met le livre dans sa sélection du mois et là, la vérité commence à filtrer. Graham n'était pas un tueur. C'était une petite frappe, plutôt bonne plume, qui avait largement enjolivé l'histoire de sa vie. Et quand l'affaire a explosé, Fritz Keller s'en est pris plein la gueule.

Zagami m'a raconté que Keller recevait des menaces par téléphone tard dans la nuit, que les producteurs de télé l'appelaient sur son portable, que le cours des actions de sa société s'était effondré, et qu'il avait fini par faire une crise cardiaque.

Je sentais que, moi aussi, j'allais avoir bientôt besoin d'un défibrillateur. Pour Leonard, ou Henri mentait, ou j'étais en train de m'emballer pour un sujet qui ne méritait guère plus qu'un article.

Dans les deux cas, mon offre ne l'intéressait pas.

Avait-il entendu ce que je lui avais dit ? Qu'Henri avait menacé de nous tuer, Amanda et moi ? Il s'est interrompu une seconde, j'en ai profité.

— Len, je vais te dire quelque chose de très important.

— Vas-y, parce que, malheureusement, je n'ai plus que cinq minutes.

— Moi aussi, je me suis posé la question, je me suis demandé si Henri était vraiment un tueur, ou juste un mytho doué persuadé de faire le coup de sa vie grâce à moi.

— Exactement.

— Eh bien, Henri existe. Ce n'est pas du pipeau.

J'ai posé la clé USB sur le bureau.

— C'est quoi, ça ?

— Tout ce que tu dois savoir, et plus encore. Je veux que tu découvres Henri par toi-même.

Leonard a vu apparaître sur l'écran de son ordinateur une chambre toute jaune, éclairée à la bougie, avec un lit au milieu, contre le mur. La caméra a zoomé sur une jeune femme mince allongée sur le ventre. Elle avait de longs cheveux blond clair, un bikini rouge et des escarpins noirs à semelles rouges. Elle avait les poignets attachés aux montants du lit par des cordelettes nouées de façon élaborée. On aurait dit qu'elle était sous médicaments ou qu'elle dormait, mais dès que l'individu est entré dans le champ, elle s'est mise à pleurer.

L'homme était nu. Il ne portait qu'un masque en plastique et des gants en latex bleus.

Je n'ai pas voulu revoir le film, alors je suis allé jusqu'à la paroi de verre qui donne sur l'atrium. Du quarante-troisième étage, on voyait les gens, minuscules, en train de traverser la petite place, au rez-de-chaussée.

J'ai entendu les voix de l'enregistrement, j'ai entendu Leonard s'étouffer. Quand je me suis retourné, il sortait en courant. Il est revenu quelques minutes plus tard, blanc comme un linge, et ce n'était plus le même homme.

73.

Leonard s'est affalé dans son fauteuil, il a retiré la clé USB et l'a fixée des yeux comme c'était le serpent du jardin d'Éden.

— Reprends ça, m'a-t-il dit. Je ne l'ai jamais vu. On est d'accord ? Je ne tiens pas à me retrouver inculpé de complicité passive ou je ne sais quoi. Tu en as parlé à la police ? Au FBI ?

— Henri m'a dit que, si je le faisais, il me tuerait, et qu'il tuerait aussi Amanda. Je ne peux pas courir un tel risque.

— Maintenant, je comprends. Tu es sûr que la fille de la vidéo est Kim McDaniels ?

— Oui, c'est bien Kim.

Il a décroché son téléphone pour annuler son rendez-vous de 12 h 30 et libérer son après-midi, puis il a appelé la cuisine pour commander des sandwichs et on s'est déplacés vers le coin salon de son bureau.

— Bon, a-t-il dit, raconte-moi tout depuis le début sans rien laisser de côté, ni oublier une virgule.

Ce que j'ai fait. Je lui ai expliqué que j'étais parti en reportage à Hawaii au pied levé, à la demande de mon rédacteur en chef, et que ce qui devait être une sinécure sous les palmiers s'était transformé en enquête criminelle, avec cinq meurtres mystérieux à la clé. Je lui ai raconté que je m'étais lié d'amitié avec Barbara et Levon McDaniels, et que j'avais fait la connaissance de Marco Benevenuto et de Charlie Rollins, deux avatars d'Henri, sans me douter de rien.

La gorge serrée, je lui ai parlé des cadavres et de l'intrusion d'Henri qui m'avait braqué chez moi, puis m'avait montré les photos d'Amanda qu'il avait prises lui-même.

— Combien exige Henri pour son bouquin ? Il t'a donné un chiffre ?

Je lui ai répondu qu'il était question de plusieurs millions de dollars. Mon éditeur n'a pas cillé. En l'espace d'une demi-heure, le sceptique s'était transformé en investisseur potentiel. À la lueur qui brillait dans son regard, je devinais qu'il avait évalué le marché d'un tel livre et compris qu'il allait pouvoir gagner beaucoup d'argent et renflouer ses comptes.

— Quelle est l'étape suivante ?

— Il a dit qu'il me contacterait. Je suis certain qu'il le fera. C'est tout ce que je sais pour l'instant.

Len a appelé Éric Zohn, le responsable du service juridique, et peu après, un grand type mince, assez nerveux, nous rejoignait.

Nous lui avons brièvement expliqué en quoi consistait « le legs de l'assassin » et il a aussitôt émis des objections.

Zohn a commencé par faire référence à la loi dite « fils de Sam » qui interdit à un meurtrier de tirer profit des ses crimes. Puis Len et lui ont discuté du cas Jeffrey McDonald, qui avait attaqué son nègre en justice, et du livre d'OJ Simpson, dont la famille de Ronald Goldman réclamait les droits après avoir gagné, au civil, son procès contre l'auteur.

— Ce qui m'inquiète, c'est que toutes les familles des victimes pourront invoquer notre responsabilité financière.

Il était question de failles juridiques, d'angles d'attaque, et moi, je n'existais plus. Mais je voyais bien que Len se battait pour le livre.

— Éric, je ne dis pas ça à la légère, a-t-il précisé à Zohn. C'est un best-seller assuré. Tout le monde veut savoir ce qui se passe réellement dans la tête d'un tueur, et ce tueur-là va parler de crimes récents, non résolus. Le bouquin de Ben n'aura rien à voir avec celui d'OJ. Ce n'est pas *Si c'est moi qui l'ai fait*, c'est *Eh oui, c'est bien moi qui l'ai fait*.

Zohn voulait davantage de temps pour étudier toutes les implications, mais Leonard a fait valoir ses prérogatives de patron.

— Ben, à partir de maintenant, tu es le nègre anonyme d'Henri. Si quelqu'un dit t'avoir vu dans mon bureau, réponds que tu es venu proposer un sujet de roman et que je l'ai refusé. Quand Henri te contactera, dis-lui que nous sommes en train de peaufiner une proposition qui, à mon avis, devrait lui plaire.

— C'est donc un oui ?

— C'est un oui. Marché conclu. C'est le livre le plus effrayant auquel je me sois jamais attaqué, et j'ai hâte de le publier.

74.

Le lendemain soir, à Los Angeles, j'avais encore du mal à me dire que tout cela était vrai. Amanda nous préparait un dîner gastronomique pendant que moi, à son bureau, j'écumais le web. J'avais toujours en tête les images indélébiles de l'exécution de Kim McDaniels, ce qui m'avait conduit à explorer divers sites où il était question de troubles de la personnalité. J'ai vite affûté mes connaissances en matière de tueurs en série.

À en croire une demi-douzaine d'experts, lorsqu'ils commettent des erreurs, les tueurs en série progressent. Presque toujours. Ils évoluent. Ils compartimentent leur cerveau comme un disque dur, ils ne ressentent pas la douleur de la victime. Ils mettent la barre du danger chaque fois un peu plus haut, recherchent davantage de sensations.

Je voyais bien pourquoi Henri était si heureux, si content de lui. On le payait pour faire ce qu'il adorait faire, et la publication d'un ouvrage sur sa passion serait pour lui une sorte de tour d'honneur.

J'ai appelé Mandy, et je l'ai vue débarquer dans le salon, une cuillère en bois à la main.

— La sauce va brûler.

— Je voudrais te lire un truc. C'est d'un psy, un ancien du Viêtnam qui a beaucoup écrit sur les tueurs en série. Tiens, écoute : « Il y a un peu de tueur en série en chacun de nous, mais quand on est au bord du gouffre, il faut être capable de reculer. Ces hommes qui tuent et tuent encore ont délibérément sauté dans le gouffre, et ils y vivent depuis des années. »

— Je te dirais bien de ne pas jouer avec le feu, Ben, mais je crois que travailler avec ce... monstre, c'est bien pire que ça.

— Tu sais, Mandy, si je pouvais laisser tomber, je le ferais tout de suite, avec joie.

Elle a déposé un baiser sur mon crâne et elle est repartie surveiller sa sauce. Un instant plus tard, le téléphone sonnait. J'ai entendu Mandy répondre : « Attendez, je vais le chercher. »

Elle m'a tendu l'appareil d'un air littéralement épouvanté.

— C'est pour *toi*.

J'ai pris le téléphone.

— Allô ?

— Alors, comment s'est passé notre fameux rendez-vous à New York ? m'a demandé Henri. On a décroché un contrat ?

J'ai cru que mon cœur s'arrêtait, mais j'ai essayé de rester aussi calme que possible.

— C'est dans les tuyaux. Vu les sommes que vous exigez, beaucoup de gens doivent être consultés.

— Ah, c'est regrettable.

J'avais le feu vert de Zagami et j'aurais pu le dire, mais j'étais en train de regarder les fenêtres, dans la lumière du soir, en me demandant où était Henri et comment il savait qu'Amanda et moi étions là.

— On va le faire, ce bouquin, Ben, a-t-il poursuivi. Si Zagami n'en veut pas, il faudra qu'on le propose ailleurs. De toute manière, n'oubliez pas : ou vous faites ce livre, ou vous mourez.

— Henri, je me suis mal fait comprendre. L'accord, on l'a. Ils sont en train de le préparer, le contrat. Il y a la paperasse, il y a les questions juridiques, il faut qu'ils chiffrent l'opération et qu'ils fassent une proposition. C'est une grosse société, Henri.

— D'accord. Champagne ! La proposition définitive, on l'aura quand ?

Je lui ai dit que Zagami devait m'appeler dans les tout prochains jours et que le contrat suivrait. C'était la vérité, mais j'avais encore du mal à réaliser ce qui m'arrivait.

J'étais en train de m'associer avec un grand requin blanc, une machine à tuer qui ne dormait jamais.

Car, en cet instant même, Henri nous surveillait, n'est-ce pas ?

Il nous surveillait en permanence.

75.

Henri m'avait fourni un itinéraire, sans indiquer ma destination.

— Prenez la 10, direction est. Je vous donnerai d'autres instructions après, avait-il juste dit.

J'avais tous les papiers dans ma sacoche, le contrat de Raven House, les décharges, les papillons indiquant les paraphes et les signatures à apposer. J'avais également un magnétophone, des calepins, un ordinateur avec le cordon et le chargeur et, juste à côté, dans une poche fermée, le Beretta, dont j'espérais bien pouvoir me servir.

Je suis monté dans ma voiture et j'ai pris la direction de l'autoroute. Ça n'avait rien de drôle, mais la situation me paraissait tellement surréaliste que j'avais envie de rire.

J'avais un contrat pour un livre promettant d'être « un énorme best-seller », ce dont je rêvais depuis des années, mais ce contrat comportait une clause d'annulation extrêmement précise, qui n'était pas sujette à interprétation.

Faute de rendre son manuscrit, l'auteur sera condamné à mort.

Quel auteur contemporain pouvait se vanter d'avoir mis sa vie en jeu en signant un contrat ? Mon cas devait être unique, et je pouvais en être fier.

Un samedi ensoleillé, mi-juillet. J'ai pris l'autoroute. Je regardais mon rétroviseur toutes les deux minutes, mais je ne voyais personne me suivre. Je me suis arrêté pour prendre de l'essence, un café et un beignet, et je suis reparti.

Cent soixante-dix kilomètres et deux heures plus tard, mon téléphone a sonné.

— Suivez la 111 vers Palm Springs.

Une trentaine de kilomètres plus loin, j'ai pris la sortie et j'ai continué sur la 111 jusqu'à ce qu'elle devienne Palm Canyon Drive, une rue à sens unique.

Mon téléphone a de nouveau sonné, et mon « associé » m'a communiqué d'autres instructions.

— Au centre-ville, vous tournerez à droite sur Tabquitz Canyon, puis à gauche sur Belardo. Ne raccrochez pas.

Je me suis exécuté, et j'ai senti que le point de rendez-vous était proche quand Henri m'a dit :

— Vous devriez le voir, maintenant. L'hôtel Bristol.

Nous allions nous retrouver dans un lieu public. Tant mieux. J'ai senti comme une bouffée de soulagement.

Je me suis arrêté devant l'entrée de l'hôtel, j'ai tendu les clés au voiturier. Le Bristol était un vénérable établissement, avec parc et spa, connu pour ses prestations de luxe.

— Allez au restaurant, près de la piscine, a indiqué Henri. La table est réservée à mon nom, Henri Benoit. J'espère que vous avez faim, Ben.

Ça, c'était nouveau.

Il m'avait donné son nom de famille. Fictif ou pas, je n'en savais rien, mais c'était, à mes yeux, une marque de confiance.

En traversant le hall de l'hôtel, je me suis dit : oui, voilà un déjeuner qui promet d'être des plus civilisés.

Champagne !

76.

Le restaurant Desert Rose jouxtait la piscine, sous un auvent bleu, tout en longueur. Une lumière aveuglante écrasait le patio de pierre blanche. J'ai dit au maître d'hôtel que je déjeunais avec Henri Benoit. Il m'a répondu que j'étais le premier.

On m'a conduit à une table d'où je voyais très bien la piscine, le restaurant et le chemin qui louvoyait autour de l'hôtel, jusqu'au parking. J'étais assis dos au mur et j'avais posé ma sacoche à ma droite, ouverte.

Une serveuse est venue me proposer différents apéritifs, dont la spécialité de la maison, un cocktail à base de grenadine et de jus de fruits. J'ai commandé une bouteille de San Pellegrino et, dès qu'on me l'a apportée, j'ai bu un grand verre, je me suis resservi et j'ai attendu l'arrivée d'Henri.

J'ai regardé ma montre. Dix minutes à peine s'étaient écoulées, mais j'avais l'impression d'être là depuis beaucoup plus longtemps. Tout en scrutant les environs, j'ai appelé Amanda pour lui dire où je me trouvais. Puis je me suis servi de mon téléphone pour voir si Henri Benoit apparaissait sur le web.

Rien.

J'ai appelé Zagami à New York, je lui ai dit que j'attendais Henri. La communication était mauvaise, mais histoire de faire passer le temps, je lui ai parlé de la route, du désert, de l'hôtel qui était magnifique, de mon humeur.

— Je commence à me prendre au jeu, lui ai-je dit. J'espère simplement qu'il va accepter de signer le contrat.

— Sois prudent. Fie-toi à ton instinct. Je m'étonne qu'il soit en retard.

— Moi, pas. Je ne peux pas dire que ça me plaise, mais ça ne me surprend pas.

Je suis allé aux toilettes, et j'en suis ressorti un peu fébrile, persuadé qu'il avait profité de mon absence pour venir s'asseoir à la table.

Je me demandais sous quel visage il se présenterait, s'il s'était une nouvelle fois métamorphosé. Mais sa chaise était toujours vide.

La serveuse est revenue, cette fois pour m'annoncer que M. Benoit avait appelé pour prévenir qu'il aurait du retard et que je devais commencer sans lui.

J'ai donc passé ma commande. La soupe toscane aux haricots et au chou frisé était très bonne. J'ai à peine touché mon plat de *penne*. Sans doute était-ce de l'excellente cuisine, mais je mangeais sans en percevoir le goût. Je venais de demander un café bien serré quand mon téléphone a sonné.

Je l'ai regardé un moment puis, le plus calmement du monde, alors que j'avais les nerfs à vif, j'ai fait :

— Hawkins.

— Vous êtes prêt, Ben ? Il y a encore un peu de route à faire.

77.

Coachella, Californie, se trouve à un peu moins de cinquante kilomètres de Palm Springs et compte vingt-cinq mille habitants. Chaque année, en avril, pendant deux jours, ce nombre augmente encore de vingt mille à l'occasion du festival de musique, une sorte de mini-Woodstock, sans la boue.

Quand la fête est finie, Coachella retrouve son visage de zone agricole perdue en plein désert, avec une population de jeunes familles latinos et de travailleurs itinérants. C'est aussi une ville-étape pour les routiers qui y inspectent leurs camions.

Henri m'avait dit de chercher le Luxury Inn, et je n'ai eu aucune difficulté à le trouver. Isolé, au bord de l'autoroute, c'était un motel classique, en U, avec une piscine.

Je me suis garé à l'arrière, comme Henri me l'avait demandé, et j'ai regardé où pouvait être la chambre 229.

Il n'y avait que deux véhicules sur le parking. Une Mercedes noire récente, de location. Vraisemblablement la voiture d'Henri. Et un pick-up Ford bleu accroché à une vieille caravane d'habitation qui devait faire plus de huit mètres de long. Argenté, avec des bandes bleues, climatiseur sur le toit, plaques du Nevada.

J'ai coupé le moteur, j'ai pris ma sacoche, j'ai ouvert la portière.

Un homme est sorti sur son balcon, au-dessus de moi. C'était Henri, qui n'avait guère changé depuis la dernière fois. Cheveux châtains coiffés en arrière, rasé de près, sans lunettes, la belle gueule bien lisse d'un type qui n'avait qu'à mettre une fausse moustache, un bandeau sur l'œil ou une casquette de baseball pour changer d'identité.

— Ben, laissez donc votre sac dans la voiture.

— Mais le contrat…

— Je le prendrai, votre sac, mais pour l'instant, descendez de la voiture et soyez gentil de déposer votre téléphone sur votre siège. Merci.

Une petite voix, dans ma tête, me hurlait : tire-toi d'ici en vitesse. Une autre, au contraire, me rappelait que je n'avais rien à gagner à laisser tomber maintenant. Henri serait toujours là, il pouvait me tuer et tuer Amanda à tout moment, au seul motif que je lui aurais désobéi.

J'ai donc lâché ma sacoche et je l'ai laissée dans la voiture avec mon téléphone. Henri est descendu à toute vitesse et m'a ordonné de mettre les mains sur le capot. Puis il m'a fouillé d'une main experte.

— Mettez les mains dans le dos, Ben.

Un ton parfaitement normal, amical. Si ce n'était que j'avais le canon d'une arme enfoncé dans le dos.

La dernière fois qu'Henri m'avait demandé de lui tourner le dos, j'en avais été quitte pour un coup de crosse sur le crâne. Cette fois-ci, je n'ai pas réfléchi, j'ai juste fait confiance à mon instinct et à mon entraînement. J'ai fait un pas de côté pour me retourner et désarmer Henri, mais je n'ai rien compris à ce qui m'arrivait.

Les bras d'Henri se sont refermés sur moi comme un étau et j'ai fait un vol plané. J'ai atterri sur les épaules et l'arrière du crâne.

Une chute violente, qui m'a fait horriblement mal, mais sans me laisser le temps de faire une estimation des dégâts, Henri s'est jeté sur moi, en accrochant ses jambes aux miennes. C'était comme si nous ne faisions plus qu'un. Il m'écrasait de tout son poids.

Il m'a enfoncé le canon de son arme dans l'oreille, et son ton est devenu beaucoup plus familier.

— Alors, Ben, tu as une autre idée du même genre ? Vas-y, je t'en prie, tente le coup !

78.

J'étais totalement immobilisé, comme si on m'avait sectionné la colonne vertébrale. Celui qui m'avait plaqué au sol n'était pas une ceinture noire du dimanche.

— J'aurais pu te briser le cou, m'a dit Henri. Compris ?

— Oui.

Et il s'est relevé et m'a attrapé par le bras pour m'aider.

— Cette fois-ci, pas de bêtises. Tourne-toi et mets tes mains derrière le dos.

Il m'a menotté, puis a tiré violemment sur la chaîne. J'ai cru qu'il voulait me déboîter les épaules.

Ensuite, il m'a une nouvelle fois plaqué contre la voiture et a posé ma sacoche sur le toit. Il l'a ouverte, a trouvé le pistolet, l'a jeté dans le baquet, à l'avant. Après quoi, il a verrouillé les portières et m'a poussé vers la caravane.

— On fait quoi, là ? ai-je demandé. Où va-t-on ?

— Tu le sauras en temps voulu.

Il a ouvert la porte, et j'ai failli m'étaler en montant.

C'était une vieille caravane, qui avait bien vécu. À ma gauche, le coin-cuisine, avec une table fixée au mur et deux chaises vissées au sol. À ma droite, ce qui ressemblait à un canapé-lit. Dans le placard, il y avait des toilettes et un lit de camp.

Henri m'a forcé à reculer, et je me suis retrouvé assis sur une des chaises. Il m'a enfoncé un sac en toile noire sur la tête, m'a passé quelque chose autour de la jambe. J'ai entendu un cliquetis de chaîne, et un bruit de cadenas.

J'étais attaché à un anneau fixé dans le plancher.

Henri m'a gentiment tapé sur l'épaule.

— Détends-toi, tu veux bien ? Je ne veux pas te faire de mal. J'ai beaucoup plus envie de te voir écrire ce livre que de te tuer. Nous sommes associés, maintenant, Ben. Essaie de me faire confiance.

J'étais enchaîné, je ne voyais plus rien, je n'avais aucune idée de ce qu'Henri me réservait. Et je ne lui faisais pas confiance. Ça, non.

Je l'ai entendu refermer la porte, la verrouiller, puis il a mis le moteur en marche, et j'ai senti arriver l'air froid de la clim, par le plafond.

Pendant une demi-heure, peut-être, on a roulé sur une chaussée lisse, puis la route est devenue cahoteuse, et les virages se sont succédé. J'avais beau tenter de m'accrocher au siège en plastique en serrant les cuisses, je n'arrêtais pas de me cogner contre la table ou le mur.

Au bout d'un moment, j'ai cessé de compter les virages, j'ai perdu la notion du temps. La facilité avec laquelle Henri m'avait mis hors de combat me déprimait. Il fallait voir les choses en face.

Henri menait la danse, il avait choisi la musique, et je ne faisais que l'accompagner.

79.

Au bout d'une heure, une heure et demie peut-être, la caravane s'est arrêtée et la porte s'est ouverte. Henri m'a brutalement enlevé ma cagoule improvisée.

— Dernier arrêt, camarade. On est arrivés.

J'ai aperçu le désert, plat, sinistre, avec à l'horizon des dunes de sable, des arbres de Josué, pareils à des balayettes géantes, et des charognards qui tournoyaient dans les courants ascendants.

Ça tournait aussi, dans ma tête. Je ne pensais qu'à une chose : *si Henri me tue ici, on ne retrouvera jamais mon corps*. Malgré la climatisation, la sueur dégoulinait dans mon cou. À un mètre de moi, Henri s'était adossé contre le minuscule comptoir en Formica.

— Je me suis un peu renseigné sur les collaborations. D'après ce que j'ai lu, il faut environ quarante heures d'enregistrements pour avoir de quoi faire un livre. Ça te paraît correct ?

— Enlevez-moi les menottes, Henri. Je ne vais pas me sauver.

Il a ouvert le petit frigo qui se trouvait juste à côté de lui et j'ai vu qu'il était plein. De l'eau, du soda, des aliments conditionnés. Il a sorti deux bouteilles d'eau et en a posé une sur la table, devant moi.

— Mettons qu'on travaille huit heures par jour. Ça nous ferait rester cinq jours ici.

— C'est où, ici ?

— Joshua Tree. Le camping est fermé parce qu'ils refont les routes, mais les branchements électriques fonctionnent.

Le parc national de Joshua Tree représente pas loin de huit cent mille hectares de désert. À perte de vue, il n'y a que des yuccas, de la broussaille et des formations rocheuses. Il paraît que, depuis les hauteurs, le panorama est grandiose, mais les gens normaux ne viennent pas camper ici au plus fort de l'été, en pleine canicule. Moi, je ne comprenais même pas qu'on puisse avoir envie de mettre les pieds dans un endroit pareil.

— Au cas où tu t'imaginerais pouvoir t'échapper, m'a fait Henri, je vais t'épargner des efforts inutiles. Ici, c'est Alcatraz, version désert. Cette caravane est au milieu d'une mer de sable. Dans la journée, la température atteint presque cinquante degrés. Même si tu te sauvais de nuit, le soleil te carboniserait avant que tu puisses atteindre une route. Alors, s'il te plaît, et je te le dis sincèrement, ne fais pas l'idiot.

— Cinq jours, hein ?

— Tu seras de retour à Los Angeles pour le week-end. Parole de scout.

— D'accord. Alors, c'est bon, maintenant ?

J'ai tendu les bras, et il m'a enlevé les menottes.

80.

Je me suis frotté les poignets, je me suis levé, j'ai descendu d'une seule goulée une bouteille d'eau bien fraîche, et ces petits plaisirs ont regonflé mon optimisme de manière inattendue. Je pensais à l'enthousiasme de Leonard Zagami. Je voyais déjà mes vieux rêves d'écrivain, couverts de poussière, prendre vie, enfin.

— OK, j'ai fait. C'est parti.

On a monté l'auvent contre le flanc de la caravane, on a installé deux fauteuils pliants et une petite table sur l'étroite parcelle d'ombre, on a laissé la porte de la caravane ouverte pour que l'air frais nous rafraîchisse un peu la nuque, et on s'est mis au travail.

J'ai montré le contrat à Henri, en lui expliquant que Raven-Wofford ne paierait que l'auteur. Et que c'était moi qui le paierais, lui.

— Le règlement se fait en plusieurs fois. Un premier versement à la signature, un deuxième à l'acceptation du manuscrit, et le solde à la parution du livre.

— Pas mal, comme assurance-vie.

Il rigolait.

— Ce sont les conditions habituelles, lui ai-je dit. Pour éviter que les auteurs ne plantent l'éditeur au beau milieu d'un projet.

On a commencé à parler pourcentages, mais la négociation était tellement déséquilibrée qu'elle en devenait risible.

— C'est mon bouquin, non ? insistait Henri. Et tu auras ton nom dessus. Ça vaut plus que de l'argent, Ben.

— Je devrais même le faire gratuitement, pendant qu'on y est.

Il a souri.

— Tu as un stylo ?

Je lui en ai tendu un, il a signé de son nom, ou plutôt de son pseudo courant, et m'a donné le numéro de son compte bancaire en Suisse.

J'ai rangé le contrat, Henri a tiré une rallonge depuis la caravane, j'ai allumé mon ordinateur, puis mis mon magnétophone en marche. J'ai vérifié le son.

— Prêt ?

— Je vais te dire tout ce dont tu as besoin pour écrire ce bouquin, mais je ne vais pas semer des petits cailloux derrière moi, d'accord ?

— C'est votre histoire, Henri. Racontez-la comme vous voulez.

Il s'est renfoncé dans son fauteuil pliant, les mains croisées sur le ventre, et a commencé au début.

— J'ai grandi en pleine cambrousse, dans un petit bled perdu. Une région agricole. Mes parents élevaient des poulets et j'étais leur fils unique. Ils ne s'entendaient pas. Mon père picolait, il battait ma mère, il me battait, moi. Elle aussi, elle me tapait dessus et, de temps en temps, elle arrivait à lui filer quelques coups.

Et de me décrire leur maison en bois qui grinçait. Cinq pièces. Sa chambre, au grenier, juste au-dessus de celle de ses parents.

— Il y avait un jour, entre deux lattes du plancher. Je ne pouvais pas voir leur lit, mais je distinguais des ombres et j'entendais ce qu'ils faisaient. Quand ils faisaient l'amour, si on peut appeler ça comme ça, ou qu'ils se tapaient dessus. Tous les soirs. Et après, je dormais.

Ils avaient trois grands hangars à poulets. Henri était âgé d'à peine six ans quand son père avait entrepris de lui faire tuer des poulets. À l'ancienne, en leur coupant le cou à la hache, sur un billot de bois.

— Je faisais mon boulot comme un brave gosse. J'allais à l'école. J'allais à l'église. Je faisais ce qu'on me disait en essayant d'éviter les coups. Mon père, non seulement il me tabassait, mais il m'humiliait.

» Ma mère, je lui pardonne. Mais, pendant des années, j'ai rêvé que je les tuais, tous les deux. Dans mon rêve, je leur collais la tête sur la vieille souche, dans la basse-cour, je donnais un grand coup de hache et je les regardais courir dans tous les sens, sans leur tête.

» Quand je me réveillais, pendant un moment, j'avais l'impression que c'était vrai. Que je l'avais fait.

Henri s'est tourné vers moi.

— La vie suivait son cours. Tu m'imagines, Ben ? Un bon petit gamin, une hache à la main, la salopette trempée de sang ?

— Oui, je vous imagine. C'est une histoire triste, Henri, mais ce serait un bon point de départ pour le livre.

— J'ai mieux.

— D'accord, je vous écoute.

Il s'est penché en avant, les mains nouées.

— Moi, je commencerais le film de ma vie avec la foire d'été. Dans la première scène, on me verrait avec une très jolie fille, blonde, du nom de Lorna.

81.

Je surveillais constamment mon magnéto pour vérifier que les bobines tournaient.

Un petit vent sec soufflait sur le sable. Un lézard a escaladé ma chaussure, comme si de rien n'était. Henri se passait les mains dans les cheveux. Il avait l'air nerveux, mal à l'aise. Je ne l'avais jamais vu dans un tel état d'agitation et cela commençait à me perturber.

— Vous voulez bien situer la scène, Henri ? C'était une foire régionale ?

— On peut appeler ça comme ça. D'un côté de l'allée, il y avait les produits de la ferme et les animaux. De l'autre, des manèges et des stands avec toutes sortes de choses à manger. Mais je ne te donne pas trop de détails, Ben, par prudence. Ça aurait pu se passer n'importe où, en Suisse, en Angleterre, dans l'Arkansas.

» Ne t'occupe pas de l'endroit. Imagine simplement toutes les illuminations, les gens en train de s'amuser, ceux qui rigolent moins parce qu'ils présentent leurs bêtes à un concours et que là, c'est du sérieux. Beaucoup de gens venaient pour conclure des affaires ; il y en avait dont les exploitations, dont l'avenir étaient en jeu.

» J'avais quatorze ans. Mes parents exposaient des poules de race sous le chapiteau des volailles. Il commençait à se faire tard et mon père m'a demandé d'aller chercher le camion sur le terrain réservé aux exposants, à côté de la foire.

» En y allant, j'ai coupé par un chapiteau de produits alimentaires et là, je suis tombé sur Lorna, qui vendait des tartes et des gâteaux.

» Elle avait mon âge et on était dans la même classe. Blonde, un peu timide, elle portait toujours ses bouquins devant pour cacher sa poitrine ; mais on la voyait quand même. Il n'y avait rien à jeter, chez Lorna.

» Ce jour-là, elle était presque tout en bleu, ce qui faisait que ses cheveux avaient l'air encore plus blonds que d'habitude, et quand je lui ai dit bonsoir, elle a eu l'air contente de me voir. Elle m'a demandé si je voulais un petit truc à grignoter.

» Je savais que mon père me tuerait si je ne ramenais pas le camion, mais j'étais prêt à prendre une raclée. C'est dire si j'étais fou de cette fille, tellement belle.

Il avait acheté un gâteau à Lorna, ils étaient allés faire un tour sur les montagnes russes et, dans la descente, elle lui avait pris la main.

— J'avais vraiment une tendresse folle pour cette fille. Après, un autre garçon est venu. Craig quelque chose. Il avait quelques années de plus que moi. Sans me regarder, il a dit à Lorna qu'il avait des billets pour la grande roue, que c'était magique, sous les étoiles, quand on voyait toutes les lumières, d'en haut.

» Lorna lui a répondu : "Oh, oui, j'adorerais", et elle m'a regardé en me disant : "Ça ne dérange pas, hein ?" et elle est partie avec ce mec.

» Et bien, moi, ça me dérangeait, Ben.

» Je les ai regardés s'en aller, et puis je suis parti chercher le camion et prendre ma dérouillée. Il faisait nuit, on ne voyait pas grand-chose sur le parking, mais j'ai fini par trouver le camion de mon père à côté d'une remorque, une bétaillère.

» Devant la remorque, il y avait une autre fille que je connaissais, Molly. Elle essayait de faire monter deux veaux qui avaient des rubans de concours sur leurs colliers, mais elle n'y arrivait pas.

» J'ai proposé de l'aider, mais elle m'a répondu : “Non, merci, je me débrouillerai toute seule”, ou quelque chose de ce genre, et elle a recommencé à pousser les bêtes sur la planche.

» Je n'ai pas apprécié la façon dont elle m'a dit ça, Ben. J'ai trouvé qu'elle était allée trop loin.

» Alors j'ai attrapé une pelle posée contre la bétaillère et, quand Molly m'a tourné le dos, je lui ai flanqué un grand coup sur le crâne. Ça a fait crac !, j'ai bien aimé, et elle s'est écroulée.

Il s'est interrompu, longuement. J'ai attendu qu'il reprenne.

— Je l'ai traînée à l'intérieur de la remorque, j'ai refermé le hayon. Elle s'est mise à gémir, je lui ai dit que personne ne l'entendrait, mais elle ne voulait pas s'arrêter.

» J'ai mis les mains autour de son cou et je l'ai étranglée aussi naturellement que si je l'avais déjà fait. Peut-être l'avais-je déjà fait, d'ailleurs, en rêve.

Il a commencé à tordre le bracelet de sa montre, à regarder le désert. Quand il s'est retourné, il avait l'œil vide.

— Pendant que j'étais en train d'étrangler Molly, j'ai entendu deux types passer. Ils discutaient, il riaient. Je lui serrais le cou si fort que ça me faisait mal aux mains, alors j'ai ajusté ma prise et j'ai continué jusqu'à ce qu'elle arrête de respirer.

» J'ai desserré un peu, et elle a respiré encore un coup, mais elle ne gémissait plus. Je l'ai giflée, et j'ai commencé à bander. Je l'ai déshabillée, je l'ai retournée et je l'ai baisée, sans jamais la lâcher, et quand j'ai eu fini, je l'ai étranglée pour de bon.

— Qu'est-ce qui vous passait par la tête pendant que vous faisiez ça ?

— Je voulais juste que ça continue. Je ne voulais pas que cette sensation s'arrête. Imagine ce que c'est, Ben, de jouir en ayant entre les mains le pouvoir de décider si quelqu'un va vivre ou mourir. J'avais le sentiment d'avoir mérité ce droit-là. Tu veux savoir ce que je ressentais ? J'avais l'impression d'être Dieu.

82.

Je me suis réveillé, le lendemain matin, quand la porte de la caravane s'est ouverte. Le soleil m'aveuglait déjà. Henri était en train de me dire :

— J'ai du café et des viennoiseries pour toi, camarade. Des œufs, aussi. Un bon petit déjeuner pour mon associé.

Je me suis assis au bord du canapé-lit. Henri a allumé la cuisinière, battu les œufs dans un bol, fait chauffer la poêle. Et quand j'ai eu terminé, mon « associé » m'a conduit à un peu moins de deux kilomètres de là, où se trouvait un poste de rangers, provisoirement fermé.

Pendant le trajet, une main sur la poignée de la portière, je regardais les dunes. J'ai vu un lapin détaler derrière une montagne de rochers, des dizaines d'arbres de Josué qui jetaient sur le sable des ombres faméliques, et rien d'autre de vivant.

J'ai pris ma douche, on est revenus à la caravane et je me suis mis au travail sous l'auvent. Je ne cessais de me dire qu'Henri avait avoué un meurtre. Qu'une jeune fille de quatorze ans avait été étranglée, quelque part, dans une foire paysanne. Que ce crime devait forcément figurer dans des archives.

Henri me laisserait-il vivre après m'avoir fait cette confidence ?

Il a repris l'histoire de Molly à l'endroit où il s'était arrêté la veille.

Il s'agitait beaucoup, faisait des gestes pour me montrer comment il avait traîné le corps dans les bois, l'avait enfoui sous des feuilles mortes. S'était imaginé le climat de psychose qui s'installerait dans les localités avoisinantes dès que les habitants apprendraient la disparition de Molly.

Il avait participé aux recherches, collé des affichettes, il était même allé à la veillée aux chandelles, tout cela en se répétant avec délectation qu'il avait tué Molly et que personne ne saurait jamais que c'était lui.

Il avait assisté aux funérailles, il se rappelait du cercueil blanc couvert de fleurs, des gens qui pleuraient. Surtout la famille, le père, la mère, les frères et sœurs.

— Je me demandais ce qu'on pouvait ressentir dans ces moments-là. Les tueurs en série les plus célèbres, tu les connais, n'est-ce pas, Ben ? Gacy, BTK, Dahmer, Bundy. Ils étaient tous guidés par leurs pulsions sexuelles. Hier soir, je me faisais la réflexion que, dans le livre, il faut absolument faire la distinction entre ces tueurs et moi.

— Attendez une minute, Henri. Vous m'avez dit ce que vous avez éprouvé en violant et en tuant Molly. Il y a ce film avec vous et Kim McDaniels. Et maintenant, vous me dites que vous n'êtes pas comme ces types-là. Je ne vous suis plus.

— Tu n'as pas compris, Ben. Écoute-moi bien, car c'est extrêmement important. J'ai tué des dizaines de personnes et j'ai eu des rapports sexuels avec la plupart d'entre elles, mais sauf dans le cas de Molly, chaque fois que j'ai tué, je l'ai fait pour l'argent.

Heureusement que j'enregistrais tout, car j'étais plus que partagé. Dans ma tête, nous étions trois. L'écrivain, qui se demandait comment relier les anecdotes d'Henri pour en faire un récit captivant. Le flic, qui voulait mettre au jour l'identité du tueur et cherchait des indices dans ce qu'Henri avait dit ou n'avait pas dit, dans les angles morts de son raisonnement. Et l'homme dont le cerveau turbinait le plus. Celui qui voulait absolument survivre.

Henri affirmait tuer pour l'argent, mais il avait tué Molly sur un coup de colère et avait menacé de m'abattre si je ne faisais pas ce qu'il voulait. Il était à tout moment capable d'enfreindre ses propres règles.

Je l'écoutais. J'essayais d'appréhender Henri Benoit sous toutes ses facettes. Et je me demandais surtout ce qu'il fallait que je fasse pour survivre.

83.

Henri est revenu avec des sandwichs et une bouteille de vin, qu'il a débouchée.

— Quels sont les termes de votre accord avec les Voyeurs ? lui ai-je demandé.

— Ils se font appeler l'Alliance.

Il a rempli deux verres, m'en a tendu un.

— Je les ai surnommés « les Voyeurs », un jour, et ils m'ont donné une leçon : pas de travail, pas d'argent. (Il s'est mis à imiter l'accent allemand :) Vous n'êtes bas chentil, Henri. Ne chouez pas à ce petit cheu afec nous.

— Donc l'Alliance est allemande.

— L'un de ses membres est allemand. Horst Werner. C'est sans doute un faux nom. Je n'ai jamais cherché à vérifier. Un autre des membres de l'Alliance, Jan Van der Heuvel, est néerlandais. Il y a des chances pour que ce soit également un pseudo. Il va sans dire que, dans le livre, tu changeras tous les noms. Même si ces gens-là ne sont pas assez idiots pour donner des indications qui permettraient de remonter jusqu'à eux.

— Bien sûr. Je comprends.

Il a hoché la tête, avant de poursuivre. Il paraissait plus calme, et son ton s'était durci. Plus l'ombre d'une fêlure.

— L'Alliance comprend plusieurs autres membres, que je ne connais pas. Ils vivent dans le cyberespace. Mais il y a une personne que je connais très bien. Gina Prazzi. C'est elle qui m'a recruté.

— Intéressant. On vous a recruté ? Parlez-moi de Gina.

Henri a goûté son vin avant de m'expliquer qu'il avait rencontré une très belle femme après son séjour de quatre ans dans une prison irakienne.

— Je déjeunais à la terrasse d'un bistro parisien quand j'ai remarqué cette jeune femme extraordinaire à une table voisine. Grande, mince.

» Elle avait la peau très blanche, une épaisse chevelure châtain foncé. Elle avait relevé ses lunettes de soleil. Une poitrine haut perchée, de longues jambes et au poignet, au même poignet, trois montres avec des diamants. Elle avait l'air riche, raffinée, totalement inaccessible, et j'ai tout de suite eu envie d'elle.

» Elle a payé son addition et s'est levée. Je voulais engager la conversation, et tout ce que j'ai trouvé à dire, c'est : "Avez-vous l'heure ?"

» Elle m'a lentement toisé de la tête aux pieds et des pieds à la tête. J'étais mal habillé. J'avais retrouvé la liberté quelques semaines plus tôt, c'était tout récent. On avait soigné mes plaies, mes contusions, mais j'étais encore maigre à faire peur. La torture, les horreurs auxquelles j'avais assisté, le contrecoup, tout ça se lisait encore dans mon regard, mais ça ne l'a pas empêchée de déceler quelque chose en moi.

» Cette femme, cet ange dont je ne connaissais pas encore le nom, m'a répondu : "J'ai l'heure de Paris, l'heure de New York, l'heure de Shanghai... mais je peux aussi passer quelques heures avec vous."

La voix d'Henri s'était adoucie depuis qu'il parlait de Gina Prazzi, comme s'il avait enfin connu l'épanouissement après une vie de manque.

Ils avaient passé toute une semaine à Paris, et Henri la retrouvait encore chaque année, en septembre. Ils avaient fait du shopping place Vendôme, et c'était elle qui payait tout. Elle lui avait offert des cadeaux et des vêtements hors de prix.

— Très vieille fortune, m'a expliqué Henri. Elle évoluait dans un univers de riches, dont je ne connaissais rien.

Après cette semaine parisienne, ils avaient fait une petite croisière en Méditerranée sur le yacht de Gina. Henri avait gardé en mémoire des images de la Côte d'Azur qui était, pour lui, l'un des plus beaux endroits du monde.

Il se remémorait leurs amours dans la suite du bateau, l'odeur des vagues, les vins, les repas somptueux dans les restaurants dominant la mer.

— J'ai bu du whisky Glen Garloch 1958 à deux mille six cents dollars la bouteille. Et il y a un dîner que je n'oublierai jamais : raviolis d'oursins, suivis d'une cassolette de lapin au fenouil, au mascarpone et au citron. Sacré menu, pour un petit gars de la campagne sorti d'une prison d'Al-Qaeda...

— Moi, j'aime bien les plats tout simples.

Ça l'a fait rire.

— C'est parce que tu n'as pas vraiment exploré la gastronomie méditerranéenne. Je pourrais te donner des cours. Et je pourrais aussi t'emmener dans une pâtisserie parisienne qui s'appelle Au Chocolat. Tu ressors de là, Ben, et tu n'es plus le même homme.

» Mais bon, j'étais en train de parler de Gina, une femme aux appétits très raffinés. Un jour, un type que je ne connaissais pas a fait son apparition à notre table. Le Hollandais, Jan Van der Heuvel.

Le visage d'Henri s'est crispé. Van der Heuvel les avait rejoints dans leur chambre d'hôtel pour jouer au metteur en scène, depuis son fauteuil, pendant que Gina et lui faisaient l'amour.

— Je n'aimais ce type, je n'aimais pas son petit cinéma, mais deux mois plus tôt, je dormais dans ma merde et je bouffais des cafards. Alors, Van der Heuvel ou pas, que n'aurais-je pas fait pour rester avec Gina ?

Brusquement, sa voix a été couverte par le fracas d'un hélicoptère qui survolait la vallée à basse altitude. Du regard, Henri m'a ordonné de ne pas bouger de ma chaise.

Quand le silence est retombé sur le désert, Henri a attendu un peu avant de reprendre le fil de son récit.

84.

— Je n'étais pas amoureux de Gina, m'a avoué Henri, mais elle me fascinait, elle m'obsédait. D'accord, peut-être que d'une certaine façon, j'étais amoureux d'elle...

C'était la première fois qu'il laissait apparaître une faille, qu'il se montrait humain.

— Un jour, à Rome, Gina a dragué une jeune fille...

— ... Et le Hollandais ? Il n'était plus là ?

— Non. Enfin, plus tout à fait. Il était rentré à Amsterdam, mais Gina et lui avaient des rapports très curieux. Ils étaient toujours ensemble au téléphone. Elle chuchotait, elle rigolait. Tu vois le tableau ? Le type, lui, il aimait regarder, mais elle, physiquement, elle était avec moi.

— Vous êtes allé à Rome avec Gina, ai-je repris, soucieux de ne pas perdre le fil.

— Oui, évidemment. Gina a levé une étudiante qui payait ses études en nature. Une prostituée praguoise inscrite à l'Università degli Studi di Roma, en premier semestre. Je ne me souviens plus de son nom, mais elle en voulait, et elle faisait trop confiance aux gens.

» On était au lit, tous les trois, et Gina m'a demandé de mettre les mains autour du cou de la fille. C'est le jeu de la strangulation, un jeu sexuel qui augmente la puissance de l'orgasme et oui, Ben, avant que tu me poses la questions, reproduire ma première expérience avec Molly avait quelque chose d'excitant. La fille s'est évanouie et je l'ai lâchée pour qu'elle puisse respirer.

» Gina m'a pris la queue, elle m'a embrassé et m'a dit : “Maintenant, achève-la.”

» J'ai commencé à prendre la fille, mais Gina m'a fait : “Non, Henri, tu ne comprends pas. Achève-la pour de bon.”

» Elle a pris les clés de sa Ferrari sur la table de chevet et les a balancées devant moi. C'était une offre. La voiture contre la vie de la fille.

» J'ai tué cette fille, et j'ai fait l'amour à Gina à côté de son corps. Gina était en furie, comme électrisée. Lorsqu'elle a joui, c'est comme si elle était morte pour renaître plus douce, plus tendre.

Henri était moins nerveux, maintenant. Il me racontait leur virée à Florence, pendant trois jours, lui au volant de la Ferrari, et ce qu'il voyait comme sa nouvelle vie.

— Peu après ce voyage à Florence, Gina m'a parlé de l'Alliance, en précisant que Jan en était un membre important.

Fin du carnet de voyage en Europe. Henri s'est redressé, et le débit de sa voix, jusqu'alors très fluide, est devenu plus heurté.

— Gina m'a expliqué que l'Alliance était une organisation secrète réunissant les meilleurs, par quoi elle entendait des membres riches, extrêmement riches. Selon elle, ils étaient susceptibles de « faire appel à mes talents », comme elle disait. Et elle a précisé que je serais grassement rétribué.

» Gina n'était donc pas amoureuse de moi, mais je pouvais lui être utile. Évidemment, ça m'a fait un peu mal, et j'ai d'abord eu envie de la tuer, mais ce n'était pas nécessaire, n'est-ce pas, Ben ? En fait, ç'aurait été idiot de ma part

— Parce que si les membres de l'Alliance vous engageaient, c'était pour commettre des meurtres ?

— Bien sûr.

— Mais quel profit en retiraient-ils ?

— Benjamin, m'a calmement répondu Henri, ils ne m'ont pas recruté pour que j'exécute des contrats. Je filme mon travail et ces films, c'est pour eux que je les tourne. Eux, ils paient pour regarder.

85.

Henri venait de m'avouer qu'il tuait pour de l'argent, et son histoire commençait à se tenir. Il avait commis des meurtres et il avait filmé ces exécutions sexuelles au profit d'un public trié sur le volet, prêt à payer très cher ses prestations. Je comprenais mieux, à présent, l'étrange décor qui avait servi de cadre à la mort de Kim : c'était une mise en scène, au sens propre du terme. Ce qui m'échappait, en revanche, c'est la raison qui avait poussé Henri à noyer Levon et Barbara.

— Vous parliez des Voyeurs. De votre mission à Hawaii.

— Ah, oui, ça me revient. Bon, tu comprends, les Voyeurs me laissent une grande liberté de création. J'ai choisi Kim d'après ses photos. J'ai appelé son agence pour avoir des renseignements. J'ai raconté que je voulais engager Kim, j'ai demandé quand elle rentrerait de – où était-elle en train de shooter ?

» On m'a dit où, et je n'ai pas eu trop de difficulté à trouver le reste : le nom de l'île, l'heure de son arrivée, quel hôtel. En attendant que Kim arrive, j'ai tué la petite Rosa. C'était une sorte de hors-d'œuvre, ou plutôt une mise en bouche.

» Dans ce cas précis, l'Alliance ne m'avait pas commandité. J'ai mis le film aux enchères – eh oui, il y a un marché pour ce genre d'œuvre. J'ai encore gagné de l'argent et j'ai fait en sorte que le film parvienne au Hollandais. Jan a un faible pour les très jeunes filles, et je voulais mettre les Voyeurs en appétit.

» Quand Kim a débarqué à Maui pour son shooting, je l'ai surveillée.

— Aviez-vous pris le nom de Nils Bjorn ?

Henri a tiqué, et j'ai vu son visage s'assombrir.

— D'où tiens-tu ça ?

J'avais commis une erreur. Je venais de faire le lien, inconsciemment, entre Gina Prazzi et l'inconnue qui m'avait téléphoné, à Hawaii, pour me dire de m'intéresser à un client de l'hôtel du nom de Nils Bjorn. J'avais fait mouche, et Henri n'a pas apprécié.

Pourquoi Gina aurait-elle trahi Henri ? Y avait-il, dans leur relation, des éléments que j'ignorais ?

Pour moi, ce détail jouait un rôle important, mais je devais me montrer prudent. Il fallait que je fasse attention, très attention, à ne pas me trahir.

— La police a eu un tuyau, j'ai répondu. Au moment de la disparition de Kim, un marchand d'armes portant ce nom a libéré sa chambre au Wailea Princess. On ne l'a jamais interrogé.

— Je vais te dire quelque chose, Ben. Nils Bjorn, c'était moi, mais j'ai détruit son identité, et je ne m'en resservirai plus. Pour toi, ça n'a aucun intérêt.

Il s'est levé brusquement pour abaisser l'auvent et nous protéger des rayons du soleil qui commençait à décliner. J'ai profité de ce répit pour essayer de me calmer.

J'étais en train de changer de cassette quand Henri m'a lancé :

— Quelqu'un arrive.

Mon cœur s'est remis à cogner.

86.

Les mains en visière, j'ai scruté la piste qui traversait le désert en direction de l'ouest, et j'ai vu une berline sombre surgir au sommet d'une hauteur.

— Vite ! a crié Henri. Prends ton matos, ton verre et ta chaise, et va à l'intérieur !

Je me suis exécuté, et Henri m'a emboîté le pas. Il a détaché la chaîne du plancher, l'a planquée sous l'évier, m'a tendu ma veste et m'a demandé d'aller dans le cabinet de toilette.

— Si notre visiteur se montre trop curieux, il a dit en rinçant mon verre, je me verrai peut-être dans l'obligation de le supprimer. Ce qui signifie que tu auras assisté à un meurtre, Ben. Pas bon pour toi.

Je me suis serré dans le minuscule cabinet de toilette et, juste avant d'éteindre la lumière, je me suis regardé une seconde dans la glace. Avec ma barbe de trois jours et ma chemise froissée, je n'inspirais guère confiance. J'avais une vraie tête de clodo.

Les parois étaient si fines que tous les bruits passaient à travers. On a frappé à la porte. Henri a ouvert et j'ai entendu monter quelqu'un d'assez lourd.

— Entrez, je vous en prie, a fait Henri. Je suis le frère Michael.

C'est une femme qui a répondu, d'une voix autoritaire :

— Lieutenant Brooks, de la police des parcs. Ce terrain est fermé, monsieur. Vous n'avez pas vu les barrières et les panneaux ACCÈS INTERDIT, en lettres géantes ?

— Excusez-moi. Je voulais prier sans être dérangé. J'appartiens au monastère camaldule, à Big Sur. Je fais une retraite.

— Pour moi, peu importe. Vous pourriez être acrobate au cirque du Soleil, ça ne changerait rien. Vous n'avez pas le droit d'être ici.

— C'est Dieu qui m'a conduit ici, je suis ici parce qu'il l'a voulu. Mais je ne pensais pas à mal. Je suis désolé.

Je sentais la tension, derrière la porte. Si la ranger prenait sa radio pour demander du renfort, c'était une femme morte. Un jour, à Portland, il y avait des années de cela, en faisant marche arrière avec ma voiture de patrouille, j'avais renversé un vieux bonhomme. Une autre fois, j'avais mis en joue un gosse qui avait surgi entre deux voitures en me braquant avec un pistolet à eau.

Chaque fois, j'avais cru que mon cœur ne pourrait jamais battre plus fort, mais cette fois-ci, c'était pire encore.

Il suffisait que ma boucle de ceinture heurte le lavabo métallique pour que la ranger m'entende, et si elle remarquait ma présence et me posait des questions, Henri risquait de se sentir obligé de la tuer. J'aurais sa mort sur la conscience.

Pas longtemps. Henri ne tarderait pas à me tuer, moi aussi.

J'ai prié pour ne pas éternuer. Prié de toutes mes forces.

87.

La ranger a expliqué à Henri qu'elle comprenait qu'on veuille faire une retraite dans le désert, mais que l'endroit n'était pas sûr.

— Si le pilote de l'hélicoptère n'avait pas aperçu votre caravane, il n'y aurait pas de patrouilles par ici, et on est loin de tout. Et si vous n'aviez plus de carburant ? Et si vous n'aviez plus d'eau ? Personne ne vous trouverait et ce serait la mort assurée. Je vais attendre que vous remballiez vos affaires.

Il y a eu un crachotement de radio, et j'ai entendu la ranger dire : « C'est bon, Yusef, je l'ai trouvé. »

J'attendais l'inévitable coup de feu, j'envisageais de donner un coup de pied dans la porte, d'essayer d'arracher l'arme des mains d'Henri pour tenter de sauver la malheureuse. Je l'entendais dire à un équipier :

— C'est un moine. Un ermite. Ouais. Il est tout seul. Non, aucun problème.

Là, Henri est intervenu.

— Lieutenant, il se fait tard. Je peux m'en aller demain matin sans problème. Si vous pouviez m'accorder une dernière nuit de méditation, je vous en serais extrêmement reconnaissant.

Il y a eu un silence. La ranger devait vraisemblablement étudier la suggestion d'Henri. J'ai respiré, lentement. *Madame, faites ce qu'il vous dit. Fichez le camp d'ici.*

— Je ne peux rien faire pour vous, lui a-t-elle finalement répondu.

— Je suis sûr que si. Tout ce que je vous demande, c'est une nuit, une seule.

— Votre réservoir d'essence est plein ?

— Oui, j'ai fait le plein juste avant d'entrer dans le parc.

— Et vous avez assez d'eau ?

J'ai entendu grincer la porte du réfrigérateur.

La ranger a finalement lâché du lest.

— Demain matin, vous êtes parti. Nous sommes bien d'accord ?

— Oui, nous sommes d'accord. Désolé pour le dérangement.

— Entendu. Passez une bonne nuit, mon frère.

— Merci, lieutenant. Dieu vous bénisse.

J'ai entendu démarrer la voiture et, une minute plus tard, Henri ouvrait la porte. J'ai eu bien du mal à ressortir du cabinet de toilette.

— Changement de programme, m'a-t-il dit. Je vais faire à manger. On va travailler toute la nuit.

— Pas de problème.

J'ai mis le nez à la fenêtre, et j'ai vu les phares de la voiture de police reprendre la route de la civilisation. Derrière moi, Henri était déjà en train de jeter des hamburgers dans la poêle.

— Cette nuit, il va falloir être productif...

Je me suis fait la réflexion que le lendemain, à midi, je pourrais être à Venice Beach, en train de regarder les fans de muscu et les filles en string, les rollers et les vélos sur les pistes en ciment qui serpentent à travers la plage et le long du rivage. Je pensais aux chiens avec des foulards et des lunettes de soleil, aux bambins en tricycles, et je me disais qu'avec Mandy, on irait chez Scotty et que je prendrais des œufs à la mexicaine avec une tonne de sauce piquante.

Je lui raconterais tout.

Henri a posé un hamburger et une bouteille de ketchup devant moi. « Et voilà, monsieur l'amateur de plats tout simples. » Il a préparé du café.

Une petite voix, dans ma tête, me disait que je n'étais pas encore à la maison, loin de là.

88.

L'écoute, lorsqu'on interviewe quelqu'un, n'a rien à voir avec une écoute ordinaire. Il fallait que je me concentre sur ce qu'Henri me disait, que j'imagine où le situer dans le livre, que je décide si le sujet méritait d'être développé ou s'il valait mieux poursuivre.

Je buvais des litres de café pour lutter contre la fatigue qui commençait à m'embrumer l'esprit, en m'efforçant de ne pas perdre de vue mon objectif : terminer le boulot et sortir de là vivant.

Henri est revenu sur ses activités pour Brewster-North, le sous-traitant de l'armée américaine. Quand la société de sécurité l'avait recruté, il avait mis sur la table ses talents de polyglotte, et avait même, ensuite, appris de nouvelles langues.

Il s'était lié d'amitié avec son faussaire libanais. Puis j'ai vu ses épaules s'affaisser lorsqu'il a commencé à me décrire, dans le détail, les conditions de sa captivité et l'exécution de ses amis.

Je posais des questions, j'essayais de replacer Gina Prazzi dans la chronologie. Gina connaissait-elle sa véritable identité ? Non, m'a-t-il assuré. Il lui avait dit s'appeler Henri Benoit, le nom figurant sur les faux papiers que lui avait fournis son ami faussaire. Henri Benoit, de Montréal.

— Êtes-vous resté en contact avec Gina ?

— Je ne l'ai pas vue depuis des années. Depuis Rome. Gina ne fraternise pas avec le petit personnel.

Nous progressions. De son aventure amoureuse avec Gina, qui avait duré trois mois, nous sommes passés aux meurtres qu'il avait perpétrés sur contrat, pour l'Alliance, depuis quatre ans.

— J'ai surtout tué des jeunes femmes. J'ai beaucoup bougé, j'ai souvent changé d'identité. Tu sais comment je m'y prends, Ben.

Et d'énumérer ses victimes. Toute une série de jeunes filles à Jakarta, une Sabra à Tel-Aviv.

— Elle savait se battre, cette Sabra. Dire qu'elle a failli me tuer...

Je sentais se dessiner la trajectoire naturelle du livre. Je voyais déjà, avec une certaine fébrilité, comment j'allais découper mon texte, et j'en arrivais presque à oublier qu'il ne s'agissait pas d'une ébauche de scénario pour Hollywood.

Les crimes avaient bien eu lieu.

L'arme d'Henri était bien chargée.

Je numérotais mes cassettes, je prenais des notes pour penser à poser certaines questions tandis qu'Henri poursuivait son énumération macabre : de jeunes prostituées en Corée, au Venezuela, à Bangkok.

Il m'a expliqué qu'il avait toujours adoré le cinéma et qu'en tournant des films pour l'Alliance il avait énormément progressé. Ses meurtres étaient devenus plus complexes, plus dynamiques.

Je lui ai demandé s'il ne s'inquiétait pas de savoir tous ces films en circulation.

— Je cache toujours mon visage. Soit je porte un masque, comme je l'ai fait avec Kim, soit je le floute après coup à l'aide d'un logiciel spécial. Il n'y a rien de plus facile.

C'est en travaillant pour Brewster-North qu'il a appris à abandonner sur place les corps et les armes et à ne jamais laisser la moindre trace, même si ses empreintes ne figurent dans aucun fichier.

Il m'a parlé du meurtre de Julia Winkler, qu'il aimait beaucoup, selon lui. J'étais à deux doigts de lui faire remarquer qu'être aimé par quelqu'un comme lui n'était pas forcément une chance. Et quand il a évoqué l'assassinat des McDaniels, en me disant qu'il les admirait également, j'ai failli lui sauter dessus pour essayer de l'étrangler.

— Pourquoi, Henri ? je lui ai demandé. Pourquoi étiez-vous obligé de les tuer ?

— Cela faisait partie d'une séquence que je tournais pour les Voyeurs, ce que nous appelons un documentaire. Maui, ça représentait une belle somme, Ben. En cinq jours de travail, j'ai gagné beaucoup plus que vous en une année.

— Mais ce travail, comme vous dites... Ça vous fait quoi, de prendre toutes ces vies ? D'après mes comptes, vous avez tué trente personnes.

— Oh, j'ai dû en oublier deux ou trois.

89.

Il était plus de 3 heures quand Henri m'a révélé ce qui le fascinait le plus, dans son « métier ».

— J'ai commencé à m'intéresser à ce court instant qui sépare la vie de la mort.

Je pensais aux poulets sans tête de son enfance, aux jeux de strangulation auxquels il s'était livré après le meurtre de Molly.

Henri s'est mis à développer. Je n'en demandais pas autant.

— Il y avait une tribu d'Amazonie dans laquelle on passait une corde autour de la tête des victimes, juste sous la mâchoire et derrière les oreilles. L'autre bout, on l'attachait au sommet d'un arbre encore jeune, ployé. Quand on tranchait la tête, elle était catapultée en l'air. Ces Indiens avaient la conviction qu'il s'agissait d'une bonne mort, que la dernière sensation de leur victime était une impression de voler.

» As-tu entendu parler d'un tueur qui sévissait en Allemagne au début du XXe siècle ? Peter Kürten, surnommé le Vampire de Düsseldorf.

Non, cela ne me disait rien.

— Cet homme d'apparence tout à fait banale a tué une fillette qui dormait, alors qu'il était en train de cambrioler la maison de ses parents. Il l'a étranglée, lui a ouvert la gorge avec un couteau, et en voyant le sang gicler des artères, il a ressenti un tel plaisir que ça a été le début d'une carrière qui rabaisse Jack l'Éventreur au rang d'amateur.

Selon lui, Kürten avait fait d'innombrables victimes des deux sexes, femmes, hommes, enfants, en se servant de toutes sortes d'instruments. Et c'était le sang qui l'excitait.

— Avant de passer à la guillotine, Kürten a demandé au psychiatre de la prison... Non, attends, que je ne dise pas de bêtises... Oui, c'est ça. Il a dit, une fois qu'on lui aurait coupé la tête, je cite : « Si je pouvais entendre le bruit du sang qui gicle de mon cou, ce serait le comble du plaisir. »

— Henri, êtes-vous en train de me dire que ce qui vous pousse à tuer, c'est cette fraction de seconde entre la vie et la mort ?

— Je crois. Il y a environ trois ans, j'ai tué un couple, à Big Sur. Je les ai attachés, tous les deux, sous la mâchoire (il a fait un V, du pouce et de l'index, pour illustrer son geste) et j'ai fixé l'autre bout des cordes aux lames du ventilateur de plafond. Je les ai décapités à la machette et leurs têtes se sont mises à tournoyer.

» Je pense qu'en voyant ce film les Voyeurs ont compris que j'étais vraiment quelqu'un de spécial. J'ai augmenté mes tarifs, et ils ont payé. Mais je m'interroge toujours, à propos des deux amants. Je me demande si, au moment de leur mort, ils ont eu l'impression de voler.

90.

Quand le soleil s'est pointé à l'horizon, j'étais mort de fatigue. Nous avions travaillé trente-six heures d'affilée et, même en ayant bu des litres de café avec une tonne de sucre dedans, j'avais les paupières en berne et je commençais à ne plus distinguer très nettement le petit monde de ma caravane perdue dans une mer de sable.

— C'est important, Henri..., j'ai dit.

Et j'ai perdu le fil de ma phrase, alors il m'a secoué par l'épaule.

— Va jusqu'au bout, Ben. Qu'est-ce qui est important ?

Il s'agissait d'une question que le lecteur se poserait dès les premières pages, et à laquelle il fallait impérativement répondre à la fin.

— Pourquoi voulez-vous faire ce livre ?

À ce moment-là, j'ai posé ma tête sur la tablette, juste une minute.

J'ai entendu Henri se déplacer, j'ai cru le voir essuyer des surfaces. Je l'entendais parler, sans savoir s'il s'adressait vraiment à moi.

Quand je me suis réveillé, l'horloge du four à micro-ondes affichait 11 h 10.

J'ai appelé Henri. Pas de réponse. Je me suis extrait du coin-dînette, j'ai ouvert la porte.

Le pick-up avait disparu.

Les brumes de mon cerveau se dégageaient lentement. Je suis retourné à l'intérieur de la caravane. Mon ordinateur et mon sac se trouvaient sur le comptoir de la cuisine. Juste à côté, bien empilées, il y avait toutes les cassettes que j'avais soigneusement étiquetées. Mon magnétophone était toujours branché, et c'est alors que j'ai aperçu le mot.

Ben, écoute ça.

J'ai enfoncé la touche PLAY et j'ai entendu la voix d'Henri.

— Bonjour, associé. J'espère que tu as bien dormi. Il fallait que tu te reposes, et je t'ai donné un sédatif pour t'aider. Tu comprends, j'avais besoin d'être un peu seul.

» Bon, maintenant, il faut que tu prennes la piste vers l'ouest. L'autoroute se trouve à environ vingt-cinq kilomètres. J'ai laissé plein d'eau et de provisions. Si tu attends le coucher du soleil, tu devrais être sorti du parc d'ici le petit matin.

» Il est fort possible que le lieutenant Brooks ou l'un de ses collègues passe par là et te prenne dans sa voiture. Fais bien attention à ce que tu dis, Ben. On ne révèle rien de nos secrets pour l'instant. Tu es romancier, n'oublie pas. Arrange-toi donc pour que ton mensonge soit crédible.

» Ta voiture est toujours garée derrière le Luxury Inn, là où tu l'avais laissée, et j'ai mis les clés dans la poche de ta veste avec ton billet d'avion.

» Ah, j'allais oublier le plus important : j'ai téléphoné à Amanda. Je lui ai dit que tu allais bien et que tu rentrerais bientôt.

» Ciao, Ben. Travaille dur, et travaille bien. On garde le contact.

Puis il y a eu un sifflement. Fin du message.

Ce salaud avait appelé Amanda. C'était une nouvelle menace.

Dehors, sous le soleil de juillet, le désert ressemblait à une rôtissoire, ce qui me forçait à attendre la nuit pour me mettre en marche. Et pendant que je poireautais ici, Henri allait effacer ses traces, endosser une nouvelle identité et monter à bord d'un avion, en toute liberté.

Je ne me sentais plus du tout en sécurité, et cette angoisse ne cesserait que lorsque l'homme qui se faisait appeler Henri Benoit serait derrière les barreaux ou sous terre. Je voulais retrouver ma vie, et j'étais bien décidé à y parvenir, par tous les moyens.

Même si je devais moi-même mettre Henri hors d'état de nuire.

IV

CHASSE AU GROS GIBIER

91.

À peine rentré de ma retraite en plein désert, j'ai reçu un coup de fil de Leonard Zagami. Il voulait sortir le livre le plus tôt possible. La publication des confidences du tueur de Maui, alors que l'enquête était toujours en cours, serait un scoop énorme, promis à une formidable couverture de presse.

J'avais déjà appelé Aronstein pour demander un congé sans solde, et j'avais transformé mon loft en bunker. Pas seulement à cause de la pression de mon éditeur. Je sentais en permanence la présence d'Henri, comme un boa constricteur qui me compressait la cage thoracique et lisait mon manuscrit par-dessus mon épaule. J'avais hâte d'en finir avec ce livre répugnant, et de voir ce monstre sortir de ma vie.

Depuis mon retour, je travaillais de 6 heures du matin à tard dans la nuit, et je trouvais la transcription des enregistrements des plus instructives.

Maintenant que j'écoutais la voix d'Henri derrière une porte blindée, je percevais des inflexions, des silences, des commentaires à mi-voix qui m'avaient échappé pendant que j'étais assis face à lui, comme une souris devant un serpent, en train de me demander si j'allais sortir vivant du parc national.

Jamais je n'avais travaillé de manière si intense et si régulière, mais au bout de la deuxième semaine de bagne, j'avais fini de transcrire les bandes et la trame du bouquin me satisfaisait.

Manquait encore un élément important, l'accroche de l'introduction, la question qui devait porter le récit jusqu'à la fin, celle à laquelle Henri n'avait pas répondu : pourquoi voulait-il faire ce livre ?

Le lecteur exigerait de le savoir, et j'avais moi-même du mal à comprendre. Henri n'était pas un pervers comme les autres. La survie, chez lui, était une deuxième nature. Il esquivait la mort avec une facilité déconcertante. C'était un homme intelligent, voire un génie. Pourquoi, alors, vouloir publier un livre de confessions dont les révélations risquaient de conduire à son arrestation et à sa condamnation ? Était-ce pour l'argent ? Par besoin de reconnaissance ? Était-il narcissique au point de poser lui-même le piège qui allait permettre sa capture ?

Il était presque 18 heures, vendredi soir. La transcription terminée, j'étais en train de ranger les cassettes audio dans une boîte à chaussures quand je suis tombé sur la dernière bande, celle où Henri m'expliquait comment quitter le parc national.

Je ne l'avais pas réécoutée, cette cassette n° 31, estimant que le message d'Henri n'avait aucun intérêt pour mon bouquin, mais juste avant de refermer la boîte, je l'ai mise dans le magnéto et je l'ai rembobinée.

Et aussitôt, je me suis rendu compte qu'Henri n'avait pas pris une cassette vierge pour enregistrer son message. Il avait utilisé celle qui se trouvait déjà dans l'appareil.

Je m'entendais marmonner, d'une voix pâteuse qui trahissait mon épuisement :

— C'est important, Henri.

Un blanc. J'avais oublié ce que je voulais lui demander. Puis la voix d'Henri :

— Va jusqu'au bout, Ben. Qu'est-ce qui est important ?

— Pourquoi... voulez-vous faire ce livre ?

Ma tête était tombée sur la table et je me souvenais d'avoir entendu Henri comme à travers un épais brouillard.

Mais maintenant, je l'entendais parfaitement.

— Bonne question, Ben. Si vous n'êtes pas trop mauvais écrivain, comme je le pense, et si vous n'étiez pas trop mauvais flic, vous devinerez pourquoi je veux faire ce livre. Et je crois que vous allez être étonné.

J'allais être étonné ? Que voulait-il dire par là ?

92.

Quelqu'un a glissé une clé dans la serrure. En entendant les verrous, j'ai sursauté et pivoté sur ma chaise. Henri ?

Ce n'était qu'Amanda. En la voyant entrer, un sac à provisions dans les bras, je me suis levé d'un bond pour la soulager de son fardeau et l'embrasser.

— J'ai eu les deux dernières poules faisanes, s'est-elle exclamée. Je t'assure ! Et puis, regarde : du riz sauvage et des *haricots verts*...

— Tu es un amour, tu sais ça ?

— Tu as regardé les infos ?

— Non. Quoi ?

— Les deux filles qu'on a retrouvées à la Barbade. L'une a été étranglée, l'autre a été décapitée.

— De quelles filles parles-tu ?

Je n'avais pas allumé la télé depuis une semaine, et je n'avais aucune idée de ce qu'Amanda me racontait.

— C'est passé sur toutes les chaînes du câble, sans parler d'Internet. Il faut que tu t'aères un peu, Ben.

Je l'ai suivie dans la cuisine, j'ai posé les courses sur le plan de travail et j'ai allumé le petit poste. J'ai mis NBC – enfin, la station locale – et j'ai vu Dan Abrams en discussion avec l'ex-profiler du FBI, John Manzi.

Manzi faisait une tête de six pieds de long.

— On parle de « série » lorsqu'on a affaire à trois meurtres ou plus séparés par des intervalles pendant lesquels l'émotion retombe. Le tueur a laissé l'arme du crime dans la chambre d'hôtel où on a retrouvé le corps de Sara Russo, décapité. Wanda Emerson, elle, a été découverte dans le coffre d'une voiture, ligotée et étranglée. Ces meurtres rappellent, à bien des égards, ceux de Hawaii, il y a un mois. Malgré la distance entre les deux lieux, je dirais qu'ils sont liés. J'en ai la quasi-certitude.

Les photos des deux victimes apparaissaient côte à côte. Sara Russo devait avoir entre dix-huit et vingt ans, Emerson quelques années de plus. Deux jeunes filles qui attendaient tout de la vie, avec de grands sourires. Et Henri les avait tuées. Pour moi aussi, c'était une quasi-certitude.

Amanda s'est glissée derrière moi pour mettre les volatiles au four. Bruits de casseroles. L'eau du robinet sur les légumes. J'ai dû monter le son.

Manzi était en train d'expliquer : « ... trop tôt pour savoir si l'auteur des meurtres a laissé des traces d'ADN, mais l'absence de mobile, le fait que les armes des crimes aient été retrouvées sur place, m'incitent à penser que nous avons affaire à un tueur parfaitement entraîné. Cet homme n'a pas fait ses débuts à la Barbade, Dan. La question est de savoir combien de personnes il a tuées, depuis combien de temps, et en combien d'endroits différents. »

J'ai profité de la pub pour dire à Mandy :

— J'ai passé des semaines à écouter Henri parler de lui, et je te garantis qu'il n'éprouve pas le moindre remords. Il est content de lui. Il exulte.

J'ai précisé qu'Henri m'avait laissé un message, qu'il pensait que je finirais par deviner pour quelle raison il faisait ce livre.

— D'une certaine manière, il me demande de prouver mes compétences d'écrivain, et de flic. Si ça se trouve, il veut réellement se faire prendre. Tu juges ça logique, toi ?

Mandy n'avait pas flanché jusque-là, mais quand elle m'a saisi les deux mains en me fixant des yeux, j'ai compris qu'elle avait vraiment peur.

— Rien de tout ça n'est logique, Benjy. On ne sait pas pourquoi, on ne sait pas ce qu'il veut, on ne sait même pas pourquoi c'est toi qu'il a choisi pour faire ce bouquin. Tout ce que je sais, c'est que ce mec est totalement frappé. Et qu'il connaît notre adresse.

93.

Je me suis réveillé dans mon lit, le cœur battant, le T-shirt et le caleçon trempés de sueur.

Dans mon cauchemar, Henri m'avait entraîné à la Barbade pour que j'assiste à ses crimes. Il me parlait tout en cisaillant la tête de Sara Russo. Il tenait sa tête par les cheveux, en me disant : « Tu vois, voilà ce que j'aime, le court instant qui sépare la vie de la mort. » Et comme cela se produit souvent dans les rêves, Sara était devenue Mandy.

Et Mandy me regardait, alors que son sang ruisselait le long du bras d'Henri, en m'implorant : « Ben, appelle les secours. »

Je me suis essuyé le front du revers du bras.

Mon cauchemar était assez facile à interpréter. J'avais très peur qu'Henri tue Mandy. Et je culpabilisais après la mort de ces deux filles, à la Barbade, en me disant que, si j'étais allé voir la police, elles seraient peut-être encore en vie.

Était-ce une illusion, ou la vérité ?

Je m'imaginais allant voir le FBI, raconter qu'Henri m'avait braqué, avait pris des photos d'Amanda, avait menacé de nous tuer tous les deux.

J'aurais été contraint de déclarer également qu'il m'avait enchaîné à l'intérieur d'une caravane, en plein désert, pendant trois jours, pour me décrire dans le détail le meurtre d'une trentaine de personnes. Mais s'agissait-il de confessions, ou d'inventions ?

Je n'avais rien qui pût prouver que tout cela était vrai. Je ne pouvais que me fier à la parole d'Henri.

Je voyais déjà l'agent du FBI me dévisager d'un air sceptique, puis les radios et les télévisions diffuser le signalement d'Henri : un homme de race blanche, un mètre quatre-vingt-dix, soixante-quinze kilos, environ trente-cinq ans. De quoi mettre hors de lui mon cher associé, Henri, qui nous tuerait dès qu'il en aurait l'occasion.

Henri croyait-il réellement que je le laisserais faire ?

Je regardais les phares balayer le plafond de la chambre.

Je pensais aux restaurants et aux hôtels dans lesquels Henri s'était rendu en compagnie de Gina Prazzi, à un certain nombre d'autres faux noms et de détails qu'il n'avait pas jugé bon de dissimuler, mais qui pourraient peut-être m'aider à démêler cet écheveau.

Mandy s'est retournée en dormant, elle a posé son bras sur mon torse et s'est collée contre moi. J'aurais bien aimé savoir à quoi elle rêvait, elle. Je l'ai serrée un peu plus dans mes bras et j'ai déposé un baiser sur l'arrière de son crâne.

— Arrête de te torturer, l'ai-je entendue murmurer.

— Je ne voulais pas te réveiller.

— Tu plaisantes ? Tu soupires si fort que j'ai failli tomber du lit.

— Quelle heure est-il ?

— Il est trop tôt. Trop tôt, ou trop tard pour qu'on se lève maintenant. Benjy, ressasser ne sert à rien.

— Ah, tu penses que ça tourne à l'obsession ?

— Essaie de penser à autre chose. Fais une pause.

— Zagami veut que...

— ... que Zagami aille se faire foutre. Moi aussi, j'ai réfléchi, et j'ai une idée. Elle ne va pas te plaire.

94.

Je marchais en long et en large devant l'immeuble, avec mon sac de voyage, quand Mandy est arrivée sur sa Harley Sportster pas toute jeune mais bien entretenue, une bécane au look plutôt sympa, avec une selle rouge.

Je suis monté, je me suis accroché à la taille étroite de Mandy et elle est repartie en trombe, en m'envoyant ses cheveux dans la figure. On a rejoint la 10, puis la superbe Pacific Coast Highway qui longe la côte et n'en finit plus, pour le plus grand plaisir des yeux.

Sur notre gauche, en contrebas, les vagues se cabraient avant de déferler sur la plage en rouleaux mouchetés de surfeurs. Je me suis fait la réflexion que je n'avais jamais essayé le surf. Tout bonnement parce que c'était trop dangereux.

Mandy a accéléré en changeant de file.

— Relâche les épaules ! m'a-t-elle crié.

— Hein ?

— Détends-toi.

Ce n'était pas facile, mais je me suis forcé à décrisper les jambes et les épaules.

— Maintenant, fais comme si tu étais un chien, a-t-elle ajouté.

Elle a tourné la tête et sorti la langue en pointant l'index sur moi jusqu'à ce que je l'imite. À quatre-vingts à l'heure, le vent me fouettait la langue, nous sommes partis tous les deux dans un tel fou rire que nous en avions les larmes aux yeux.

J'avais toujours le sourire quand nous avons traversé Malibu et pénétré dans le comté de Ventura. Quelques minutes plus tard, Mandy s'est arrêtée devant le Neptune's Net, un boui-boui de fruits de mer dont le parking était envahi de motos.

Deux types ont fait « Salut, Mandy », pendant que je la suivais à l'intérieur. Nous avons choisi deux crabes dans le vivier pour les récupérer au comptoir extérieur dix minutes après, cuits à la vapeur et cassés, sur des assiettes en carton, avec une coupelle de beurre fondu. Le temps de les avaler avec des sodas, et nous nous sommes remis en selle.

Je me sentais plus à l'aise, cette fois, sur la Harley, et j'ai fini par saisir. Mandy m'offrait un moment d'oubli et d'allégresse. La vitesse et le vent me dégageaient la tête, m'obligeaient à m'abandonner à la liberté grisante de la route.

Nous roulions toujours vers le nord, et la PCH était maintenant presque au niveau de l'océan. Nous traversions des localités magnifiques. Sea Cliff, La

Conchita, Rincon, Carpenteria, Summerland, Montecito. Puis Mandy m'a dit de bien me tenir, et elle a quitté l'autoroute à la sortie Olive Mill Road, qui va vers Santa Barbara.

En voyant les panneaux, j'ai enfin compris quelle était notre destination. Un endroit où nous avions souvent parlé de passer un week-end, sans jamais trouver le temps de le faire.

Je tremblais de tout mon corps quand j'ai mis pied à terre devant le légendaire hôtel Biltmore, avec ses toits de tuiles rouges, ses palmiers et sa vue imprenable sur la mer. J'ai enlevé mon casque et pris ma chérie dans mes bras.

— Toi, au moins, quand tu dis que tu as une idée, tu ne plaisantes pas.

— Je gardais ma prime de Noël pour notre anniversaire, mais tu sais ce que je me suis dit, ce matin, à 4 heures ?

— Dis-moi.

— Je me suis dit que c'était le moment idéal, et l'endroit idéal.

95.

Le hall de l'hôtel respirait le luxe et le confort. Je ne suis pas un adepte des chaînes câblées qui font visiter, en boucle, les palaces et les maisons de milliardaires, mais cet univers ne m'était pas totalement étranger. Amanda, elle, se pavanait en soulignant les détails. Le style méditerranéen, les ogives et les poutres au plafond, les canapés moelleux, le feu dans la cheminée, l'âtre carrelé. Et tout cela devant l'infini de l'océan.

Mais elle m'a prévenu, et je savais que, là non plus, elle ne plaisantait pas.

— Si tu fais une seule fois allusion à machin-truc, la note passe sur ta carte de crédit, pas la mienne. D'accord ?

— Marché conclu.

Je l'ai serrée dans mes bras.

Il y avait également une cheminée dans notre chambre, et quand Mandy a commencé à jeter ses vêtements sur le fauteuil, je nous voyais déjà passer tout l'après-midi à nous rouler sur le lit géant.

Elle a surpris une petite lueur dans mon regard, et elle m'a fait, en riant :

— Ah, je vois. Attends, tu veux bien ? J'ai une autre idée.

Je commençais à être accro aux idées de Mandy. Elle a mis son bikini léopard, j'ai enfilé un maillot, et nous sommes allés à la piscine, au milieu du grand jardin. J'ai imité Mandy, j'ai plongé et, incrédule, j'ai entendu de la musique sous l'eau.

Quand nous sommes remontés dans la chambre, j'ai défait le cordon de son haut, j'ai fait glisser le bas, et elle s'est hissée sur moi, les jambes autour de ma taille. Je l'ai transportée comme ça jusqu'à l'intérieur de la douche. Quelques minutes plus tard, nous nous jetions sur le lit. Finies, les pitreries. Nous avons fait l'amour si intensément que je me suis demandé si mon cœur allait tenir.

Après, on s'est offert une petite sieste. Mandy s'est assoupie contre moi, les genoux dans mes reins, et pour la première fois depuis bien des semaines, j'ai dormi profondément sans être réveillé en sursaut par un cauchemar sanglant.

À la tombée du soir, Mandy a passé une petite robe noire et a remonté ses cheveux ; je lui trouvais un petit air d'Audrey Hepburn. Nous avons emprunté le grand escalier tournant pour descendre au Bella Vista, où quelqu'un nous a conduits à notre table, près de la cheminée. Sol en marbre, murs lambrissés d'acajou. Devant nous, l'océan et ses vagues ourlées d'écume, et au-dessus de la verrière, une nuit bleu cobalt.

J'ai jeté un œil sur la carte, je l'ai reposée quand le serveur est venu. C'est Mandy qui a commandé pour nous deux.

J'étais aux anges. Amanda Diaz avait vraiment un don. Elle était capable de sauver une journée pourrie en créant des instants magiques dont le souvenir nous accompagnerait toute la vie.

Le dîner cinq étoiles a commencé par une assiette d'énormes coquilles Saint-Jacques poêlées, suivie d'un loup grillé au miel et à la coriandre, accompagné de champignons et de pois mange-tout. Puis le serveur a apporté la carte des desserts et une bouteille de champagne, dans son seau.

J'ai tourné la bouteille pour voir l'étiquette. Dom Pérignon.

— Ne me dis pas que tu as commandé ça, Mandy ? Elle doit être à trois cents dollars.

— Ce n'est pas moi. On a dû nous donner la bouteille de quelqu'un d'autre.

J'ai pris le carton que le serveur avait laissé sur le petit plateau d'argent, je l'ai lu. « Un excellent Dom Pérignon, avec mes compliments. Bien à vous, H.B. »

Henri Benoit.

Un frisson de peur m'a parcouru l'échine. Comment ce fumier savait-il où nous étions, alors que moi-même, je n'avais aucune idée de l'endroit où Mandy voulait m'emmener ?

Je me suis levé brutalement, en renversant ma chaise, j'ai fait un tour complet sur moi-même, puis un deuxième, en sens inverse. J'ai scruté tous les visages présents dans la salle. Le vieux qui avait de la soupe dans la moustache, le touriste chauve qui avait posé sa fourchette sur son assiette, les jeunes mariés dans l'entrée, tout le personnel.

Où était-il ? Où ?

Je m'étais placé devant Mandy pour faire écran, et j'ai senti un hurlement s'échapper de ma gorge.

— Henri, espèce de salaud, montre-toi !

96.

Après la scène du restaurant, j'ai bien fermé à clé la porte de la suite, j'ai mis la chaîne, j'ai vérifié que les fenêtres étaient bloquées, j'ai tiré les rideaux. Je n'avais pas pensé à emporter mon arme. Énorme erreur. On ne m'y reprendrait plus.

Mandy, toute pâle, tremblait. Je l'ai aidée à s'asseoir sur le lit, à côté de moi, et je lui ai demandé :

— Qui savait que nous venions ici ?

— J'ai fait la réservation quand je suis rentrée faire mon sac, ce matin. C'est tout.

— Tu es sûre ?

— À part quand j'ai appelé Henri sur sa ligne perso.

— Non, sérieusement. As-tu parlé à qui que ce soit ce matin, en partant ? Réfléchis bien, Mandy. Il savait qu'on était ici.

— Je viens de te le dire, Ben. Je n'en ai parlé à personne. J'ai juste appelé ici pour donner mon numéro de carte de crédit. Je n'ai strictement rien fait d'autre.

— D'accord, d'accord. Excuse-moi.

J'étais pourtant certain de n'avoir négligé aucun détail. Je me suis rappelé ce fameux soir, un mois plus tôt, où Henri m'avait appelé chez Amanda quelques minutes après mon arrivée, alors que je rentrais de New York. J'avais vérifié tous les téléphones, chez elle comme chez moi ; j'avais passé les deux appartements au peigne fin pour trouver d'éventuels mouchards. En vain.

Et cet après-midi, sur l'autoroute, je n'avais rien remarqué d'inhabituel. Personne n'avait pu nous suivre quand nous avions pris la sortie vers Santa Barbara. Nous n'avions pas vu d'autres véhicules pendant des kilomètres, et c'était comme si la route nous appartenait.

Dix minutes plus tôt, après nous avoir raccompagnés, le maître d'hôtel m'avait expliqué que le champagne avait été commandé par téléphone et payé par carte bancaire, une carte au nom d'Henri Benoit. Ce qui ne signifiait rien. Henri avait pu appeler le restaurant de n'importe point du globe.

Mais comment avait-il fait pour savoir où nous étions ?

Si Henri n'avait pas espionné les appels téléphoniques de Mandy, s'il ne nous avait pas filés pendant le trajet...

Une idée stupéfiante m'a alors traversé l'esprit, comme un éclair. Je me suis levé.

— Il a posé une balise sur ta moto.

— Tu ne me laisses pas seule dans cette chambre. Hors de question.

Je me suis rassis, j'ai pris sa main, des deux mains, et je l'ai embrassée. Je ne pouvais pas la laisser dans la chambre, et je ne pouvais la protéger non plus sur le parking.

— Demain matin, dès le lever du jour, je démonterai ta bécane jusqu'à ce que je trouve l'émetteur.

— Je n'arrive pas à croire qu'il puisse nous faire ça, a murmuré Mandy.

Et là, elle s'est mise à pleurer.

97.

On est restés accrochés l'un à l'autre sous les draps, les yeux grands ouverts, à guetter le moindre pas au-dessus de notre tête, le moindre craquement dans le couloir, les gémissements et les sifflements de la climatisation. J'ignorais si c'était justifié ou si ma paranoïa avait atteint des sommets, mais j'avais l'impression qu'Henri nous épiait.

Mandy me serrait dans ses bras quand elle a commencé à sangloter.

— Oh, mon Dieu, mon Dieu...

J'ai essayé de la réconforter.

— Arrête, ma chérie. Ce n'est pas dramatique. On finira par trouver de quelle manière il nous a pistés.

— Oh, mon Dieu... ça..., a-t-elle répété, en enfonçant son doigt dans ma fesse droite. Ce truc, près de ta hanche. Je t'en ai parlé. Tu dis toujours que ce n'est rien.

— Ça, là ? Oui, c'est vrai, ce n'est rien.

— Regarde de près.

J'ai rejeté les couvertures, allumé la lumière, et je suis allé dans la salle de bains, talonné par Mandy. Faute de pouvoir me contorsionner, j'étais incapable de regarder, mais je savais de quoi elle parlait : une marbrure qui était restée sensible pendant quelques jours, après qu'Henri m'avait assommé, chez moi.

Pour moi, ce n'était qu'une ecchymose consécutive à ma chute, ou une piqûre d'insecte, et j'avais vite cessé d'avoir mal.

En voyant cet œdème, Mandy m'avait deux ou trois fois posé des questions, et je lui avais effectivement répondu que ce n'était rien. J'ai touché le renflement, gros comme deux grains de riz bout à bout.

Et cette fois, ça m'a paru moins anodin.

J'ai farfouillé dans ma trousse de toilette avant de la vider sur la coiffeuse. J'ai retrouvé mon rasoir et j'ai martelé le marbre du lavabo jusqu'à ce que la tête explose.

— Tu ne vas pas... Ben ! Tu ne vas pas me demander de faire ça, dis ?

— T'inquiète, j'aurai plus mal que toi.

— Très drôle.

— Je suis mort de trouille.

Mandy a pris la lame dans ma main, l'a aspergée de Listerine – mon bain de bouche pouvait faire un désinfectant passable – et a tamponné l'endroit critique. Puis elle a pincé la peau et fait une entaille d'un geste rapide.

— Ça y est, je l'ai.

Elle a déposé dans ma main le petit bout de verre et de métal plein de sang. Ce ne pouvait être qu'une balise GPS, semblable à celles qu'on implante dans le cou des chiens. Henri avait dû me l'enfoncer dans la peau alors que je gisais au sol, inconscient. Dire que je portais cette saloperie de mouchard sur moi depuis des semaines...

— Jette-le dans les toilettes, m'a dit Amanda. Ça va l'occuper un moment.

— Ouais. Euh, non. Tu peux me donner un bout de sparadrap ?

J'ai pressé le minuscule appareil contre mes côtes pendant que Mandy coupait l'adhésif avec ses dents, puis je l'ai fixé sur ma peau.

— Pourquoi veux-tu le garder ?

— Tant que je l'ai sur moi, Henri ne saura pas que je sais qu'il me suit à la trace.

— Et... ça te servira à quoi ?

— À renvoyer le balancier. Maintenant, nous savons quelque chose que lui ne sait pas.

98.

Ils étaient en France.

Henri caressait le flanc de Gina Prazzi en reprenant son souffle. Elle avait un cul magnifique, une vraie pêche, et des hanches parfaitement galbées, avec une petite fossette de chaque côté, en bas du dos.

Il avait de nouveau envie de la baiser. Très envie. Et il la baiserait.

— Tu peux me détacher, maintenant, lui dit-elle.

Il lui tapota le dos, se leva, récupéra son sac sous un fauteuil et s'approcha de la caméra qu'il avait fixée à l'aide d'une pince dans les plis de la lourde tenture.

— Qu'est-ce que tu fais ? Reviens ici, Henri. Ne sois pas si cruel avec moi.

Henri alluma le lampadaire, fit un sourire à l'objectif et revint sur le lit à baldaquin.

— Je ne crois pas avoir filmé le moment où tu criais grâce. Dommage..

— Qu'est-ce que tu fais avec ce film ? Tu ne l'envoies pas, dis... Henri, si tu crois qu'ils vont payer, tu es complètement barge.

— Ah, bon ?

— Je t'assure, ils ne paieront pas.

— Ce sera pour ma collection privée, dans le pire des cas. Tu devrais me faire davantage confiance.

— Détache-moi, Henri. Je commence à avoir mal aux bras. Je veux qu'on change de jeu. Je l'exige.

— Toi, tu ne penses toujours qu'à ton plaisir.

— Fais ce que tu as envie de faire, mais n'oublie pas qu'il y aura un prix à payer.

— Tout a un prix, répondit Henri avec un grand sourire.

Il prit la télécommande sur la table de chevet, alluma la télévision. Il passa l'écran d'accueil de l'hôtel, trouva le guide des chaînes, sélectionna CNN.

Après les résultats sportifs, puis les chiffres des principales places boursières, il vit enfin apparaître le visage des deux nouvelles filles, Wendy et Sara.

— Je l'adorais, Sara, dit-il à Gina qui tentait désespérément de desserrer ses liens pour libérer ses poignets. À aucun moment elle n'a demandé que je lui laisse la vie sauve. Elle ne posait jamais de questions idiotes.

— Si je pouvais me servir de... mes mains, je pourrais te faire des trucs sympas.

— Je vais y songer.

Henri éteignit la télévision, roula sur lui-même, chevaucha le cul fantastique de Gina, posa les mains sur ses épaules, lui massa la nuque avec les pouces, en dessinant des cercles. Il recommençait à bander, si fort que cela lui faisait mal.

— Ça devient chiant, fit Gina. Je me demande si on a bien fait de se revoir.

Henri referma doucement ses doigts autour de sa gorge, toujours pour jouer. Il la sentait tendue. Un voile de sueur s'était déposé sur sa peau.

Bien. Elle avait peur, et il aimait bien ça.

— Alors, on s'ennuie toujours ?

Il serra jusqu'à ce qu'elle se mette à tousser et à tirer sur ses liens en sifflant son nom, pendant que ses poumons cherchaient de l'air.

Il lâcha prise, et tandis qu'elle essayait de reprendre son souffle, il la détacha. Elle agita ses mains et se retourna, encore haletante.

— Je savais bien que tu ne pourrais pas.

— Non, comme ça, je ne pouvais pas.

Elle se leva, fila dans la salle de bains. Henri la regarda, puis se leva à son tour, retourna chercher quelque chose dans son sac et rejoignit Gina.

Elle l'aperçut dans le miroir.

— Qu'est-ce que tu veux encore ?

— C'est l'heure.

Il pointa son arme sur sa nuque et tira. Il la vit faire de grands yeux dans le miroir éclaboussé de sang, puis la regarda s'affaler sur le carrelage. Il lui mit encore deux balles dans le dos, vérifia son pouls, essuya le pistolet équipé d'un silencieux et le déposa près du corps.

Après la douche, il s'habilla. Puis il transféra l'enregistrement vidéo sur son ordinateur portable, nettoya les lieux, fit son sac et s'assura qu'il n'avait négligé aucun détail.

Il contempla un instant les trois bracelets-montres incrustés de diamants, sur la table de chevet, et se souvint du jour où il avait rencontré Gina.

Je peux aussi passer quelques heures avec vous.

Ces trois montres valaient bien une centaine de milliers d'euros, mais par prudence, il préféra les laisser sur place. Joli cadeau pour la femme de chambre, non ?

Gina avait payé avec sa carte de crédit. Henri sortit donc de la chambre, referma doucement la porte derrière lui et traversa la cour sans le moindre incident. Puis il monta dans sa voiture de location et prit la direction de l'aéroport.

99.

Le dimanche après-midi, de retour dans mon bunker, je m'étais remis à l'ouvrage. J'avais rempli mes placards d'aliments peu diététiques mais faciles à conserver, de quoi tenir un mois, et je m'étais promis de terminer le plan détaillé de mon livre, chapitre par chapitre. Zagami attendait mon mail le lendemain matin.

À 19 heures, j'ai allumé la télé. Le magazine *60 Minutes* venait de commencer, et les meurtres de la Barbade faisaient la une.

Morley Safer était en train de déclarer : « Selon les experts, si on la met en corrélation avec les cinq meurtres de Maui, la mort de Wendy Emerson et de Sara Russo s'inscrit dans une série de crimes sadiques dont il est difficile de prévoir la fin.

» Pour l'instant, dans le monde entier, des enquêteurs réexaminent des affaires de meurtre non résolues dans l'espoir de trouver des éléments qui pourraient les mettre sur la piste d'un tueur en série qui n'a laissé aucun témoin, aucune trace, et dont toutes les victimes sont mortes. Le correspondant de CBS, Bob Simon, s'est entretenu avec certains de ces policiers. »

Le journaliste avait interrogé des flics à la retraite, chez eux, et ce qui m'a surpris, c'était leur air lugubre et leur voix chancelante. Il y en avait un qui, les larmes aux yeux, montrait les photos d'une gamine de douze ans dont on n'avait jamais réussi à arrêter l'assassin.

J'ai éteint la télé et je me suis mis à hurler, la tête dans les mains.

Henri vivait sous mon crâne, au passé, au présent et au futur. Je connaissais ses méthodes, ses victimes, et à présent j'étais en train d'adapter mon écriture au rythme de sa voix.

Parfois, et cela me remplissait d'effroi... parfois j'avais l'impression que nous ne faisions qu'un.

J'ai décapsulé une bière et je l'ai vidée devant le frigo ouvert. Puis je suis retourné à mon ordinateur, histoire de lire mes mails, ce que je n'avais pas fait depuis le départ en week-end avec Mandy.

J'en ai ouvert une douzaine avant de tomber sur un message dont l'objet était : « Est-ce que tout le monde est content ? » Il y avait une pièce jointe.

Mes doigts se sont figés sur le clavier. Je ne reconnaissais pas l'adresse de l'expéditeur, mais j'ai longuement contemplé le titre avant d'ouvrir. *Ben, je travaille toujours comme un fou. Et toi ?*

C'était signé H.B.

J'ai effleuré le petit bout de sparadrap. La minuscule balise qui envoyait mes coordonnées GPS à l'ordinateur d'Henri était toujours là.

J'ai enregistré la pièce jointe.

100.

La vidéo commençait par une explosion de lumière et un très gros plan du visage d'Henri, flouté. Puis Henri s'est retourné pour s'approcher d'un lit à baldaquin dans ce qui ressemblait à une luxueuse chambre d'hôtel. J'ai tout de suite remarqué le cadre raffiné, avec ce motif à fleurs de lys omniprésent : rideaux, tapis, fauteuils.

Et sur le lit, on voyait une femme nue allongée sur le ventre. Bras tendus, elle tirait sur les cordelettes qui lui liaient les poignets. Elle était attachée à la tête de lit.

Je me suis dit : oh, non, c'est reparti.

Henri s'est allongé à côté d'elle, et ils échangeaient des mots, à mi-voix. Je n'ai pas réussi à comprendre ce qu'ils disaient, jusqu'au moment où la jeune femme a haussé le ton, en lui demandant de la détacher.

Il y avait quelque chose de différent, cette fois-ci.

Ce qui me surprenait le plus, c'était l'absence de peur dans sa voix. Était-elle très bonne comédienne ? Ou n'avait-elle pas encore deviné ce qui allait suivre ?

J'ai cliqué sur « pause ».

Je revoyais les détails de l'extrait de l'exécution de Kim McDaniels. Quatre-vingt-dix secondes d'horreur. Jamais je n'oublierais l'expression figée sur le visage de Kim, comme si elle souffrait encore après avoir été décapitée.

Je ne voulais pas enrichir ma médiathèque mentale d'une autre production signée Henri Benoit.

Je ne voulais pas voir ça.

En bas, dans Traction Street, c'était un dimanche soir comme les autres. J'entendais un guitariste jouer *Oh, Domino* et des touristes applaudir, j'entendais le chuintement des pneus sous mes fenêtres. Quelques semaines avant, un soir pareil, je serais peut-être descendu boire quelques bières chez Moe.

J'aurais bien aimé le faire, maintenant, mais je ne pouvais pas me défiler.

J'ai cliqué sur PLAY et j'ai regardé la suite de la vidéo sur mon écran. Henri qui disait à la jeune femme qu'elle ne s'intéressait qu'à son plaisir à elle, qui riait en disant « Tout a un prix », qui prenait la télécommande pour allumer la télévision.

À l'écran d'accueil succédait le présentateur de BBC World qui annonçait des résultats sportifs. Du football, surtout. Puis un autre faisait le résumé de la journée sur les marchés financiers. Et ensuite, la chaîne revenait sur la principale actualité du jour : le meurtre des deux jeunes filles à la Barbade.

Henri éteignait le téléviseur, puis se plaçait à califourchon sur la femme nue et mettait les mains autour de son cou. Il avait l'air imprégné de son personnage, et j'étais sûr qu'il allait l'étrangler, mais il avait changé d'avis.

Il lui détachait les poignets. J'ai soufflé, en me frottant les yeux. Il la libérait. Pourquoi ?

La femme lui disait : « Je savais bien que tu ne pourrais pas. » Elle parlait anglais, avec un accent italien.

Était-ce Gina ?

Elle se levait, s'avançait vers la caméra, faisait un clin d'œil. C'était une jolie brune qui devait avoir autour de quarante ans. Elle disparaissait dans la pièce voisine, sans doute la salle de bains.

Henri se levait, se penchait et sortait d'un sac une arme qui avait tout l'air d'un Ruger 9mm prolongé par un silencieux.

Il suivait la jeune femme et sortait du champ.

J'ai entendu une conversation inaudible, puis le *pschitt* d'une détonation étouffée par le silencieux. Une ombre glissait sur le seuil de la porte. Le bruit d'un corps qui tombait. Deux autres coups de feu, puis l'eau coulant d'un robinet.

Et plus rien, à part ce lit vide.

Tremblant, j'ai repassé la vidéo en cherchant, cette fois, tout ce qui aurait pu m'aider à situer le lieu où se trouvait Henri lorsqu'il avait, selon toute vraisemblance, abattu cette femme.

Au troisième passage, j'ai remarqué un détail qui m'avait échappé jusqu'alors.

J'ai fait un arrêt sur image au moment où Henri allumait le téléviseur, j'ai agrandi et j'ai essayé de lire le nom de l'hôtel, en haut de l'écran d'accueil.

Compte tenu de l'angle de la prise de vue, j'ai eu un mal fou à le déchiffrer, mais j'ai fini par réussir et je suis allé sur Internet voir si cet endroit existait.

Il existait.

Le château de Mirambeau se trouvait en France, entre Cognac et Bordeaux, non loin des grands vignobles. Bâti sur les fondations d'une forteresse médiévale datant du XIe siècle, puis reconstruit au début du XIXe, il avait été transformé en hôtel de luxe. Le site web de l'établissement montrait des champs de tournesols, des vignes et, bien sûr, le château, digne d'un conte de fées, avec son architecture si complexe, ses voûtes, ses tourelles, sa cour intérieure et ses jardins à la française.

Toujours sur Internet, j'ai retrouvé les scores de matches de foot et les indices boursiers que j'avais vus sur l'écran du téléviseur, dans la chambre d'Henri.

C'est ainsi que j'ai compris que ces images avaient été tournées le vendredi, le soir où Amanda avait rapporté les poules faisanes et où j'avais appris la mort de Sara et Wendy.

J'ai posé la main sur le sparadrap, contre ma poitrine, et j'ai senti mon cœur battre très fort. Je comprenais tout, à présent.

Deux jours plus tôt, Henri était en France, à cinq cents kilomètres de Paris. On était fin août, et Henri m'avait confié qu'il se rendait parfois à Paris en septembre.

J'avais une petite idée de l'endroit où il séjournait.

101.

J'ai refermé brutalement mon ordinateur comme pour bloquer les images qu'Henri m'avait soumises.

Puis j'ai appelé Amanda et, tout en entassant des vêtements dans ma valise, je lui ai dit, très vite :

— Henri m'a envoyé une vidéo. Il semblerait qu'il ait tué Gina Prazzi. Il a peut-être décidé de faire le ménage, de se débarrasser de toutes les personnes qui le connaissent et sont au courant de ses activités. Ce qui oblige à nous poser la question, Mandy : quand le bouquin sera terminé, que va-t-il faire de nous ?

Je lui ai exposé mon plan, et elle n'était pas vraiment d'accord, mais j'ai fini par avoir le dernier mot.

— Je ne peux pas rester ici, comme ça. Il faut que je fasse quelque chose.

J'ai appelé un taxi, et dès qu'on a démarré, j'ai arraché le sparadrap sur ma poitrine et j'ai coincé la balise GPS sous la banquette.

102.

J'ai pris un vol direct pour Paris – classe éco, milieu de cabine, un hublot. Dès que j'ai abaissé le dossier de mon siège, mes yeux se sont fermés. J'ai loupé le film, les plats réchauffés et le mauvais champagne, mais j'ai dormi neuf heures et je ne me suis réveillé qu'au moment où l'avion entamait sa descente.

J'ai vu ma valise glisser sur le toboggan à bagages comme si je lui avais manqué et, moins de vingt minutes après l'atterrissage, j'étais déjà dans un taxi.

Avec mes rudiments de français, j'ai réussi à faire comprendre au chauffeur que je voulais aller à l'hôtel du Singe Vert. J'y avais déjà séjourné. C'était un bon deux-étoiles, propre, et bien connu des journalistes de passage dans la Ville lumière.

J'ai franchi l'entrée de l'hôtel et personne ne m'a rien demandé. Je suis passé devant le bar, j'ai traversé le petit hall sombre, avec ses canapés verts élimés, ses présentoirs garnis de journaux dans toutes les langues, soigneusement pliés, et derrière la réception, une grande aquarelle délavée qui représentait des singes verts d'Afrique.

Le concierge s'appelait Georges – c'était marqué sur son revers. Un type d'une cinquantaine d'années, le genre flasque, visiblement mécontent de devoir écourter sa conversation téléphonique pour s'occuper de mon cas. Il a passé ma carte de crédit et mis mon passeport au coffre-fort ; j'ai pris l'escalier et, arrivé au deuxième étage, j'ai trouvé ma chambre au fond d'un couloir. Elle donnait sur une ruelle pas très avenante.

Avec son papier peint à fleurs et son mobilier vieux d'un siècle, la pièce ressemblait à une boutique d'antiquaire surchargée, mais la literie était neuve, il y avait un téléviseur et une connexion Internet haut-débit sur le bureau. Cela me suffisait.

J'ai posé mon sac sur le duvet, j'ai trouvé un annuaire. J'étais à Paris depuis une heure et, avant toute chose, il fallait que je mette la main sur une arme à feu.

103.

En France, on ne plaisante pas avec les armes de poing. Les autorisations de détention et de port ne sont accordées qu'aux policiers, aux militaires et à quelques professionnels de la sécurité qui ont l'obligation de trimbaler leurs joujoux dans des mallettes et doivent les porter de manière bien visible.

Il n'empêche qu'à Paris, comme dans toutes les grandes villes, on peut trouver une arme si on veut vraiment en avoir une. J'ai donc passé la journée à écumer la Goutte-d'Or, un quartier mal famé, envahi par les dealers, au pied du Sacré-Cœur.

Et j'ai payé deux cents euros un vieux calibre 38, un petit revolver de dame, avec canon de deux pouces et cinq balles dans le barillet.

Quand je suis revenu à l'hôtel, Georges m'a tendu ma clé et, du menton, m'a indiqué un tas de vêtements sur l'un des canapés. « Vous avez de la visite. »

Il m'a fallu un certain temps pour comprendre. Je suis allé la secouer, je l'ai appelée.

Amanda a ouvert les yeux, je me suis assis à côté d'elle. Elle s'est étirée, a mis ses bras autour de mon cou et m'a embrassé, mais je n'ai même pas pu lui rendre son baiser. Elle était censée être à Los Angeles, chez elle, en sécurité.

— Oh, là. Fais comme si tu étais content de me voir, tu veux bien ? Paris, c'est la ville des amoureux.

Elle souriait, mais je voyais bien qu'elle n'en menait pas large.

— Mandy, mais qu'est-ce qui te prend ?

— Je sais que c'est un peu précipité. Voilà, j'ai quelque chose à te dire, Ben, et ça peut avoir une incidence sur tout le reste.

— Arrête de tourner autour du pot, Mandy. De quoi parles-tu ?

— Je voulais te le dire en face...

— Alors tu as pris l'avion, comme ça ? C'est au sujet d'Henri ?

— Non...

— Écoute, Mandy, je suis désolé, mais il faut que tu rentres à L.A. Inutile de dire non. Tu vas me gêner, tu comprends ?

— Ah, merci. Ça fait plaisir.

Elle faisait la moue, maintenant, ce qui lui arrivait rarement, mais je savais que plus j'insisterais, plus elle s'entêterait.

— Tu as mangé ? elle a demandé.

— Je n'ai pas faim.

— Moi, si. Ma spécialité, c'est la cuisine française, et on est à Paris.

— Je ne suis pas ici en vacances, lui ai-je rappelé.

Une demi-heure plus tard, nous étions attablés à la terrasse d'un café, rue des Pyramides. La nuit tombait, mais il faisait encore très doux et nous avions une vue magnifique de la statue de Jeanne d'Arc, qu'on aurait dite en or, à l'angle de la rue de Rivoli.

L'humeur de Mandy s'était considérablement améliorée. En fait, elle paraissait presque euphorique. Elle commandait en français et s'envoyait plat sur plat, en m'expliquant chaque fois comment tout cela avait été préparé, et en donnant une note à la salade, au pâté ou au plateau de fruits de mer.

Moi, je m'étais contenté de biscuits salés et de fromage, avec un bon café bien fort. J'essayais de me concentrer sur la tâche qui m'attendait. Le temps pressait.

— Allons, goûte-moi ça, a fait Mandy en me tendant une cuillère de crème brûlée.

Exaspéré, je lui ai rétorqué :

— Franchement, Amanda, tu ne devrais pas être ici. Je ne sais pas quoi te dire d'autre.

— Dis-moi juste que tu m'aimes, Benjy. Je vais être la mère de ton enfant.

104.

J'ai regardé mon Amanda. Trente et un ans mais l'air d'en avoir vingt-cinq, avec son cardigan bleu layette, son col et ses manches roulés, et un vrai sourire de Joconde. Elle était incroyablement belle, et en cet instant plus que jamais.

— Dis-moi que tu es heureux, s'il te plaît.

Je lui ai retiré la cuillère des mains pour la poser sur l'assiette, je me suis levé, j'ai posé mes mains sur ses joues et je l'ai embrassée. Et j'ai recommencé.

— Tu es la fille la plus folle que j'aie jamais connue. Tu es *très étonnante* [1].

Elle rayonnait.

— Toi aussi.

— Si tu savais comme je t'aime, toi.

— *Moi aussi, je t'aime* à la folie. Mais tu ne m'as pas répondu, Benjy. Es-tu heureux ?

Je me suis tourné vers la serveuse pour lui dire : « Cette très jolie dame et moi-même allons avoir un bébé. »

— C'est votre premier enfant ?

— Oui, et j'aime tellement cette jeune femme et je suis si content d'avoir un bébé avec elle que je pourrais voler autour de la lune.

Un sourire jusqu'aux oreilles, elle m'a fait une bise sur les deux joues, elle a fait la bise à Mandy, avant de faire une déclaration publique que je n'ai pas tout à fait comprise. Quand elle s'est mise à simuler des battements d'ailes, nos voisins de table ont commencé à rire et à applaudir, bientôt imités

1. En français dans le texte *(N.d.T.)*.

par d'autres clients. Tout le monde nous félicitait, nous acclamait.

J'ai fait un sourire à tous ces inconnus, je me suis incliné devant une Amanda béate de bonheur, et je me suis senti emporté par une vague de joie inattendue. Un mois plus tôt, je remerciais le ciel de ne pas avoir d'enfants et là, maintenant, j'exultais, je me sentais plus lumineux que la pyramide du Louvre.

J'avais du mal à le croire.

Mandy allait avoir un enfant, notre enfant.

105.

Il avait suffi d'un instant pour que mon amour pour Mandy atteigne des proportions démesurées et catapulte mon cœur sur la lune. Et tout aussi rapidement, l'angoisse a éclipsé mon bonheur. Je craignais pour la vie de Mandy.

Sur le chemin du retour, j'ai expliqué à Amanda pourquoi elle devait quitter Paris dès le lendemain matin.

— Nous ne serons jamais en sécurité tant qu'Henri fera la loi. Il faut que je sois plus intelligent que lui, ce qui met la barre très haut, Amanda. Notre seul espoir, c'est que je l'affronte directement. Je t'en prie, fais-moi confiance.

Je lui ai dit qu'Henri m'avait avoué s'être souvent rendu à Paris avec Gina, et qu'il m'avait parlé de leurs promenades autour de la place Vendôme.

— Cela revient à chercher une aiguille dans une centaine de bottes de foin, mais quelque chose me dit qu'il est ici en ce moment.

— Et s'il y est, Benjy, tu vas faire quoi ? Tu vas vraiment le tuer ?

— Tu as une meilleure idée ?

— Une centaine, au moins.

Nous sommes montés par l'escalier et une fois devant la chambre, avant d'ouvrir la porte, j'ai demandé à Amanda de rester en retrait et j'ai sorti mon petit Smith & Wesson. J'ai vérifié les placards et la salle de bains, écarté les rideaux et jeté un œil sur la ruelle. Je voyais des diablotins surgir de partout.

Une fois l'inspection terminée, j'ai dit à Mandy :

— Je reviens dans une heure. Deux, au grand maximum. Tu ne bouges pas, d'accord ? Regarde la télé. Promets-moi de ne pas sortir de la chambre.

— Oh, Benjy, je t'en supplie, appelle la police.

— Chérie, je te le répète : la police ne peut pas nous protéger. Personne ne peut nous protéger. Pas contre Henri. Maintenant, jure.

À contrecœur, elle m'a fait le salut scout et a fermé la porte à clé derrière moi.

J'avais déjà fait quelques recherches. Les palaces n'étaient pas si nombreux, à Paris. Henri était peut-être descendu au George V, ou au Plaza Athénée.

J'avais pourtant comme un pressentiment. À pied, sans me presser, je n'étais qu'à vingt minutes du Ritz, place Vendôme.

106.

À l'arrière du taxi Mercedes qui le conduisait d'Orly à la rue de Rivoli, puis à la place Vendôme, Henri fit craquer les articulations de ses doigts. Il mourait de faim, il était contrarié, et sur le pont Royal, en direction de la rue des Pyramides, les voitures n'avançaient pas.

Le taxi était bloqué au feu. Henri s'en voulait. Il avait commis une erreur, une vraie faute de débutant. Dans la journée, il avait fait un saut à Amsterdam, sans savoir que Van der Heuvel était en déplacement. Et au lieu de repartir immédiatement, il avait improvisé, ce qu'il faisait rarement.

Il savait que Van der Heuvel avait une secrétaire. Il l'avait croisée, un jour. C'était elle qui fermait les bureaux du Néerlandais en fin de journée.

Il avait donc guetté Mieke Helsloot et l'avait vue, à 17 heures pile, sortir et verrouiller l'énorme porte derrière elle. Mieke, avec son beau petit corps, sa jupe courte et ses bottines à lacets. Il l'avait suivie dans le silence du quartier des canaux, à peine troublé par les cloches et les railleries des mouettes.

À quelques mètres de distance, à peine, il avait traversé le canal, puis pris une petite rue sinueuse, avant de crier « Pardon, excusez-moi ! » et elle s'était retournée.

Il s'était aussitôt excusé, en la rejoignant. Lui avait expliqué qu'il l'avait aperçue alors qu'elle quittait les bureaux de M. Van der Heuvel et qu'il avait essayé de la rattraper.

— Je travaille avec M. Van der Heuvel sur un projet confidentiel – vous vous souvenez de moi, n'est-ce pas, Mieke ? Je suis M. Benoit. On s'est croisés, une fois, dans votre bureau.

— Oui, avait-elle répondu avec un brin d'hésitation. Mais je ne vois pas ce que je peux faire pour vous. M. Van der Heuvel sera de retour demain...

Henri lui avait alors raconté qu'il avait perdu le numéro de portable de M. Van der Heuvel, qu'ils devaient se voir, et qu'apparemment l'un des deux s'était trompé de jour. Et il avait poursuivi son histoire jusqu'à ce que Mieke s'arrête devant chez elle.

Il la revoyait, la clé de son appartement à la main, visiblement impatiente de retrouver son petit intérieur, mais comme c'était une fille polie et toujours prête à rendre service à son employeur, elle l'avait laissé monter. Elle allait appeler son patron pour lui.

Henri l'avait remerciée, et une fois chez elle, dans son petit deux-pièces, sous l'escalier, il s'était installé dans l'unique fauteuil en attendant le bon moment pour la tuer.

Pendant qu'elle rinçait deux verres, il avait contemplé la bibliothèque bancale, les revues de mode, le miroir au-dessus de la cheminée, presque entièrement recouvert de photos du petit copain de Mieke, plutôt beau gosse, coincées entre le cadre et le verre.

Plus tard, en comprenant ce qu'il allait lui faire, elle s'était mise à pleurnicher *non, non, non,* à le supplier de ne pas le faire, à répéter qu'elle n'avait rien fait de mal et qu'elle n'en parlerait à personne, jamais.

— Je suis navré, Mieke, lui avait-il répondu. Tu n'y es pour rien. C'est à cause de M. Van der Heuvel. Il est très méchant.

— Alors, pourquoi me faites-vous ça ?

— Comment dire ? Jan était en déplacement, c'est son jour de chance...

Il lui avait attaché les mains derrière le dos avec un de ses lacets et il était en train de déboucler sa ceinture quand elle lui avait dit :

— Pas ça. Je vous en supplie. Je dois me marier.

Il ne l'avait pas violée. Cela ne lui disait rien, après Gina. Alors il lui avait conseillé de penser à quelque chose d'agréable. Il fallait toujours avoir des pensées positives au moment de mourir, c'était important.

Il avait passé l'autre lacet autour de sa gorge et l'avait serré, en lui enfonçant le genou dans le bas du dos pour la maintenir, jusqu'à ce qu'elle cesse de respirer. Le lacet ciré, aussi résistant qu'un fil d'acier, lui avait entaillé la peau. Son joli cou, si mince, était plein de sang lorsqu'elle avait rendu l'âme.

Ensuite, Henri avait soigneusement disposé le corps de sa ravissante victime sous des couvertures, et il lui avait donné de petites tapes amicales sur la joue.

Il se rendit compte, à présent, qu'il était tellement furieux d'avoir manqué Jan qu'il avait oublié de filmer l'exécution de Mieke.

Mais bon, Jan comprendrait le message.

Et Henri s'en réjouissait d'avance.

107.

Ça n'avançait toujours pas. Coincé dans son taxi, Henri songeait maintenant à Gina Prazzi, à ses grands yeux au moment où il avait tiré. Avait-elle réellement compris ce qui lui arrivait ? Pour Henri, ce détail n'avait rien d'anodin, car c'était la première fois qu'il tuait quelqu'un pour sa satisfaction personnelle, depuis la fille qu'il avait étranglée dans la bétaillère, vingt-cinq ans plus tôt.

Et il venait de tuer Mieke pour le même genre de raison. Rien à voir avec l'argent.

Quelque chose, en lui, était en train de changer.

C'était comme un rai de lumière sous une porte mal fermée. Il pouvait ouvrir cette porte et s'exposer à une lumière aveuglante, ou bien la claquer et partir en courant.

Ça klaxonnait à tout va. Henri remarqua que le taxi avait finalement réussi à avancer de quelques mètres, jusqu'à l'intersection de la rue des Pyramides et de la rue de Rivoli, avant de s'arrêter de nouveau. Pour économiser son carburant, le chauffeur coupa la climatisation et descendit les vitres.

Dégoûté, Henri se pencha vers lui.

Le chauffeur consentit à lâcher un instant son téléphone pour lui expliquer que ces embouteillages étaient dus au cortège présidentiel qui venait de quitter l'Élysée et se dirigeait vers l'Assemblée Nationale.

— Je ne peux rien faire, monsieur. Je suis comme vous, je suis coincé. Détendez-vous.

— Ça va durer encore combien de temps ?

— Peut-être encore un quart d'heure. Comment voulez-vous que je sache ?

Henri se serait donné des gifles. Quelle idée de venir à Paris, comme pour ajouter un post-scriptum ironique à la mort de Gina ! C'était non seulement idiot, mais aussi puéril, voire suicidaire. Était-ce cela ? *Ai-je envie qu'on m'arrête maintenant ?*

Il contemplait la rue, vitre baissée, attendant désespérément que passe le ridicule cortège de l'homme politique, lorsqu'il entendit des éclats de rire à la terrasse d'une brasserie, à l'angle.

Il tourna la tête.

Un homme vêtu d'un pantalon beige, d'un polo rose et d'un blouson bleu marine, un Américain, bien entendu, fit une courbette devant une jeune femme en pull clair. Des gens applaudissaient. En regardant cet homme plus attentivement, Henri eut l'impression de l'avoir déjà vu. Et brusquement, ce fut le choc.

Non, ce n'était pas possible. Il faillit interroger le chauffeur. *Voyez-vous ce que je vois ? Ben Hawkins et Amanda Diaz ? Je crois que je suis devenu fou.*

Et là, l'homme qui ressemblait à Hawkins retourna sa chaise en aluminium pour s'asseoir face à la rue. Pour Henri, le doute n'était plus possible. C'était bien Ben. Pourtant, la dernière fois qu'il avait vérifié, le couple était à Los Angeles.

Henri se remémora la soirée du samedi. Après avoir abattu Gina, il avait envoyé la vidéo à Ben, mais n'avait pas songé à localiser le mouchard GPS. Il ne l'avait d'ailleurs pas fait depuis deux ou trois jours.

Ben avait-il découvert la balise ? S'en était-il débarrassé ?

L'espace d'un instant, Henri éprouva une sensation toute nouvelle. Il avait peur. Peur de commettre des maladresses, peur de voir s'émousser sa discipline durement acquise, peur de perdre la main. Non, il était hors de question qu'il baisse la garde.

On ne l'y reprendrait plus.

Il aboya au chauffeur qu'il ne pouvait plus attendre. Il lui fourra une poignée de billets dans la main, attrapa son sac et sa mallette, et descendit du taxi côté rue.

Il se faufila entre les voitures avant de revenir sur ses pas, sur le trottoir. Il marchait vite. Il se dissimula dans un renfoncement entre deux vitrines, à une dizaine de mètres à peine de la brasserie.

Le cœur battant à tout rompre, Henri regarda Ben et Amanda quitter le restaurant et remonter la rue de Rivoli, bras dessus, bras dessous.

Dès qu'ils eurent pris suffisamment d'avance, Henri les suivit jusqu'à un petit hôtel de la place André Malraux, Le Singe Vert.

Une fois qu'ils eurent disparu, il entra dans le bar, contigu à la réception. Il commanda un scotch au barman, très occupé à draguer une petite brune aux traits chevalins.

Henri sirota son whisky tout en surveillant dans la glace du bar le hall de l'hôtel. Lorsqu'il vit Ben redescendre, il fit pivoter son tabouret et regarda le journaliste rendre sa clé de chambre au concierge.

Il prit bonne note du numéro inscrit sous le crochet.

108.

Il était déjà plus de 20 h 30 quand je suis arrivé place Vendôme, une grande place carrée, ouverte à la circulation, avec sa fameuse colonne de bronze de quarante-quatre mètres de haut, surmontée d'une statue de Napoléon Bonaparte. La place donne sur la rue Saint-Honoré, royaume des boutiques de luxe, et juste en face de moi, il y avait l'extraordinaire architecture gothique, à la française, du Ritz, avec sa pierre de taille couleur miel et ses stores lumineux, en demi-lune, au-dessus de l'entrée et des fenêtres.

J'ai foulé le tapis rouge, j'ai franchi la porte à tambour et je me suis retrouvé dans un autre univers : des canapés scintillants, des toiles caressées par le reflet des chandeliers, des visages de clients heureux.

Les téléphones intérieurs se trouvaient dans une alcôve. J'ai demandé à la standardiste d'appeler Henri Benoit. Je n'osais plus respirer. Quelques secondes plus tard, elle m'a annoncé que M. Benoit était bien attendu à l'hôtel, mais qu'il n'était pas encore arrivé. Souhaitais-je lui laisser un message ?

— Je rappellerai. Merci.

J'avais vu juste.

Henri se trouvait à Paris, ou ne tarderait pas à y être. Il avait pris une chambre au Ritz.

Dès que j'ai raccroché, je me suis senti submergé par une violente vague d'émotion. Je pensais à tous les innocents qu'Henri avait assassinés, à Levon et à Barbara, aux longues journées et nuits passées enchaîné à l'intérieur d'une caravane, face à un tueur psychopathe.

Puis j'ai songé à ses menaces de mort à l'encontre d'Amanda.

Je me suis assis dans un coin, d'où je pouvais surveiller l'entrée, et je me suis caché derrière un *International Herald Tribune* que quelqu'un avait laissé là. C'était un peu l'équivalent d'une planque dans une voiture de police, sans le café et les âneries de l'équipier.

Je pouvais rester là une éternité, car j'avais enfin pris de l'avance sur ce malade. Il ignorait que j'étais ici, mais moi, je savais qu'il allait venir.

Deux heures se sont écoulées, interminables. J'imaginais Henri débarquant à l'hôtel avec une housse à vêtements, et prenant sa chambre. Quel que puisse être son déguisement, je le reconnaîtrais immédiatement, je le suivrais dans l'ascenseur et ce serait à lui, cette fois, de faire un bond sur place en me voyant.

En revanche, je ne savais pas trop que faire après.

Je me disais que je pourrais sans doute l'immobiliser, appeler la police et faire en sorte qu'on l'appréhende dans le cadre de l'enquête sur le meurtre de Gina Prazzi.

Peut-être eût-ce été prendre trop de risques. Peut-être valait-il mieux que je lui colle une balle dans la tête et que je me rende ensuite à l'ambassade américaine, que je règle le problème après coup.

J'ai réexaminé la première option. Les flics qui me demanderaient : « Qui est Gina Prazzi ? Comment savez-vous qu'elle est morte ? » Je me voyais leur montrer la vidéo d'Henri dans laquelle le corps de la victime n'apparaissait pas. S'il s'était débarrassé du cadavre, on ne l'arrêterait même pas.

Mais moi, on me soupçonnerait. Je serais même le principal suspect.

J'ai étudié la deuxième option. Je braquais mon .38 sur Henri, je lui faisais faire un demi-tour. « Mains contre le mur. On ne bouge plus ! » C'était très tentant.

Voilà donc à quoi je pensais quand, parmi les dizaines de personnes qui déambulaient dans le hall, j'ai vu passer devant moi deux ravissantes femmes et un homme. Ils se dirigeaient vers la porte. Les deux jeunes femmes, très stylées, riaient et se parlaient en anglais, mais réservaient toute leur attention à l'homme qu'elles encadraient.

Tous trois se prenaient par le bras comme des collégiens. Ils se sont séparés devant la porte à tambour, et l'homme a laissé passer devant lui les deux beautés.

Mon sang n'a fait qu'un tour. J'ai remarqué les traits parfaitement ordinaires, la carrure, la tenue.

Il était blond, aujourd'hui. Il portait de grandes lunettes à monture noire, et avait une démarche légèrement voûtée.

C'était exactement le style de déguisement qu'aimait Henri. Il m'avait confié que, dans ce domaine, tout était affaire de simplicité. Il adoptait une certaine façon de marcher ou de s'exprimer, puis ajoutait quelques détails visuels distrayants mais aisément mémorisables. Il avait l'art de s'approprier son personnage et cela, je le savais.

L'homme accompagné de ces deux jeunes femmes n'était autre qu'Henri Benoit.

109.

J'ai laissé tomber le journal et je les ai regardés émerger dans la rue, l'un après l'autre.

Je me suis précipité à leur suite, en me disant que je verrais peut-être où se rendait Henri et que j'aurais le temps de trouver une idée, mais au moment où j'allais atteindre la porte, un groupe de touristes a surgi devant moi. Ils se sont maladroitement engouffrés dans le tourniquet, en rigolant et en bloquant les ailes, pendant que j'avais envie de hurler : « Dégagez, bande de connards ! »

Le temps que je réussisse enfin à sortir, Henri et les deux jeunes femmes avaient déjà pris de l'avance.

J'ai juste eu le temps de les voir tourner à l'angle. Ils longeaient les arcades de la rue Castiglione, et se dirigeaient vers la rue de Rivoli.

Les deux jeunes femmes se sont arrêtées pour contempler, tête contre tête, la vitrine d'un beau magasin de chaussures. J'ai aperçu, beaucoup plus loin, les cheveux blonds d'Henri.

Je m'efforçais de ne pas le perdre de vue, mais arrivé au bout de la rue, il a disparu dans une bouche de métro.

J'ai traversé en courant, en réussissant à éviter les voitures, et j'ai dévalé les marches de la station Tuileries. Et sur le quai bondé, impossible de retrouver Henri.

Je regardais partout, je scrutais désespérément la foule des voyageurs.

D'un coup, je l'ai aperçu au bout du quai. Brusquement, il s'est retourné vers moi et je me suis figé. L'espace d'un instant, qui m'a paru une éternité, je me suis senti totalement vulnérable, comme si un spot venait de m'éclairer sur une scène plongée dans l'obscurité.

Il ne pouvait pas ne pas me voir.

J'étais au beau milieu de son axe de vision.

Étonnamment, il n'a pas réagi, et j'ai continué à le regarder en ayant l'impression d'avoir les pieds collés au ciment.

Puis l'image a bougé, elle est devenue plus nette. En regardant mieux, j'ai vu la longueur de son nez, la hauteur de son front, son menton effacé.

Délirais-je à ce point ?

Quelques secondes plus tôt, j'étais encore sûr de moi. Et maintenant, je savais, avec une absolue certitude, que je m'étais trompé. Que j'étais un imbécile, un crétin, un détective minable. L'homme que je venais de filer depuis le Ritz ? Ce n'était pas Henri. Pas du tout.

110.

En ressortant du métro, je me suis souvenu d'avoir dit à Mandy que je serais de retour au bout d'une heure. J'étais parti depuis déjà trois heures.

Je suis rentré à l'hôtel du Singe Vert les mains vides, sans chocolats, sans fleurs, sans bijoux. Je n'avais rien à offrir en souvenir de mon escapade au Ritz et dans le métro. Cela dit, j'avais tout de même réussi à obtenir un renseignement qui pouvait se révéler d'une importance capitale.

Henri avait bien réservé une chambre au Ritz.

Le hall défraîchi de notre petit hôtel était désert. Seuls des échos de conversation, venus du bar voisin, flottaient dans le nuage de fumée de cigarette.

La réception était fermée.

J'ai fait le tour, mais ma clé avait disparu du tableau. Avais-je oublié de la rendre ? Je pensais l'avoir fait, pourtant.

Mandy l'avait-elle prise pour sortir alors que je lui avais instamment demandé de ne pas quitter la chambre ? J'ai pris l'escalier, furieux. J'en voulais à Amanda, je m'en voulais, et j'avais surtout envie de dormir.

J'ai frappé à la porte, appelé Mandy. Comme elle ne répondait pas, j'ai mis la main sur la poignée, prêt à lui dire qu'elle n'avait pas le droit d'être aussi puérile, aussi irresponsable. Qu'elle devait être responsable pour deux.

Dès j'ai ouvert la porte, j'ai senti que quelque chose n'allait pas. Mandy n'était pas au lit. Se trouvait-elle dans la salle de bains ? Est-ce que tout allait bien ?

En entrant, je l'ai appelée, et la porte s'est brutalement refermée derrière moi. Je me suis retourné. J'avais du mal à en croire mes yeux.

Un homme en noir tenait Mandy en otage, une arme braquée sur sa tête. Il portait des gants en latex. Des gants bleus, que j'avais déjà vus.

Mandy, bâillonnée, écarquillait les yeux, faute de pouvoir hurler.

L'homme en noir qui la tenait, le bras sur la poitrine, a resserré sa prise. Et c'est moi qu'il mettait en joue, maintenant.

— Amanda, regarde qui vient d'arriver. Ça fait longtemps qu'on attend, hein, chérie ? Mais bon, on s'est bien amusés, non ?

Le puzzle s'est reconstitué instantanément. Les gants bleus, le ton familier, le visage derrière les yeux noirs, le maquillage de scène. Cette fois, je ne faisais pas erreur. J'avais déjà entendu cette voix à quelques centimètres de mon oreille, pendant une centaine d'heures. C'était Henri. Comment nous avait-il retrouvés ici ?

Mille hypothèses se bousculaient dans ma tête.

Je m'étais rendu à Paris poussé par la peur, mais maintenant qu'Henri se présentait à ma porte, il ne m'impressionnait plus. J'étais furieux, et mes veines charriaient un tel flot d'adrénaline que j'aurais soulevé une voiture pour l'empêcher d'écraser une poussette ou que je me serais rué à l'intérieur d'une tour en feu.

J'ai dégainé le revolver que je portais à la ceinture, j'ai armé le chien et j'ai hurlé :

— Lâche-la !

Je pense qu'il m'a cru incapable de tirer, parce qu'il m'a juste répondu, avec une sorte de rictus :

— Jette ton arme, Ben. Je veux simplement discuter.

Je me suis approché de lui, je lui ai collé le canon du .38 contre le front, et il souriait toujours, en me montrant sa dent en or, le clou de son nouveau déguisement. J'ai tiré au moment même où il me donnait un coup de genou dans la cuisse. Je suis parti en arrière et je me suis écrasé contre le bureau qui s'est effondré sous mon poids.

Je me suis d'abord demandé si j'avais blessé Mandy, mais j'ai vu le sang couler du bras d'Henri, et j'ai entendu son pistolet tomber sur le plancher.

Il a repoussé Mandy violemment, et elle est tombée sur moi. Je me suis dégagé et, quand j'ai voulu m'asseoir, Henri a mis le pied sur mon poignet. Dans son regard, il n'y avait que du mépris.

— Pourquoi ne t'es-tu pas contenté de faire ton travail, Ben ? Si tu avais fait ton travail, nous n'aurions pas ce petit problème. Maintenant, je ne peux plus te faire confiance. Je regrette de ne pas avoir emporté ma caméra.

Il s'est penché, m'a desserré les doigts pour me prendre mon arme, tout doucement. Puis il l'a braquée sur moi, et sur Mandy.

— Bon, qui veut mourir en premier ? Toi ou toi ?

111.

Devant mes yeux, tout est devenu blanc. C'était donc la fin. Amanda et moi allions mourir. Henri m'a enfoncé le canon du revolver dans l'œil droit, et j'ai senti son haleine. Mandy essayait de hurler à travers son bâillon.

— Ta gueule ! a fait Henri.

Elle n'a pas insisté.

Mes yeux se sont embués. La douleur, peut-être, ou un atroce regret. Je ne reverrais jamais Amanda. Elle aussi allait mourir. Notre enfant ne verrait jamais le jour.

Henri a tiré directement dans le tapis, tout près de mon oreille. Je n'entendais plus rien. Puis il m'a attrapé par les cheveux et en aboyant :

— Tu vas l'écrire, ce putain de bouquin, Ben ! Je vais t'appeler tous les soirs, à L.A., et si tu ne décroches pas, je te retrouverai. Tu sais que je le ferai. Et je vous promets, à tous les deux, qu'il n'y aura pas de deuxième chance.

Il a écarté le revolver, a saisi avec son bras valide un sac de sport et une mallette, et il est parti en claquant la porte. Je l'ai entendu dévaler l'escalier.

Je me suis tourné vers Mandy, toujours bâillonnée avec une taie d'oreiller, nouée derrière la nuque. Mes doigts tremblaient tellement que j'ai eu du mal à défaire le nœud. Je l'ai prise dans mes bras et je l'ai bercée gentiment.

— Ça va, ma chérie ? Tu n'as rien ?

Elle sanglotait. Elle était indemne, disait-elle.

— Tu es sûre ?

— Vas-y, m'a-t-elle répondu. Je sais que tu veux le rattraper.

Moi, à quatre pattes, je tâtonnais sous les vieux meubles aux pieds fragiles et ouvragés, dans les replis des tissus.

— Tu sais qu'il le faut, Mandy. Il nous surveille toujours.

J'ai fini par retrouver le Ruger d'Henri sous la commode. J'ai serré la crosse dans ma main, j'ai ouvert la porte – il y avait du sang sur la poignée – et j'ai crié à Mandy que je revenais bientôt.

Cramponné à la rampe, je suis descendu aussi vite que je le pouvais en essayant d'évacuer la douleur qui me vrillait la cuisse. Il fallait que je me dépêche. Je devais tuer Henri, je le savais.

112.

Le ciel était totalement opaque, mais les réverbères et l'immense hôtel du Louvre voisin, toujours complet, donnaient l'impression qu'il faisait encore jour. Le vaste jardin des Tuileries ne se trouvait qu'à quelques centaines de mètres.

Il y avait une sorte de fête foraine, avec des jeux, de grands manèges, des flonflons et tout ce qui va avec. Il était 21 h 30, et les trottoirs étaient envahis de touristes en goguette et de familles dont les rires tonitruants s'ajoutaient aux détonations des pétards et aux coups de klaxon. Cela me rappelait une scène d'un film français que j'avais vu, un jour.

J'ai vu quelques traces de sang, mais la piste s'arrêtait à quelques mètres de l'hôtel. Henri s'était une nouvelle fois volatilisé. Était-il allé se réfugier à l'hôtel du Louvre, ou avait-il eu la chance de trouver un taxi ?

J'étais en train de scruter la foule quand j'ai entendu des sirènes de police. Elles se rapprochaient.

Les coups de feu avaient dû être signalés. Et on m'avait vu courir, une arme à la main.

J'ai dissimulé le Ruger dans une plante verte, devant l'hôtel du Louvre, puis, courageusement, je me suis traîné jusqu'à l'hôtel du Singe Vert où je me suis affalé dans un fauteuil en attendant l'arrivée des agents de police.

J'allais devoir tout expliquer. Henri, et le reste.

Et je me demandais bien ce que j'allais leur dire, aux flics.

113.

Je sentais ma nuque et mes épaules se raidir, mais le hululement des sirènes a dépassé l'hôtel en direction des Tuileries. Une fois certain que ce n'était pas pour moi, j'ai gravi les marches de l'escalier comme un vieillard et j'ai frappé à la porte.

— Mandy, c'est moi. Je suis seul. Tu peux ouvrir.

Mandy avait encore des traces de larmes sur le visage, et des ecchymoses aux coins de la bouche, dues au bâillon. Quand j'ai ouvert les bras, elle est venue se blottir contre moi en sanglotant comme une enfant inconsolable.

Je l'ai serrée bien fort et on a tangué ensemble, comme ça, pendant un bon moment. Puis je l'ai déshabillée, je me suis déshabillé, et je l'ai aidée à se coucher. Je n'ai laissé allumée que la petite lampe de chevet, je me suis glissé sous les draps et j'ai pris Mandy dans mes bras. Le visage contre mon torse, elle se cramponnait à moi. Je lui ai chuchoté :

— Dis-moi quelque chose, chérie. Raconte-moi tout.

Elle a mis un certain temps à répondre.

— Il a frappé à la porte, en disant qu'il avait des fleurs. Il n'y a pas plus bête, comme truc, hein ? Mais moi, je l'ai cru, Ben.

— Il a dit que c'était de ma part ?

— Je crois. Oui.

— Je me demande comment il a fait pour savoir que nous étions ici. Qu'est-ce qui a pu le mettre sur la piste ? Il y a quelque chose qui m'échappe.

— Quand j'ai déverrouillé, il a poussé la porte d'un grand coup de pied et il m'a attrapée.

— Je regrette de ne pas l'avoir tué, Mandy.

— Je ne savais pas qui c'était. Un type en noir. Il m'a tordu les bras dans le dos. Je ne pouvais plus bouger. Il m'a dit... Oh, ça me dégoûte...

Elle s'est remise à pleurer.

— Qu'a-t-il dit ?

— « Je t'aime, Amanda. »

J'écoutais Mandy et, en même temps, j'entendais des échos. Henri m'avait confié avoir *aimé* Kim, avoir *aimé* Julia. Au bout de combien de temps, las d'attendre, déciderait-il de prouver son amour à Mandy en la violant et en l'étranglant avec ses fameux gants bleus ?

— Je suis désolé. Si tu savais comme je suis désolé, j'ai murmuré.

— C'est moi, l'imbécile, Benjy. C'est moi qui suis venue ici. Il est resté là combien de temps ? Trois heures ? C'est à moi de m'excuser. Jusqu'à maintenant, je ne me rendais pas compte de ce que tu avais pu endurer pendant ces trois jours avec lui.

Et elle a de nouveau fondu en larmes. J'ai fait ce que je pouvais pour la calmer, je lui ai répété que tout allait bien se passer.

— Ne te vexe pas, m'a-t-elle répondu avec ce qu'il lui restait de voix. Mais qu'est-ce qui te rend aussi optimiste ?

Je me suis levé, j'ai ouvert mon ordinateur portable et j'ai réservé deux vols pour les États-Unis, dans la matinée.

114.

À minuit, j'étais encore en train de faire les cent pas dans la chambre. J'ai avalé plusieurs comprimés de paracétamol, je suis retourné me coucher, mais impossible de trouver le sommeil. Je n'arrivais même pas à garder les yeux fermés plus de quelques secondes.

La télé était toute petite et pas récente, mais j'ai tout de même réussi à avoir CNN.

J'ai regardé les infos, et j'ai sursauté en entendant la présentatrice annoncer : « La police ne dispose toujours d'aucune piste dans l'affaire du meurtre de Gina Prazzi. Le corps de la jeune femme, héritière du groupe de construction navale Prazzi, a été retrouvé, il y a de cela vingt-quatre heures, dans une chambre du château de Mirambeau, un hôtel de luxe du sud-ouest de la France. »

En voyant s'afficher le visage de Gina Prazzi, j'ai eu l'impression de l'avoir connue intimement. Je l'avais vue passer devant la caméra, dans cette chambre d'hôtel, sans deviner que sa vie allait s'achever.

— Mandy, Mandy, j'ai fait.

Je lui ai secoué le bras, mais elle s'est retournée pour plonger dans un sommeil encore plus profond, à l'abri de sa couette.

La déclaration du capitaine de police était traduite et résumée sur un bandeau défilant. Gina Prazzi avait pris seule une chambre au château de Mirambeau, mais selon les femmes de ménage, cette chambre avait été occupée par deux personnes. Elles n'avaient vu personne d'autre. Pour l'instant, les responsables de l'enquête ne souhaitaient pas faire d'autres déclarations.

Cela me suffisait. Je savais déjà ce qui s'était passé, mais je venais d'apprendre que Gina Prazzi n'était pas un pseudonyme.

Sur quels autres points Henri m'avait-il menti ? Pour quelles raisons ? Pourquoi m'avoir dit la vérité en la masquant ?

Puis j'ai entendu la présentatrice annoncer : « Ce matin, à Amsterdam, aux Pays-Bas, une jeune femme a été retrouvée assassinée. Pour les criminologues internationaux, ce drame présente de troublantes similitudes avec le meurtre de deux autres jeunes femmes à la Barbade, et celui de deux célèbres mannequins de nationalité américaine à Hawaii, il y a deux mois. »

J'ai monté le son et vu apparaître plusieurs portraits. Sara Russo, Wendy Emerson, Kim McDaniels, Julia Winker, et une jeune fille du nom de Mieke Helsloot.

« Mieke Helsloot, âgée de vingt-cinq ans, était la secrétaire d'un architecte bien connu, Jan Van der Heuvel, qui participait à une réunion à Copenhague au moment du meurtre. Nous avons rencontré Jan Van der Heuvel il y a quelques instants. »

Ce nom m'était familier.

On voyait Jan Van der Heuvel quitter son hôtel, valise à la main. Une nuée de journalistes l'attendait au pied d'un escalier. Devant les micros, cet homme d'une quarantaine d'années, aux cheveux gris et au visage anguleux, paraissait réellement choqué. Il avait visiblement peur.

« Je viens d'apprendre cette horrible nouvelle, et je suis sous le choc. Je suis effondré. Mieke Helsloot était une jeune femme irréprochable et je ne vois pas qui aurait pu lui vouloir du mal. C'est un jour terrible. Mieke devait se marier prochainement. »

Henri m'avait dit que Jan Van der Heuvel était le pseudonyme d'un autre membre de l'Alliance, celui qu'il surnommait « le Hollandais ». C'était lui qui avait rejoint Henri et Gina au cours de leur virée sur la Côte d'Azur.

Un jour après le meurtre de Gina Prazzi, sa secrétaire venait à son tour d'être assassinée.

Si je n'avais pas été flic dans une autre vie, je n'aurais peut-être vu là qu'une coïncidence. Les deux jeunes femmes ne se ressemblaient pas. Elles avaient été tuées à des centaines de kilomètres de distance. Mais pour moi, elles représentaient deux repères supplémentaires sur un plan, elles s'inscrivaient dans un même schéma.

Henri aimait Gina Prazzi, et il l'avait tuée. Il haïssait Jan Van der Heuvel. Peut-être avait-il également voulu le tuer.

Et si, faute de pouvoir le tuer parce qu'il ignorait qu'il se trouvait au Danemark ce jour-là, il s'en était pris à sa secrétaire ?

115.

Quand je me suis réveillé, le soleil était déjà en train de s'introduire dans la chambre par une petite fenêtre. Couchée sur le côté, Amanda me tournait le dos. En la voyant, comme ça, avec sa longue chevelure noire répandue sur l'oreiller, j'ai de nouveau senti la colère monter en moi. Je pensais à Henri, le visage grimé, pointant son arme sur elle. Aux yeux d'Amanda, écarquillés de terreur...

Pour l'instant, peu m'importaient les motivations d'Henri, ses projets, l'importance qu'il attachait à sa biographie ou les signes semblant indiquer qu'il partait en vrille.

Une seule chose comptait, pour moi : je devais protéger Mandy. Et le bébé.

J'ai attrapé ma montre. Il était presque 7 h 30. J'ai secoué doucement Mandy, qui a immédiatement ouvert les yeux. Elle a eu un instant de frayeur avant de me reconnaître et de se détendre.

— J'ai cru un moment que...

— Que c'était un rêve.

— Oui.

J'ai posé ma tête sur son ventre. Elle m'a caressé les cheveux.

— C'est le bébé, que j'entends ?

— Idiot. J'ai faim, c'est tout.

J'ai imaginé qu'elle s'exprimait au nom du bébé. Les mains en porte-voix, j'ai fait : « Ho-ho, bout de chou, tu m'entends ? C'est ton papa. » Comme si notre minuscule combinaison génétique pouvait m'entendre...

Mandy a éclaté de rire, ce qui me réjouissait, mais une fois sous la douche, loin de son regard, j'ai commencé à pleurer. Si seulement j'avais tué Henri quand je le tenais en joue. Si seulement. Tout serait fini.

J'ai payé la note en gardant Mandy contre moi, puis j'ai hélé un taxi et j'ai demandé au chauffeur de nous conduire à l'aéroport Charles-de-Gaulle.

— Ne me dis pas que nous rentrons à Los Angeles ? s'est-elle étonnée.

— Je n'ai pas dit ça.

— Que fait-on, alors ?

Je lui expliqué ce que j'avais décidé, j'ai inscrit au dos de ma carte de visite quelques noms et numéros de téléphone. Quelqu'un viendrait la chercher à son arrivée. Elle m'a écouté, sans protester, cette fois, quand je lui ai dit qu'elle ne pourrait pas m'appeler ni m'envoyer de mails, rien. Qu'elle devait se reposer et manger sainement.

— Si tu t'ennuies, pense à la robe que tu vas mettre.

— Tu sais bien que je ne porte jamais de robe.

— Tu feras peut-être une exception.

J'ai sorti un stylo et, sur son annulaire gauche, j'ai dessiné une bague avec un gros diamant étincelant.

— Amanda Diaz, je t'aime à la folie. Est-ce que tu veux m'épouser ?

— Ben.

— Toi et le petit, vous êtes d'accord pour qu'on se marie ?

Les larmes qui sillonnaient nos joues étaient des larmes de joie, pour une fois. Elle m'a pris par le cou en murmurant « oui, oui, oui », et en me jurant qu'elle n'effacerait la bague que j'avais dessinée sur son doigt que lorsqu'elle aurait la vraie.

À l'aéroport, nous nous sommes offert un petit déjeuner à la française, avec café au lait et croissants au chocolat, et quand on a annoncé le vol de Mandy, je l'ai accompagnée aussi loin que je l'ai pu. Je l'ai prise dans mes bras et elle a commencé à sangloter contre ma poitrine jusqu'à ce que je me mette à pleurer, moi aussi. Que pouvait-il y avoir de plus angoissant que l'idée de perdre l'être auquel on tient le plus ?

Je n'ai pas arrêté d'embrasser Mandy, en faisant attention à ne pas lui faire mal. Si l'amour avait le moindre poids, dans ce monde, elle s'en sortirait sans dommage. Notre bébé aussi. Et j'allais bientôt les retrouver.

Aussitôt, tel un coup de lance, l'autre éventualité m'a traversé l'esprit. Peut-être ne reverrais-je jamais Amanda. C'était peut-être la fin de notre histoire.

Je me suis séché les yeux de la paume des mains, et j'ai regardé Mandy passer la sécurité. Elle s'est retournée pour me faire un petit signe et m'envoyer des baisers.

Quand elle a disparu, je suis reparti, j'ai pris un taxi jusqu'à la gare du Nord, où m'attendait un TGV à destination d'Amsterdam.

116.

Quatre heures plus tard, je débarquais à la Centraal Station d'Amsterdam et j'appelais Jan Van der Heuvel d'une cabine publique. Je l'avais déjà contacté avant mon départ en lui disant que je voulais le rencontrer aussi vite que possible. Quand il m'a redemandé ce que ce rendez-vous pouvait avoir d'urgent, je lui ai simplement répondu : « Henri Benoit m'a envoyé une vidéo. Je pense que vous devriez la voir. »

Il y a eu un long silence, au terme duquel Van der Heuvel m'a indiqué un pont sur le Keizergracht, à quelques rues de la gare.

Je l'ai trouvé planté près d'un réverbère, en train de contempler le canal. Grâce aux images de CNN, je l'avais reconnu facilement.

Aujourd'hui, il portait un élégant costume de gabardine gris, et une cravate anthracite aux reflets soyeux. Il avait le visage sec, et la raie, dans ses cheveux, semblait avoir été tracée au couteau.

Je lui ai dit que j'étais journaliste, à Los Angeles.

Il a mis un certain temps à me répondre.

— Comment avez-vous connu Henri ?

— Je suis en train d'écrire l'histoire de sa vie. Son autobiographie. Henri me l'a commandée.

— Vous l'avez rencontré ?

— Oui, effectivement.

— Tout cela me surprend beaucoup. Il vous a donné mon nom ?

— Dans l'édition, ce genre de livre s'appelle un *tell-all*. Henri m'a tout raconté.

Van der Heuvel semblait très mal à l'aise, dans la rue. Il jaugeait mon look, se demandait s'il devait prolonger l'entretien.

— Je peux vous accorder un peu de mon temps. Mes bureaux sont tout proches. Venez.

Je l'ai suivi de l'autre côté du pont, jusqu'à une belle demeure de quatre étages. Nous étions visiblement dans un quartier résidentiel des plus chics. Il a ouvert la porte, m'a fait signe de passer devant. En montant au quatrième, j'ai repris espoir.

Van der Heuvel était un grand pervers. En tant que membre de l'Alliance, il était coupable de nombreux meurtres, comme s'il les avait commis de ses propres mains, mais aussi ignoble fût-il, j'avais besoin de son soutien. Il fallait donc que je maîtrise ma colère, que je ne laisse rien paraître.

S'il pouvait me mener à Henri Benoit, j'aurais une nouvelle occasion de mettre ce monstre hors d'état de nuire.

Et cette fois, je ne la laisserais pas passer.

Van der Heuvel m'a fait traverser son studio, un immense espace de bois blond et de verre, inondé de soleil. Il m'a proposé un fauteuil qui n'avait pas l'air très confortable, face à sa grande table à dessin, près des hautes fenêtres.

— Qu'Henri veuille vous confier l'histoire de sa vie, voilà qui est drôle, m'a-t-il fait. J'imagine les mensonges qu'il doit raconter.

— Dites-moi si vous trouvez ça drôle.

J'ai allumé mon ordinateur, je l'ai tourné vers lui et j'ai cliqué sur la flèche PLAY pour qu'il puisse voir les dernières minutes de la vie de Gina Prazzi.

À mon avis, ce film, il ne l'avait jamais vu, et pourtant il a gardé la même expression. Il a juste dit :

— Ce qui est drôle, c'est que je pense qu'il l'aimait vraiment.

Une fois la vidéo terminée, Van der Heuvel m'a regardé.

— Avant d'écrire, j'étais flic, lui ai-je précisé. Je pense qu'Henri est en train de faire le ménage. Il tue toutes les personnes qui le connaissent. Aidez-moi à le retrouver, monsieur Van der Heuvel. Si vous tenez à la vie, je suis votre meilleur atout.

117.

Van der Heuvel tournait le dos aux fenêtres, et son ombre s'étirait sur la table en bois blond. La lumière de l'après-midi dessinait un halo autour de son visage.

Il a sorti d'un tiroir un paquet de cigarettes, m'en a proposé une, a allumé la sienne.

— Si je savais comment le trouver, ce ne serait plus un problème, mais Henri est passé maître dans l'art de disparaître. Je ne sais pas où il est, et je ne l'ai jamais su.

— Il faut qu'on y réfléchisse ensemble, qu'on lance des idées. Il y a forcément quelque chose que vous savez et qui peut me conduire à lui. Je sais qu'il a été détenu en Irak, mais Brewster-North est une société privée extrêmement hermétique, une vraie salle des coffres. Je sais également qu'il a un ami faussaire à Beyrouth, mais sans le nom de cet homme...

— Ah, non, là, c'est trop.

Et Van der Heuvel a éclaté de rire. Un rire terrible, parce que sincère. Il me trouvait comique.

— C'est un psychopathe. Vous ne comprenez donc rien à cet homme ? C'est un mythomane narcissique, qui passe son temps à mentir. Il n'est jamais allé en Irak et le faussaire, c'est lui et lui seul. Il faut que vous saisissiez, monsieur Hawkins, que c'est pour vous qu'Henri s'est inventé une vie plus romanesque. Il vous balade comme un petit chien et...

— Ça suffit ! (Je me suis levé d'un bond, j'ai tapé sur la table.) Épargnez-moi vos conneries ! Je suis venu ici pour retrouver Henri et je me fous pas mal de vous, de Horst Werner, de Raphael dos Santos et autres tarés pathétiques. Si vous ne pouvez pas m'aider, je n'aurai pas le choix. J'irai voir les flics et je leur donnerai tout ce que j'ai.

Van der Heuvel, toujours hilare, m'a conseillé de me calmer et de me rasseoir. J'étais abasourdi. Était-ce là l'explication que je cherchais ? Henri voulait-il faire ce livre uniquement pour enjoliver l'histoire de sa vie ?

Le Hollandais a ouvert son ordinateur portable.

— J'ai reçu un mail d'Henri il y a deux jours. Le premier qu'il m'ait envoyé directement. Il voulait me vendre un film. Je crois que c'est celui que je viens de voir gratuitement. Vous dites que nous, nous ne vous intéressons pas ?

— Je me fiche pas mal de vous. C'est Henri, que je veux. Il m'a menacé de mort. Moi, et ma famille.

— Voilà qui facilitera peut-être votre enquête.

Tout en pianotant sur son clavier, il m'a expliqué :

— Henri Benoit, comme il se fait appeler, était un monstre dès son plus jeune âge. Il y a trente ans, il a étranglé sa petite sœur dans son berceau. Ce n'était qu'un nourrisson et lui, il avait à peine six ans.

J'étais sous le choc. Et Van der Heuvel qui opinait, sourire aux lèvres. Qui secouait la cendre de sa cigarette en m'assurant que tout cela était vrai.

— Un petit garçon, mignon comme tout, avec de bonnes joues et de grands yeux. Il a assassiné un bébé. Les médecins ont diagnostiqué une personnalité psychopathe. Tous les symptômes étaient présents, ce qui est très rare chez un enfant. On l'a envoyé dans un hôpital psychiatrique, la Clinique du Lac, à Genève.

— Existe-t-il des traces écrites de tout cela ?

— Absolument. J'ai fait ces recherches lorsque je l'ai rencontré. Selon le médecin-chef de la clinique, le Dr Carl Obst, l'enfant a énormément appris durant ses douze années d'internement. Il a appris à imiter les gens, bien entendu. Il a appris plusieurs langues et un métier. Il est devenu imprimeur.

Si Van der Heuvel disait vrai, voilà qui expliquait la facilité avec laquelle Henri pouvait endosser des personnages différents, contrefaire des papiers, se volatiliser comme bon lui semblait.

— Libéré à l'âge de dix-huit ans, notre petit camarade a commis un certain nombre de meurtres gratuits et de braquages, histoire de s'occuper. Il a même volé une Ferrari, et je ne sais quoi d'autre encore. Quand il a fait la connaissance de Gina, il y a quatre ans, il a cessé de vivre d'expédients.

Le Hollandais m'a alors raconté que Gina « adorait Henri » et que celui-ci s'était ouvert à elle, lui avait parlé de ses fantasmes sexuels, lui avait avoué s'être livré à des actes d'une extrême violence. Il lui avait dit, également, vouloir gagner beaucoup d'argent.

— C'est Gina qui a eu l'idée de faire travailler Henri pour divertir notre petit groupe, et Horst a approuvé le projet.

— Et c'est là que vous êtes entré en scène.

— Euh, oui. C'est Gina qui nous a présentés.

— Henri m'a dit que vous étiez resté assis dans un coin pour regarder.

Van der Heuvel m'a observé comme si j'étais un insecte exotique et qu'il se demandait s'il allait m'écraser ou me mettre sous verre.

— Encore un mensonge, Hawkins. Je lui ai défoncé le cul et il a couiné comme une petite fille. Mais voici ce que vous devez savoir, parce que c'est la vérité. Ce n'est pas nous qui avons fait d'Henri ce qu'il est. Nous nous sommes contentés de lui donner à manger.

118.

Les doigts de Van der Heuvel recommençaient à courir sur le clavier.

— Jetez donc un œil là-dessus. Un cadeau, entre vous et moi. Je vais vous montrer comment le jeune homme a évolué.

Manifestement ravi, il a tourné l'écran vers moi.

J'ai alors vu défiler des images extraites de films vidéo. Des femmes ligotées, torturées, décapitées.

J'avais à peine le temps de comprendre ce que je voyais. Tout en fumant tranquillement sa cigarette, Van der Heuvel agrémentait son diaporama de commentaires affligeants. Jamais je n'aurais imaginé voir de telles horreurs.

J'en avais le vertige. Je commençais à me dire que Van der Heuvel et Henri ne faisaient peut-être qu'une seule et même personne, et j'éprouvais autant de haine pour l'un que pour l'autre. Ce Néerlandais était une merde infâme, et j'aurais aimé le tuer. Peut-être aurais-je même pu le faire sans rien risquer.

Hélas, j'avais besoin de lui.

— Au début, j'ai cru qu'il s'agissait de simulations, m'a-t-il dit, mais lorsqu'il s'est mis à couper des têtes, évidemment, j'ai compris. Depuis un peu moins d'un an, il a choisi d'écrire lui-même ses scénarios. Il avait pris la grosse tête, il devenait trop gourmand.

» Il finissait par représenter un danger. Et comme il me connaissait et qu'il connaissait Gina, mettre un terme à sa participation n'était pas simple.

Van der Heuvel a exhalé quelques volutes de fumée avant de poursuivre.

— La semaine dernière, Gina a pris une décision : elle allait lui demander d'arrêter en achetant son silence, moyennant une certaine somme d'argent. Et s'il n'acceptait pas, elle le ferait disparaître. Manifestement, elle l'a sous-estimé. Elle ne m'a jamais dit de quelle manière elle le contactait, et donc je vous le répète, monsieur Hawkins, et c'est la vérité : je n'ai pas la moindre idée de l'endroit où se trouve Henri.

— Mais c'est bien Horst Werner qui le paie, non ? Dites-moi où je peux trouver Werner.

Van der Heuvel a éteint sa cigarette. Son visage s'était assombri. Il m'a répondu avec gravité, en soulignant chaque mot :

— Monsieur Hawkins, s'il y a bien quelqu'un que vous devez éviter, c'est Horst Werner. Dans le cas qui vous concerne, la bio d'Henri ne va pas lui plaire. Je suis très sérieux. Ne la communiquez à personne. Effacez tout ce qu'il y a sur votre ordinateur, effacez vos enregistrements. Ne parlez de l'Alliance ni de ses membres à personne. Écoutez bien mon conseil, votre vie en dépend.

Il était trop tard pour que je formate mon disque dur. J'avais déjà envoyé la transcription de mes entretiens avec Henri et le synopsis du livre à Zagami, à New York. Mon texte avait été photocopié, transmis à toutes les personnes chargées de travailler sur le manuscrit, ainsi qu'aux avocats de Raven-Wofford.

Et les noms des membres de l'Alliance y étaient régulièrement mentionnés.

J'y suis allé au culot.

— Si Werner veut bien m'aider, je l'aiderai.

— Vous êtes vraiment obtus, Hawkins. Écoutez ce que je vous dis. Écoutez-moi bien : Horst Werner est puissant, il a le bras long et c'est un dur. Il peut vous retrouver où que vous soyez. Vous m'avez entendu, Hawkins ? N'ayez pas peur d'Henri, notre petit jouet mécanique.

» Ayez plutôt peur d'Horst Werner.

119.

Van der Heuvel a mis sèchement un terme à notre entretien et m'a congédié en prétendant qu'il avait un avion à prendre.

Mon crâne me faisait l'effet d'une cocotte-minute sur le point d'exploser. Je devais à présent affronter une double menace, mener la guerre sur deux fronts : si je n'écrivais pas ce livre, Henri me tuerait.

Si je l'écrivais, Werner me tuerait.

J'étais toujours à la recherche d'Henri mais, dans l'immédiat, il fallait que j'empêche Van der Heuvel de contacter Horst Werner et de lui parler de moi et de la biographie d'Henri.

J'ai sorti de ma mallette le Ruger d'Henri et je l'ai pointé sur le Hollandais. D'une voix éraillée par le stress – je n'avais toujours pas évacué ma peur, ni ma colère –, j'ai lancé à Van der Heuvel :

— Vous vous rappelez, quand je vous ai dit que je me fichais de vous et de l'Alliance ? En fait, j'ai changé d'avis. Je ne m'en fiche pas du tout. Loin de là.

Il m'a dévisagé, l'œil noir.

— Monsieur Hawkins, si vous tirez sur moi, vous passerez le restant de vos jours en prison. Et pendant ce temps, Henri, lui, vivra dans le luxe, quelque part sur la planète.

— Déshabillez-vous, lui ai-je rétorqué en relevant mon arme. Enlevez votre veste, et tout le reste.

— À quoi jouez-vous, Hawkins ?

— Moi aussi, j'aime bien regarder. Maintenant, fermez-la, et enlevez tous vos vêtements. La chemise, les chaussures, le pantalon, je ne veux plus voir un bout de tissu.

— Vous êtes vraiment un imbécile, a-t-il grommelé en s'exécutant. Qu'est-ce que vous avez sur moi ? Des photos de cul sur mon ordinateur ? On est à Amsterdam, ici. Nous ne sommes pas coincés comme vous, les Américains. Vous ne pouvez pas m'impliquer dans quoi que ce soit. Vous m'avez vu, dans ces vidéos ? Je ne pense pas.

Je l'ai gardé en joue, en tenant mon arme des deux mains. Quand il s'est retrouvé à poil, je lui ai dit de se mettre face au mur. Et là, je lui ai donné un bon coup de crosse sur le crâne, comme l'avait fait, à mes dépens, Henri.

Pendant qu'il gisait au sol, inconscient, je suis allé chercher sa cravate, au milieu des vêtements posés sur la chaise, pour lui ligoter les poignets dans le dos.

Son ordinateur était connecté à Internet. Il ne m'a fallu que quelques secondes pour envoyer, à ma propre adresse mail, les vidéos d'Henri Benoit. Quoi d'autre ?

Il y avait une boîte de marqueurs sur le bureau. J'en ai glissé un dans ma poche.

Puis j'ai fait le tour des lieux. Un appartement immaculé, qui occupait tout l'étage. Cet homme soignait son intérieur. Il possédait des choses magnifiques. Des livres rares, des esquisses, des photographies. Son placard ressemblait à un musée de la confection. Qu'un type à ce point méprisable et immonde puisse mener une vie aussi fastueuse, aussi insouciante, me révoltait.

Je suis allé dans la cuisine, qui semblait sortir tout droit d'un magazine de décoration, et j'ai allumé les brûleurs.

J'ai jeté des torchons de vaisselle et des cravates de grands couturiers sur le feu, et quand les flammes ont atteint le plafond, l'extincteur automatique s'est déclenché.

J'ai entendu une sonnerie d'alarme dans l'escalier, et j'étais prêt à parier qu'au même instant, l'alerte était donnée dans une caserne voisine.

Tandis que l'eau inondait les beaux parquets, je suis retourné dans le séjour pour embarquer les deux portables, le mien et celui du Hollandais.

Puis j'ai giflé Van der Heuvel, j'ai hurlé son nom, je l'ai forcé à se relever.

— Debout ! Et vite !

Ignorant ses questions, je l'ai poussé dans l'escalier, jusqu'au-dehors. Des rouleaux de fumée s'échappaient déjà des fenêtres et comme je l'espérais, des dizaines de badauds s'étaient déjà attroupés autour de la maison. Des hommes et des femmes sortant des bureaux, des personnes âgées, des enfants, souvent à bicyclette, puisque les vélos sont mis gratuitement à la disposition des habitants d'Amsterdam.

J'ai forcé Van der Heuvel à s'asseoir sur le trottoir et avec le marqueur, j'ai écrit sur son front : ASSASSIN.

Il en appelait à la foule, d'une voix stridente. Il suppliait les passants, mais le seul mot que j'étais capable de comprendre était « police ». Les gens sortaient leurs téléphones portables et composaient des numéros.

Des sirènes se rapprochaient, et j'avais envie de hurler avec elles. Le pistolet toujours braqué sur l'architecte, j'ai attendu l'arrivée de la police.

Dès que j'ai aperçu les policiers néerlandais, j'ai posé le Ruger sur le trottoir et j'ai pointé l'index sur le front de Van der Heuvel.

120.

La Suisse.

Il y avait deux flics devant moi, et j'étais seul à l'arrière. Nous foncions vers Wengen, une pittoresque petite ville des Alpes, à l'ombre du Matterhorn.

La route était verglacée, sinueuse. Accroché à la poignée, penché en avant, je regardais droit devant moi. Je n'avais pas peur de voir la voiture plonger dans le vide. J'avais peur que nous arrivions trop tard chez Horst Werner.

L'ordinateur de Van der Heuvel avait craché la liste de ses contacts. J'avais communiqué aux enquêteurs sa sinistre vidéothèque, ainsi que les transcriptions des entretiens avec Henri enregistrés dans la caravane, en leur expliquant les liens existant entre Henri Benoit, tueur en série professionnel, et ses employeurs.

Les flics exultaient.

Henri avait laissé derrière lui, en Europe, en Amérique et en Asie, une piste sanglante jalonnée de dizaines de crimes épouvantables, qu'ils n'avaient réussi à reconstituer qu'après les meurtres des deux jeunes femmes à la Barbade. Les policiers suisses se montraient optimistes ; en faisant suffisamment pression sur Horst Werner, ils le contraindraient à lâcher Henri.

Tandis que nous filions vers la villa de Werner, dans le monde entier, des équipes étaient en train de procéder à l'interpellation des autres membres de l'Alliance. J'aurais dû savourer mon triomphe, mais je paniquais complètement.

J'avais appelé des amis, mais il n'y avait pas de téléphone à l'endroit où se trouvait Amanda et j'en étais donc quitte pour patienter plusieurs heures encore, voire plusieurs jours, avant de savoir si elle allait bien. Si, à en croire Van der Heuvel, Henri n'était que le jouet de l'Alliance, j'avais, aujourd'hui plus que jamais, la preuve que le personnage était avant tout cruel, plein de ressource et doté d'un terrible appétit de vengeance. Et je commençais enfin à comprendre pourquoi il m'avait recruté pour écrire son livre : il voulait faire tomber les membres de l'Alliance, ceux qui tiraient les ficelles. Une fois débarrassé d'eux, il changerait une nouvelle fois d'identité et mènerait sa vie comme bon lui semblerait.

Quand la lourde voiture a freiné, les roues ont dérapé sur le verglas et les gravillons et nous nous sommes arrêtés à trente centimètres d'un mur de pierre, l'enceinte de ce qui ressemblait à une véritable forteresse bâtie à flanc de montagne.

Claquements de portières, crachotements de radios. Autour de nous, des dizaines d'hommes appartenant à une unité spéciale se préparaient à intervenir. Ils portaient des tenues de protection et disposaient d'un armement impressionnant : armes automatiques, lance-grenades et un équipement high-tech que j'étais incapable d'identifier.

À une cinquantaine de mètres de nous, à l'angle de la villa, dans le parc enneigé, une fenêtre a volé en éclats et des coups de feu ont retenti. Les forces de l'ordre ont aussitôt riposté. J'entendais déjà les grenades exploser à l'intérieur de la demeure.

Couverts par leurs collègues, une douzaine d'hommes ont donné l'assaut et au même instant, avec un grondement sourd, une énorme plaque de neige s'est détachée du flanc de la montagne, derrière la bâtisse. J'entendais des cris en allemand, des tirs d'armes légères. Je voyais déjà, en guise d'épilogue, le cadavre de Horst Werner ressortir sur une civière.

Werner mort, comment ferions-nous pour retrouver Henri ?

Quand la lourde porte d'entrée s'est enfin ouverte, les hommes plaqués contre le mur extérieur, de part et d'autre, ont braqué leurs armes.

Et là, je l'ai vu.

Horst Werner, la terreur, le dur, l'homme au bras long que je devais éviter à tout prix, est sorti de son blockhaus. Le torse massif, avec un petit bouc et des lunettes à monture d'or, sans bords, il portait un manteau bleu. Même les mains sur la tête, il avait un port assuré, que j'aurais qualifié de « militaire ».

C'était lui, le grand ordonnateur pervers, le maître-voyeur, l'assassin des assassins, le Magicien d'un pays d'Oz ignoble et dévoyé.

Il était en vie, et en état d'arrestation.

121.

Horst Werner a été poussé à l'intérieur d'un véhicule blindé, encadré de plusieurs policiers suisses. Je suis monté dans un autre véhicule avec deux enquêteurs d'Interpol. Un peu plus d'une heure plus tard, à Berne, l'interrogatoire commençait.

J'ai eu l'autorisation d'y assister depuis une pièce d'observation contiguë.

Werner attendait son avocat, le visage en sueur. Je savais qu'on l'avait installé sur une chaise dont les pieds de devant étaient plus courts que ceux de derrière, qu'on avait poussé le chauffage, et que le capitaine Voelker, chargé de l'interroger, n'obtenait pas grand-chose.

Un jeune officier de police, derrière moi, faisait la traduction.

— Herr Werner dit : « Je ne connais pas Henri Benoit. Je n'ai tué personne ! Je regarde mais je ne fais rien. »

Le capitaine Voelker s'est brièvement absenté pour revenir avec un CD et un ordinateur portable. Il s'est adressé à Werner. Mon interprète m'a expliqué que ce disque avait été retrouvé dans un lecteur, et que la police avait également mis au jour une cache renfermant d'autres disques. Quand Voelker a inséré le disque, j'ai vu le visage de Werner se contracter.

Qu'y avait-il, sur cet enregistrement ? Le meurtre de Gina Prazzi ? Un autre assassinat signé Henri ?

J'ai déplacé ma chaise pour pouvoir voir l'écran, et j'ai retenu mon souffle.

J'ai vu un homme, tête baissée. Je ne distinguais que le haut de son corps, jusqu'au milieu de la poitrine. Il a relevé la tête, le visage ensanglanté, tuméfié, et a détourné son regard de la caméra.

Il devait avoir une trentaine d'années. Aucun trait caractéristique.

J'ai compris que j'assistais à une autre sorte d'interrogatoire. La tension était presque palpable. Puis une voix, hors-champ, a fait : « Henriiii, réponds. »

J'ai failli sursauter. Était-ce lui ? Henri avait-il été enfin capturé ?

« Je ne m'appelle pas Henri, a répondu le prisonnier. Je m'appelle Antoine Pascal. Il y erreur sur la personne.

— Ce n'est pourtant pas difficile à dire, Henri. Dis-le, et nous te laisserons peut-être partir.

— Je vous le répète, je ne suis pas Henri. Mes papiers sont dans ma poche. Regardez dans mon portefeuille. »

L'homme qui posait les questions est enfin entré dans le champ. Entre vingt et trente ans, cheveux châtains, et une toile d'araignée tatouée sur la nuque, qui débordait sur la joue gauche. Il a ajusté l'objectif pour élargir le cadre. C'était une pièce nue, aveugle, avec une ampoule au plafond pour tout éclairage. Le détenu était ligoté à une chaise.

« D'accord, Antoine, a poursuivi l'homme tatoué. On a vu tes papiers et on admire tes dons de caméléon, mais ce petit jeu commence à me fatiguer. Dis-le, ou ne le dis pas. Je compte jusqu'à trois. »

Il tenait à la main un grand couteau de chasse à lame crantée, avec lequel il s'est tapé la cuisse tout en égrenant les chiffres.

« Le temps est écoulé. Je crois que c'est ce que tu as toujours voulu, Henri. Connaître ce bref instant qui sépare la vie de la mort. Exact ? »

La voix de l'otage m'était familière, tout comme ces yeux gris pâle. C'était bien Henri. J'en avais à présent la certitude.

Horrifié, j'ai compris ce qui allait se passer. J'aurais voulu crier quelque chose à Henri, exprimer une émotion dont le sens m'échappait.

Je m'étais préparé à le tuer moi-même, mais je ne pouvais pas faire ça. Je ne pouvais pas assister à ce genre de mise à mort.

Henri a craché en direction de la caméra. L'homme tatoué l'a attrapé par les cheveux et lui a tendu le cou.

« Dis-le ! »

Et là, en quatre mouvements puissants, il lui a cisaillé la nuque. Il l'a décapité. C'est tout juste si Henri a eu le temps de hurler.

Le sang s'est mis à gicler partout. Sur Henri, sur son bourreau, sur l'objectif de la caméra.

« Heeenriiii. Henri. Tu m'écoutes ? »

L'exécuteur brandissait la tête face à la caméra.

Je me suis écarté de la vitre, sans cesser de fixer l'écran. J'avais l'étrange impression qu'Henri me regardait. Il avait les yeux encore ouverts. Et je l'ai vu faire un clin d'œil. Oui, un clin d'œil.

Le bourreau s'est incliné devant la caméra, le menton dégoulinant de sueur et de sang, et a demandé, avec un sourire satisfait : « Alors, tout le monde est content ? »

122.

Au bord de la nausée, je tremblais, je transpirais horriblement. Même si, au fond de moi-même, je devais être soulagé, les circonstances de la mort d'Henri me révoltaient. La scène atroce à laquelle je venais d'assister resterait à jamais gravée dans ma mémoire.

Dans le silence de la salle d'interrogatoire, j'ai vu Horst Werner, toujours imperturbable, lever les yeux et arborer un beau sourire. Un homme en costume sombre est entré et a posé la main sur son épaule.

Confirmation de l'interprète : c'était bien l'avocat de Werner.

L'échange entre l'avocat et le capitaine Voelker s'est révélé aussi vif que bref. Résultat des courses : à l'heure actuelle, la police ne disposait pas d'éléments suffisants pour écrouer Horst Werner.

Consterné, j'ai regardé cette ordure ressortir libre en compagnie de son avocat.

Le capitaine Voelker m'a rejoint peu après dans la salle d'observation pour m'annoncer, d'un ton très emphatique, que les choses n'en resteraient pas là. Il avait déjà obtenu les commissions rogatoires nécessaires pour examiner ses relevés téléphoniques et bancaires. Dans le monde entier, les membres de l'Alliance allaient être interpellés et Werner serait bientôt incarcéré, pour de bon, cette fois. Ce n'était qu'une question de temps. Interpol et le FBI étaient sur l'affaire.

Je suis ressorti des bureaux de la police suisse les jambes flageolantes, mais il faisait jour, et l'air était délicieusement pur. Une limousine m'attendait pour me conduire à l'aéroport. J'ai dit au chauffeur de faire vite. Il a démarré, a remonté la vitre de séparation, mais s'est bien gardé de dépasser les limites de vitesse.

Moi, j'entendais encore Van der Heuvel me répéter que je devais avoir peur de Horst Werner. Et j'avais peur. Il apprendrait que j'avais transcrit les confessions d'Henri, et celles-ci constituaient une preuve recevable contre lui et les Voyeurs. J'avais pris la place d'Henri, j'étais devenu LE témoin, celui qui pouvait faire condamner Werner et ses complices pour meurtres.

J'aurais voulu pouvoir passer d'un continent à l'autre en quelques secondes.

— Plus vite ! Roulez plus vite ! criai-je au chauffeur en frappant sur la vitre.

Il fallait que je rejoigne Amanda, que ce soit en avion, en hélicoptère ou à dos de mule, peu importe.

Il fallait que j'arrive le premier. Nous devions nous barricader et rester cachés, aussi longtemps qu'il le faudrait.

Je savais ce que Horst Werner nous ferait s'il nous retrouvait.

Je le savais.

Et je ne cessais de m'interroger. Henri était-il vraiment mort ?

Ce que je venais de voir, dans les bureaux de la police suisse, ce battement de paupière, était-ce un clin d'œil ? Cet enregistrement n'était-il qu'une mise en scène destinée à nous mener en bateau ?

— Plus vite !

Postface de Benjamin Hawkins

Lettre à mes lecteurs

Lorsque cet ouvrage est sorti, ses ventes ont largement dépassé les attentes de mon éditeur, mais jamais je n'aurais imaginé un tel succès planétaire, ni que j'en serais réduit à vivre dans une cabane à flanc de montagne, dans un pays qui n'est pas le mien.

D'aucuns diront que j'ai joué avec le feu... Je leur répondrai que je me suis brûlé, certes, mais d'une manière qui était imprévisible.

Je suis avec Amanda, l'amour de ma vie, qui s'est vite adaptée à la beauté magique et à la solitude de notre nouvelle vie. Bilingue, elle m'a appris à pratiquer une autre langue, et à faire la cuisine. Dès notre arrivée, nous avons planté un potager et pris l'habitude de faire une longue marche, chaque semaine, jusqu'à un charmant petit village où nous nous procurons du pain, du fromage et d'autres victuailles.

Nous nous sommes mariés dans ce même village, dans une minuscule église bâtie par des mains pieuses, bénis par un prêtre et une paroisse qui nous ont adoptés. C'est ici que notre petit bout de chou sera baptisé. J'ai hâte de voir sa tête. Notre fils.

Mais de quels droits jouira-t-il ? Quelles promesses pourrai-je lui faire ?

La première fois que j'ai vu le 4 × 4 gravir la ravine qui descend dans la vallée, j'ai armé mon épouse et aligné mon petit arsenal sur la table, près de la fenêtre.

C'était en fait un coursier auquel mon éditeur avait fait appel pour m'apporter du courrier et des nouvelles du monde. Après avoir fouillé le chauffeur, je l'ai laissé repartir et j'ai lu tout ce que Zagami m'avait envoyé. J'ai appris que les Voyeurs avaient tous été arrêtés, que tous seraient jugés pour meurtre et tentative de meurtre en bande organisée, ainsi que quelques chefs d'inculpation moins graves, et qu'ils passeraient le restant de leurs jours derrière les barreaux.

De temps à autre, je pense à Horst Werner et je n'arrive plus à me le sortir de la tête. Je pense à son pouvoir, à la violence dont il est capable. Son procès s'éternise, mais je me dis qu'au moins, je sais où il est.

Et ensuite, je pense à Henri.

Les images de sa mort défilent parfois dans ma tête de manière saccadée, comme un extrait de film muet, et chaque fois que je revois cette exécution épouvantable, j'essaie de me convaincre qu'il est bien mort.

À d'autres moments, j'ai la conviction qu'il a réussi à tromper son monde, qu'il vit sous un nom d'emprunt, comme moi, et qu'un jour, il nous retrouvera.

Je remercie celles et ceux d'entre vous qui m'ont écrit, qui se soucient de nous, qui prient pour que personne ne nous fasse du mal. On vit bien, ici. Il y a des jours où je suis très heureux, mais il y a aussi des jours où je ne peux m'empêcher d'avoir peur du monstre psychopathe que j'ai si bien, trop bien, connu. Et jamais je n'oublierai Levon, Barbara et Kim McDaniels.

Remerciements

Les auteurs remercient le Dr Humphrey Germaniuk, le capitaine Richard Conklin, Clin Van Zandt, le Dr David Smith, le Dr Maria Paige et Allison Adato, qui nous ont offert leur expertise sans ménager leur temps.

Merci aussi à nos excellents documentalistes, Rebecca DiLiberto, Ellie Shurtleff, Kai McBride, Sage Hyman, Alan Graison, Nick Dragash et Lynn Colomello.

Nous aimerions saluer tout particulièrement Michael Hampton, Jim et Dorian Morley, Sue et Ben Emdin, et Mary Jordon, sans qui rien ne serait possible.

Découvrez, en avant-première,
la nouvelle enquête du
WOMEN MURDER CLUB

SEPTIÈME CIEL

Traduit de l'anglais
par Nicolas Thiberville

Un roman de James Patterson
à paraître fin 2009

1.

Scintillant de mille feux et richement décoré, l'imposant sapin de Douglas se dressait devant la fenêtre avec vue panoramique. Le salon, cossu, était paré d'une multitude de décorations de Noël ; des bûches de pommiers crépitaient dans la cheminée en répandant leur doux parfum, cependant qu'un Bing Crosby numérique fredonnait *The Christmas Song. Chestnuts roasting on an open fire. Jack Frost nipping at your nose...*

Henry Jablonsky distinguait à peine les deux garçons. Celui qui disait s'appeler Faucon lui avait retiré ses lunettes et les avait posées sur le manteau de la cheminée, ce qu'Henry avait d'abord considéré comme un signe positif.

Cela signifiait que les deux jeunes ne voulaient pas courir le risque d'être identifiés par la suite, et qu'ils avaient donc prévu de les libérer. *Je T'en prie, Seigneur, laisse-nous vivre et je jure de Te servir fidèlement pour le restant de mes jours.*

Henry observa les deux silhouettes qui s'affairaient autour du sapin. Il savait que le pistolet se trouvait à la ceinture de Faucon. Il entendit le bruit d'un papier cadeau déchiré, et vit l'autre, celui qui s'appelait Pigeon, en train de jouer avec le chaton.

Ils ont dit qu'ils ne nous feraient pas de mal, que c'était juste un cambriolage.

Jablonsky avait suffisamment mémorisé leurs visages pour être en mesure de les décrire à la police et d'établir un portrait-robot, ce qu'il comptait bien faire dès qu'ils auraient enfin foutu le camp.

Les deux garçons semblaient tout droit sortis d'une pub Ralph Lauren.

Faucon. Allure soignée. Blond. Coiffure impeccable avec raie sur le côté. S'exprimait avec aisance. Pigeon. Un peu plus costaud. Taille approximative : un mètre quatre-vingt-dix. Longs cheveux châtains. Fort comme un bœuf. De grosses mains épaisses. Les deux avaient le genre *Ivy Leaguer*.

Peut-être ont-ils au fond d'eux une once de bonté ?

Comme Jablonsky observait la scène, Faucon – le blond – se dirigea vers la bibliothèque et se mit à passer en revue les romans alignés le long des étagères, lisant certains titres à voix haute, d'un ton chaleureux et sympathique, comme s'il était un ami de la famille.

— Ah, je vois que vous avez *Fahrenheit 451*, monsieur J. ! C'est un grand classique.

Il sortit le livre de la rangée, l'ouvrit à la première page et s'approcha de l'endroit où Henry Jablonsky gisait ligoté, une chaussette enfoncée dans la bouche. Il se pencha vers lui.

— Bradbury est vraiment le maître incontesté des ouvertures de roman !

Il entama la lecture, d'une voix claire et chargée d'intensité dramatique : « *Le plaisir d'incendier ! Quel plaisir extraordinaire c'était de voir les choses se faire dévorer, de les voir noircir et se transformer.* »

Tandis que Faucon lisait, Pigeon prit sous le sapin un énorme paquet emballé dans du papier doré et fermé par un gros ruban. C'était un cadeau dont Peggy rêvait depuis des années.

— « Pour Peggy, de la part du Père Noël », lut-il à voix haute.

Il fendit l'emballage à l'aide d'un couteau.

Il avait donc un couteau !

Pigeon ouvrit la boîte, écarta les couches de papier, puis s'exclama :

— Wouah ! Un sac Birkin ! Tu te rends compte, Peggy ? Le Père Noël t'a apporté un cadeau à neuf mille dollars ! Désolé, mais pour moi, c'est non. Un non ferme et définitif, Peggy.

Il s'empara d'un autre paquet et le secoua pour essayer de deviner ce qu'il renfermait. Faucon se tourna vers Peggy. La femme l'implorait, mais les mots étaient étouffés par la chaussette qu'elle avait dans la bouche. En la voyant tenter désespérément de communiquer avec les yeux, Henry eut le cœur serré.

Faucon passa doucement la main dans les cheveux blonds de Peggy ; il caressa sa joue trempée de larmes.

— Nous allons ouvrir tous vos cadeaux, madame J. Les vôtres aussi, monsieur J. Après ça, nous déciderons de vous laisser ou non la vie sauve.

2.

Henry Jablonsky sentit son estomac se soulever. Il eut une série de haut-le-cœur, freinés par l'épaisse laine de la chaussette. Il tenta de se débattre malgré ses liens, et une odeur aigre d'urine monta jusqu'à ses narines. Mon Dieu, il avait fait sous lui. Aucune importance. La seule chose qui comptait, c'était de sortir de là vivant.

Il ne pouvait ni bouger ni parler, mais il pouvait raisonner.

Que faire ?

Il jeta un œil sur le sol tout autour de lui, et aperçut le tisonnier à quelques mètres. Il le fixa intensément.

— Regardez, madame J., lança Pigeon en agitant une petite boîte turquoise. C'est de la part d'Henry. Un magnifique collier Peretti. Pardon ? Vous voulez dire quelque chose ?

Il lui ôta la chaussette qu'elle avait dans la bouche.

— Vous mentiez, n'est-ce pas, en disant connaître Dougie ? demanda-t-elle.

— Dougie qui ? répondit Pigeon en rigolant.

— Ne nous faites pas de mal, je vous en p...

— Non, non, madame J., rétorqua le jeune homme en lui remettant la chaussette dans la bouche. Pas de ça. C'est *notre* jeu. C'est *nous* qui dictons les règles.

Le chaton, dans son coin, s'amusait avec les papiers d'emballage au fur et à mesure que Pigeon et Faucon finissaient d'ouvrir les paquets ; les boucles d'oreilles en diamants, la cravate Hermès, les couverts à salade Jensen. Jablonsky pria pour qu'ils emportent tout et qu'ils déguerpissent. Il entendit Pigeon s'adresser à Faucon, mais cette fois à voix basse. Le sang lui cognait dans les oreilles, et il devait se concentrer pour saisir leurs paroles.

— Alors ? Coupables ou non coupables ? demanda Pigeon.

— Les J. vivent dans le confort, répondit Faucon d'une voix pensive, et si c'est le meilleur moyen de se venger...

— Allez, arrête de me faire marcher !

Pigeon enjamba la taie d'oreiller dans laquelle était entreposé le contenu du coffre. Il ouvrit le livre de Bradbury, se plaça sous la lumière de la lampe et inscrivit une phrase sur la page de garde.

Il se relut à voix haute :

— *Sic erat in fatis*. C'était écrit, mec ! Prends le chat, on met les voiles.

Faucon se pencha vers Henry :

— Désolé, monsieur et madame J.

Il retira la chaussette enfoncée dans la bouche d'Henry :

— Dites au revoir à votre femme.

Henry Jablonsky ne comprenait plus rien. *Quoi ? Que se passe-t-il ?* Soudain, il se rendit compte qu'il pouvait parler !

— Pegg-yyyyy ! hurla-t-il tandis que le sapin de Noël s'embrasait dans une lueur jaune éblouissante.

VOUUUUUM.

La chaleur s'intensifia, et la peau, sur les joues d'Henry Jablonsky, se dessécha comme du papier. Un épais panache de fumée s'éleva jusqu'au plafond et y resta plaqué, masquant peu à peu la lumière.

— Ne nous abandonnez pas !

Henry vit les flammes se propager aux rideaux ; il entendit les cris étouffés de son épouse adorée, puis la porte d'entrée se referma en claquant.

Pour l'éditeur, le principe est d'utiliser des papiers composés de fibres naturelles, renouvelables, recyclables et fabriquées à partir de bois issus de forêts qui adoptent un système d'aménagement durable.

En outre, l'éditeur attend de ses fournisseurs de papier qu'ils s'inscrivent dans une démarche de certification environnementale reconnue.

Ce volume a été composé
par Facompo à Lisieux (Calvados)

Impression réalisée par
CPI BRODARD ET TAUPIN
La Flèche
en mai 2009

Imprimé en France
Dépôt légal : mai 2009
N° d'édition : 01
N° d'impression : 52934